AF484041

I SEGRETI DELLE PERSONE PERBENE

DI

P. J. Mann

Traduzione di
Elisabetta Emilia Mancini

i

Copyrights © 2021 by P. J. Mann.
All Rights Reserved.
ISBN 978-952-7415-25-2

RINGRAZIAMENTI

Vorrei ringraziare prima di tutti la mia traduttrice Elisabetta Emilia Mancini per la sua professionalità. La ringrazio altresì per gli adattamenti, la pazienza, la preziosa consulenza e la sua estrema disponibilità.

Il signor Pasquale Rapetti, ex agente di Polizia, per il prezioso aiuto relativamente alle procedure di polizia nei casi di omicidio in Italia e la gerarchia nel Corpo della Polizia di Stato.

L'avvocato Roberto Fiorucci, per la consulenza legale ed il suo aiuto.

La mia squadra di lettori che, anche questa volta, mi ha supportato e fornito utili suggerimenti.

DISCLAIMER

Sebbene la storia narrata in questo libro sia stata ispirata a fatti reali, questa è un'opera di finzione. Salvo diversa indicazione, tutti i nomi, i personaggi, le imprese, i luoghi, gli eventi ivi descritti sono il prodotto dell'immaginazione dell'autore o utilizzati in modo fittizio. Qualsiasi somiglianza con eventi e persone reali, viventi o decedute, è puramente casuale.

CAPITOLO 1

Il suono fastidioso della sveglia lacerò la sottile cortina di silenzio nella stanza. Scala brontolò, girandosi tra le lenzuola e, con un colpo secco, la spense, voltandosi verso la moglie. Ancora insonnolito, non ricordò che Anna era in visita alla madre a Milano, assieme alla loro figlia Giovanna, e sarebbe tornata entro un paio di settimane.

Nella stanza regnava un silenzio innaturale. Inizialmente, la prospettiva di avere la casa tutta per sé e di poterne godere la quiete lo aveva entusiasmato; adesso, però, l'assenza di Giovanna a svegliarlo con le sue risatine ed i suoi capricci mattutini, gli provocava solamente uno sgradevole senso di solitudine.

Al contatto dei piedi con il pavimento freddo, rabbrividì. Si precipitò in bagno alla ricerca di un po' di calore e per prepararsi ad un'altra giornata di lavoro.

Si vestì in fretta e decise di fare colazione al bar vicino al commissariato, dove avrebbe trovato il caffè migliore per iniziare la giornata.

Improvvisamente, mentre si stava dirigendo verso la sua auto, un'angosciante sensazione di pericolo si impossessò di lui, come a volerlo mettere in guardia da qualcosa di estremamente grave che stava per accadere.

Con il cuore in gola si fermò per riprendere fiato e per guardarsi intorno, provando ad individuare una minaccia da cui doversi difendere.

Per alcuni istanti rimase immobile, quindi scosse la testa, attribuendo quell'inquietudine al non essere abituato a vivere da solo, e riprese a camminare.

Quando arrivò all'auto, con un rapido movimento, sbloccò la chiusura centralizzata e, aperta la portiera, la causa della sensazione di pericolo provata poc'anzi, si materializzò davanti ai suoi occhi. Sul sedile del guidatore c'era un foglietto piegato, che, sicuramente, non aveva lasciato lui.

Si guardò intorno, mentre il suo cuore batteva all'impazzata. Tutti i suoi sensi si acuirono e migliaia di domande affollarono la sua mente, prevedendo complicazioni in arrivo.

Con le mani che gli tremavano, prese il foglietto e lo spiegò.

Svettano gli alberi,
sul vermiglio delle rose.
Le Ombre caleranno
E tutti se ne pentiranno...

Era la prima volta che riceveva un messaggio del genere; del resto, nessuno dei criminali dei quali si era occupato in passato era entrato nella sua proprietà.

«Che diamine!» bisbigliò, mentre le ginocchia iniziarono a cedere sotto il peso del suo corpo.

Stringendo i denti, appoggiò il biglietto sul sedile del passeggero e, una volta messa in moto l'auto, affondò il piede sul pedale dell'acceleratore per raggiungere la sede della scientifica prima possibile.

«Qualcuno ha guardato troppi telefilm polizieschi e adesso pensa di essere uno di quegli inafferrabili assassini seriali,» ringhiò entrando sulla Tiburtina. Il traffico non era ancora bloccato, ma la lunga coda di auto fu sufficiente a rallentare la sua marcia e a farlo imprecare finché non ne uscì.

Incurante dei limiti, procedette a folle velocità, finché, con uno stridìo di freni giunse a destinazione.

Correndo come una furia, irruppe nel laboratorio, sbattendo la porta.

«Dove diavolo è Romizi?» urlò, non vedendo il collega.

«Non saprei,» rispose l'agente Marzio. «Probabilmente, come suo solito, è andato al commissariato a prendere il caffè. Se ha bisogno di lui, può cercarlo lì.»

Rosso in viso, con il sangue che gli montava alla testa, Scala provò a cercare il collega nel suo ufficio e, non trovandolo, lo chiamò al cellulare.

«Buongiorno, commissario,» lo salutò Romizi.

«Buongiorno un corno. Sono nel tuo ufficio; sai quella stanza alla scientifica dove, teoricamente, tu dovresti già essere al lavoro? Ti voglio qui entro un minuto!» sibilò e, senza nemmeno attendere la sua risposta, chiuse la conversazione, prendendo poi un paio di respiri profondi per calmarsi.

Romizi rimase per alcuni istanti a fissare il proprio cellulare, sbalordito.

L'agente scelto Milani sorrise. «È di malumore già di prima mattina?»

«Temo sia di nuovo posseduto; vado a cercare un esorcista,» rispose Romizi, con un debole sorriso. Il collega gli era sembrato insolitamente agitato ed aveva percepìto un inusuale tremore nella sua voce; temendo qualcosa di serio, si affrettò a raggiungerlo.

***

Quando entrò nel suo ufficio, l'espressione di Scala lo trattenne dal fare la battuta che aveva già pronta sulle labbra. «Che succede?» chiese.

Inclinando la testa all'indietro, Scala socchiuse gli occhi ed appoggiò il foglietto sulla scrivania. «Questa mattina ho trovato questo sul sedile del guidatore nella mia auto.»

Senza aggiungere altro, Romizi indossò un paio di guanti in lattice e lo prese. «Abbiamo un poeta, anche se pessimo,» disse dopo averlo letto, cercando di sollevare l'umore dell'amico. «Procedo immediatamente ad analizzarne le tracce e ti

4

informerò non appena saprò qualcosa. La tua macchina è parcheggiata qui? Dovrai lasciarmela affinché possa esaminarla.»

Scala annuì. «Ecco le chiavi, è qui fuori. Chiederò ad uno degli agenti di darmi un passaggio fino al commissariato. Intanto, vado da Lemmi, il criminologo, per chiedergli se da queste poche parole possa almeno abbozzare un profilo dell'autore. Puoi farmene una copia?»

«Certamente, ma non preoccuparti, provvederò io a inoltrargliela,» propose Romizi.

«Ti ringrazio.»

«Adesso la cosa prioritaria è capire se si tratta di qualcuno vicino a te che ti conosce bene, o se ha dovuto fare delle ricerche approfondite per scoprire il tuo indirizzo, la tua auto e le tue abitudini. La facilità con la quale ha sbloccato e bloccato nuovamente la chiusura centralizzata della tua vettura indica una persona che sapeva esattamente cosa stava facendo,» disse Romizi.

«Sono d'accordo con te. L'unica consolazione è che Anna e Giovanna sono entrambe a Milano dai miei suoceri. Magari potrei chiedere ad Anna di prolungare il soggiorno, nel caso in cui questo individuo prendesse di mira anche loro.»

Senza attendere risposta, sapendo che Leonardo si sarebbe messo immediatamente al lavoro, Scala uscì dalla stanza per tornare al commissariato, cercando di ricordare ogni dettaglio inusuale degli ultimi giorni.

5

Una volta nel suo ufficio, come prima cosa, controllò se in passato a Roma ci fossero stati dei casi simili rimasti irrisolti; magari, si trattava di uno psicopatico che aveva deciso di riprendere l'attività. Gli fu sufficiente un'ora per giungere alla conclusione che i pochi casi che avevano avuto dei punti in comune con un simile modus operandi si erano conclusi con la cattura del colpevole oppure erano così vecchi da far supporre che i responsabili fossero ormai morti.

"Si tratta di qualcuno che non è mai entrato nei nostri radar, forse dovrei controllare nell'intero archivio nazionale..." pensò, emettendo uno sconsolato lamento che ruppe il silenzio dell'ufficio.

Volgendo lo sguardo al corridoio, scorse Romizi dirigersi verso la stanza comune. Chiedendosi se lo avesse raggiunto perché aveva degli aggiornamenti circa le analisi che stavano conducendo, si affrettò a seguirlo.

«Ci sono novità?» gli chiese, febbrilmente.

«Mi hai dato il biglietto e lasciato la tua auto due ore fa; siamo bravi, ma i miracoli ancora non li facciamo. Ci vorrà un po' di tempo, comunque non prima di domani mattina e non più tardi di dopodomani,» rispose Romizi.

Scala si voltò ad osservarlo, chiedendosi per l'ennesima volta per quale folle motivo il collega prendesse l'auto per andare a bere il caffè del loro distributore automatico. «Non ho mai assaggiato il caffè del vostro, ma posso dire con certezza che questo è un distributore di veleno.»

«Allora dovresti provarlo, così capiresti il motivo per il quale mi metto in auto, affronto il traffico per arrivare qui a prendere un caffè,» gli disse Romizi.

Scala inorridì al pensiero di un liquido peggiore di quello, ed un brivido gli percorse la schiena. «Non oso immaginarlo, considero già questo decisamente mortale...»

«Beh, non è certo il migliore caffè di Roma, ma almeno non rischio l'avvelenamento.»

Una risata liberatoria allentò la tensione, affrancando Scala dalla opprimente paranoia che ci fosse qualcuno a minacciare la sua vita e, forse, anche quella della sua famiglia. «Hai mandato il biglietto al criminologo?» chiese.

«Sì, se vuoi ti do un passaggio fino al suo ufficio, così potrai parlarci di persona,» propose Romizi.

Scala accettò, e dopo che il collega ebbe bevuto la sua dose di liquido scuro, a suo dire, non velenoso, si diressero verso l'uscita.

***

Una volta arrivati alla sede della scientifica, Romizi tornò al laboratorio, mentre Scala si diresse verso l'ufficio del dottor Lemmi.

Si sporse dalla porta socchiusa e sbirciò cautamente all'interno della stanza per assicurarsi che ci fosse.

«Commissario Scala, che sorpresa,» lo accolse Lemmi, spalancando gli occhi. «Ho sentito dire che qualcuno ha lasciato una lettera d'amore sul sedile della tua auto.»

«Magari fosse così, piuttosto lo paragonerei al messaggio di un'amante inacidita e desiderosa di vendetta,» disse, entrando nella stanza e chiudendo la porta dietro di sé. «Credi che ce l'abbia solo con me o anche con la mia famiglia?»

«Non è possibile darti una risposta da queste poche righe. Per il momento, siamo difronte a diverse prospettive; dall'amico che ha voluto fare uno scherzo fino ad arrivare all'assassino seriale che vuole sfidare la polizia, passando per qualcuno che hai mandato in prigione,» rispose, intrecciando le dita sul grembo.

«Onestamente, vorrei escluderle tutte. Vorrei svegliarmi ed accorgermi che è stato solamente un brutto sogno e che non c'è alcun pazzo a sfidarmi a scoprire la sua identità attraverso le vittime che si lascerà dietro.»

«Quindi, cosa vuoi fare? Tenere d'occhio l'intera città, o l'intera nazione? Capisci che potrebbe essere chiunque. I risultati di laboratorio potranno fornirci qualche indizio su di lui, ma non aspettarti un nome e un cognome. Per scrivere il messaggio ha usato un normografo, e tu sai che questo rende impossibile delineare il suo profilo attraverso l'esame della sua calligrafia. Posso però dirti che ha esercitato una discreta pressione per scrivere, e ciò suggerisce una profonda determinazione nel voler portare a termine il suo piano, qualunque esso sia. Inoltre, il fatto che parli al plurale "E tutti se ne pentiranno" significa che le vittime designate sono più di una.»

«Lo so, ma questo mi rende incapace di proteggere i cittadini come ho giurato di fare,» rifletté Scala.

«Si prospetta un altro caso per il nostro brillante commissario Scala,» scherzò Lemmi.

«No, si prospetta come il tipico caso che mi farà perdere più chili di quanti vorrei e che mi terrà lontano dai panini con la porchetta. Nel tal caso, il responsabile sarà anche incriminato per inutile tortura a pubblico ufficiale,» minacciò e, girando sui tacchi uscì dalla stanza, dirigendosi verso il parcheggio dove sperava di trovare qualcuno che potesse dargli un passaggio fino al commissariato.

"Chissà se per tornare a casa dovrò chiamare un taxi o potrò prendere una delle auto di servizio, dal momento che la mia è diventata una scena del crimine."

Fortunatamente, almeno per tornare al commissariato, ottenne un passaggio da un paio di agenti che era riuscito ad intercettare mentre si dirigevano verso la loro auto di servizio.

CAPITOLO 2

Dopo due settimane, durante le quali l'autore del messaggio non aveva dato seguito alla sua minaccia, quell'incidente fu dimenticato. Quello che inizialmente era sembrato un pericoloso avvertimento, con il passare dei giorni, era diventato un aneddoto di cui ridere.

Lo squillo del telefono interruppe la sequela di imprecazioni con la quale Scala era ormai solito percorrere la Tiburtina e, senza curarsi di guardare il display per sapere chi lo stesse chiamando, rispose.

«Buongiorno, Scala. Immagino lei sia ancora per strada.» La voce del commissario capo Angelini gli giunse come una doccia fredda.

«Commissario capo, buongiorno. Ha indovinato, sono intrappolato nel traffico.»

«Deve raggiungere il cimitero di Ostia Antica. Ci ha chiamati il custode per informarci di aver trovato il cadavere di un giovane uomo. La attenderà all'ingresso, così da raccontarle il tutto nei dettagli. Romizi e la sua squadra sono già per strada,» lo informò.

«Va bene, sarò là prima possibile,» rispose, sospirando; quindi, terminò la conversazione e rifletté su quale fosse il percorso migliore. Gli ribolliva il sangue al pensiero di dover rimanere su quell'inferno di strada più a lungo del solito.

Quando, quaranta minuti più tardi, arrivò a destinazione, notò i furgoni della scientifica parcheggiati, segno che Romizi e la sua squadra erano già al lavoro.

Un uomo di mezza età, vestito con un abito scuro, gli fece un cenno con la mano. Scala gli andò incontro, certo che non potesse essere altri che il custode, nonostante l'abbigliamento più consono ad un impresario di pompe funebri.

Improvvisamente, si materializzò davanti ai suoi occhi un ricordo della sua infanzia e l'immagine del custode del piccolo cimitero dove era stato sepolto suo nonno. Era un uomo minuto ed ingobbito dall'età; era solito indossare un grembiule intero, stivali di gomma ed aveva sempre con sé un rastrello che usava a mo' di bastone. Ai tempi, Scala lo aveva visto come una mummia con lo spirito di un adolescente capace di ricordare la posizione di ogni tomba ed i loculi che erano ancora disponibili.

«Buongiorno, commissario,» lo salutò l'uomo. «Speravo che non sarebbe rimasto intrappolato nel traffico per l'intera mattina.»

«Buongiorno a lei. Fortunatamente, il traffico oggi era meno intenso del solito,» rispose Scala, stringendogli la mano. «Può mostrarmi dove si trova il cadavere?» chiese, non volendo perdere tempo in futili conversazioni.

«Certamente, le faccio strada,» rispose l'uomo, incamminandosi. Scala lo seguì, tra le fila di tombe, ed ebbe l'impressione che i defunti ritratti nelle fotografie osservassero il mondo dei vivi attraverso i vetri delle cornici.

«Questa mattina sono arrivato un po' prima del solito,» iniziò a raccontare il custode. «Ci sarà una sepoltura oggi pomeriggio, ed è per questa ragione che indosso un completo nero, di solito il mio abbigliamento è decisamente meno formale. All'inizio del mio solito giro di controllo, qualcosa attirò la mia attenzione. Venendo da dietro la tomba del signor Giannetti, vidi dei fiori in terra, delle rose rosse, per la precisione.» Si voltò verso Scala, per accertarsi che fosse ancora dietro di lui.   «Avvicinandomi,   mi accorsi di un uomo a terra. Sono abituato a vedere dei cadaveri,   ma   quell'uomo,   presumibilmente assassinato davanti ad una tomba, mi ha sconvolto.»

Scala lo stava a malapena ad ascoltare, ma quel dettaglio lo raggelò. Sul vermiglio delle rose recitava il messaggio che aveva trovato nella sua auto. Si guardò   intorno,   osservando   i   cipressi   che circondavano il cimitero.

«Svettano gli alberi, sul vermiglio delle rose... Accidenti!» mormorò.

«Mi scusi?» chiese il custode, con una smorfia.

In lontananza, Scala scorse il gruppo della scientifica intento a scattare fotografie ed eseguire rilievi. Senza prestare ulteriore attenzione al custode, si affrettò a raggiungere Romizi, certo che gli avrebbe fornito maggiori e più importanti informazioni. Inoltre, dal momento che il cadavere non era ancora stato portato all'obitorio, voleva dargli uno sguardo.

Romizi stava prendendo appunti quando vide il collega avvicinarsi come una furia; ridacchiando, pensò di non poter lasciarsi scappare una tale occasione per prenderlo in giro.

«Non puoi arrivare schiumando come un cane rabbioso,» esclamò, ridendo.

Purtroppo per lui, in quel momento, il collega non era minimamente in vena di ascoltare le sue battute. La minaccia contenuta nel biglietto che aveva ritrovato nella sua auto aveva ripreso a tormentarlo, annientando la sua capacità di pensare ed agire razionalmente, e facendogli ipotizzare che la sua famiglia fosse in pericolo. Istintivamente, si avvicinò a Romizi e gli sferrò un pugno sul naso.

«Questo non è uno scherzo del cavolo, Leonardo!» sibilò.

Romizi perse l'equilibrio e cadde a terra. «Maurizio, ritorna in te; che diavolo ti prende?» chiese, guardandolo allibito.

«Svettano gli alberi, sul vermiglio delle rose; le Ombre cadranno, e tutti se ne pentiranno...» disse, mantenendo i pugni a mezz'aria, mentre il suo cuore batteva furiosamente.

Romizi lo guardò interdetto, chiedendosi se fosse impazzito ed intendesse uccidere tutti; poi, improvvisamente, spalancò gli occhi, ricordandosi del biglietto.

«Il messaggio…Pensi ci sia un collegamento?»

Scala fece cadere le braccia mollemente lungo il corpo e, chinando il capo, annuì.

"Se voglio ottenere delle risposte alle mie domande, non devo perdere il controllo," ragionò tra sé.

Chiuse gli occhi e prese un profondo respiro, tendendo la mano al collega per aiutarlo a rialzarsi. «Scusa, Leo, non so cosa mi sia successo.»

«Scuse accettate. Non mi spiego come non abbia collegato le due cose. Avevamo lavorato su quel dannato messaggio così a lungo che ero certo mi sarebbe venuto in mente immediatamente, in una situazione come questa» disse, comprendendo lo stato d'animo del collega.

«Quindi, per il momento, l'unica cosa che ci è data sapere è che queste ombre agiscono durante la notte. Spero che riusciremo ad ottenere maggiori informazioni prima che colpiscano di nuovo,» rispose Scala, riacquistando un minimo di lucidità. «Cos'altro puoi dirmi di lui?» chiese, dirigendosi verso il corpo.

«Gli hanno sparato alla testa da distanza ravvicinata. L'assassino lo ha aspettato dietro una tomba e, probabilmente, la vittima non ha avuto né tempo, né modo di accorgersi di niente,» rispose, camminandogli a fianco.

«Sai già chi è?»

«È un ragazzo di circa venticinque anni. Non abbiamo trovato né documenti né altro nelle sue tasche; quindi, ci aspetta parecchio lavoro. Immagino che la stampa andrà a nozze con questo caso, quando ne sarà informata.»

Raggiunsero il corpo, e senza dire una parola, Scala indossò i guanti in lattice che un agente gli porgeva e si chinò sul cadavere.

«Suppongo che abbia avuto un portafoglio e che l'assassino lo abbia preso per renderci la vita difficile già a partire dalla sua identificazione.»

Ormai il momento di terrore di Scala era passato e lui era completamente concentrato nel cercare di capire la dinamica di quell'omicidio.

La vittima giaceva supina ed il colpo alla testa era partito da dietro. Indossava un semplice paio di jeans ed un maglione, ma era chiaro che si trattava di una persona che era stata attenta al proprio aspetto. La calma espressione del suo volto rivelava che la morte era stata immediata.

"Mi chiedo se sia stata intenzione dell'assassino procurargli una morte così veloce e senza alcuna sofferenza, oppure se sia stata una casualità. Comunque, sono certo che questa era l'ultima cosa che la vittima si sarebbe aspettata," rifletté Scala.

Sollevò il davanti del giaccone, ed ispezionò le tasche interne, sperando di trovare qualcosa sfuggito alla squadra della scientifica; dopo un'accurata ricerca, trovò un foglietto.

Altruista e premuroso
Sandro era considerato,
tuttavia, le sue azioni
il contrario han dimostrato.
Le Ombre sanno cosa successe,
nasconderlo non fu saggio,
ed i colpevoli che si protessero
presto se ne pentiranno.

«Ho trovato un altro messaggio,» gridò, voltandosi verso Romizi. «Anche stavolta ha utilizzato un normografo per scriverlo, ma andrà comunque esaminato e confrontato con l'altro; chissà che non abbia lasciato qualche traccia.»

Romizi lo raggiunse e prese il biglietto. «Almeno sappiamo che la vittima si chiamava Sandro e che era una persona cattiva, o perlomeno questa era l'opinione dell'assassino.»

Scala si alzò mugugnando, e si guardò intorno. «Dovremo chiederlo alle persone che gli erano vicine.»

Quindi si diresse verso il custode, che era rimasto a debita distanza dal perimetro della scena del crimine.

«Lo aveva mai notato qui intorno?» gli chiese.

«Mi faccia pensare. Vengono molte persone ogni giorno in questo cimitero,» disse, portandosi una mano al volto, sbirciando dietro le spalle del commissario per vedere il volto della vittima. Rimase in quella posizione per lunghi momenti, prima di volgere nuovamente lo sguardo verso Scala. «Il suo viso non mi è nuovo, ma nemmeno familiare come quelli che vengono ogni giorno per prendersi cura delle tombe dei loro cari; probabilmente l'ho visto un paio di volte.»

«Non ho notato alcun sistema di videosorveglianza, qui. Come mai?» chiese Scala. Era sicuro di aver visto delle telecamere a circuito chiuso nel cimitero del Verano.

«Commissario, come può vedere, questo è un piccolo cimitero e non sono presenti tombe di personaggi famosi come al Verano. Nessuna di quelle che sono qui può rivestire alcun interesse per dei ladri. L'unico furto possibile è quello dei fiori da una tomba per metterli su un'altra, da parte di qualcuno che si è dimenticato di passare dal fioraio. Inoltre, io vivo qui a fianco,» disse, indicando una piccola casa sul lato opposto della strada. «Finora non mi è mai capitato di sentire rumori sospetti nel cuore della notte.»

«Quindi, immagino che non abbia sentito nemmeno il rumore di uno sparo...»

«Assolutamente nessuno, commissario. Nel silenzio della notte, non avrei potuto farne a meno.»

«Presumibilmente, ieri questo ragazzo è venuto a portare dei fiori su una tomba, ma prima che la raggiungesse, l'assassino gli ha sparato. Il cimitero chiude alle cinque del pomeriggio e l'accesso ai visitatori è permesso fino alle quattro. Non ha fatto un giro di controllo dopo la chiusura per assicurarsi che non fosse rimasto nessuno all'interno? Non dovrebbe controllare che non siano stati commessi atti vandalici e che tutto sia a posto?»

«Certo che l'ho fatto, ma non ho visto nessuno.»

"Non posso stare qui giorno e notte," pensò tra sé il custode. "Se il Comune ritiene non ci sia bisogno di un sistema di videosorveglianza, come posso essere responsabile di quanto accade dopo l'orario di chiusura?"

«Questa mattina, quando è venuto ad aprire il cancello, ha notato qualcosa di sospetto, o fuori posto? Ad esempio, il cancello era chiuso a chiave o sembrava che qualcuno avesse tentato di forzarlo?» chiese Scala con voce calma.

«No, tutto era esattamente come lo avevo lasciato ieri sera.»

«Ho bisogno di sapere se c'è un punto dal quale l'assassino e la vittima possano essersi intrufolati, dopo l'orario di chiusura.»

«Posso darle una cartina dettagliata, magari le potrà essere d'aiuto,» rispose, cercando di rendersi utile.

«Gliene sarei grato. Ce l'ha qui a portata di mano?»

«Devo andare a prenderla in ufficio. Se può attendere, sarò di ritorno in un minuto.»

Una volta che il custode si fu allontanato, Scala prese nuovamente il taccuino dalla tasca ed iniziò a buttare giù alcuni appunti.

"Cosa stava facendo qui la vittima dopo l'orario di chiusura? Come e da dove è entrato? L'assassino lo stava aspettando nascosto nel cimitero? Come faceva a sapere che sarebbe venuto? Dovevano incontrarsi in un punto preciso? Perché?"

Mentre metteva su carta le domande che gli affollavano la mente, lentamente un'ipotesi iniziò a farsi strada in lui. "Magari l'assassino e la vittima si conoscevano ed avevano un appuntamento proprio qui dopo l'orario di chiusura. Ma se avessero avuto bisogno di un posto isolato per incontrarsi, ne avrebbero trovati in abbondanza nei dintorni, perché proprio qui?" si chiese, continuando a scrivere.

Dopo alcuni minuti, l'uomo fece ritorno, tenendo in mano una cartella voluminosa. Scala sperò che quella documentazione lo avrebbe condotto al punto dal quale l'assassino e la vittima si erano introdotti nel cimitero.

«Questo è quanto ho potuto trovare in poco tempo. La chiamerò, dovessi trovare altro,» disse, respirando con affanno e porgendo la cartella al commissario.

«Grazie, per il momento ritengo sia sufficiente. Nei prossimi giorni dovremo fare ulteriori sopralluoghi, quindi quest'area del cimitero sarà costantemente presidiata e l'accesso al pubblico limitato,» lo informò Scala, dando una veloce sbirciata al contenuto della cartella; l'avrebbe esaminata con calma, una volta tornato in ufficio.

«Ha tempo per accompagnarmi a fare un giro?» chiese Scala.

Il custode, cercando di evitare lo sguardo del commissario, diede un'occhiata al suo orologio, come a cercare una via di fuga. «Ci sarà una tumulazione tra tre ore, ed io devo ancora controllare che tutto sia pronto...»

«Non si preoccupi, posso farlo anche da solo. Spero che non sia nell'area che abbiamo delimitato, altrimenti la bara dovrà essere momentaneamente lasciata nella cappella. Capisco che è un inconveniente non da poco, ma non possiamo fare altrimenti,» disse Scala, aggrottando la fronte.

L'espressione del custode si rilassò in un sorriso. «No, non si preoccupi, è dalla parte opposta. Sulla scena del crimine non ci sono posti disponibili.»

Quando il custode se ne fu andato, Scala si diresse verso il muro di cinta, alla ricerca di un punto dal quale fosse facile introdursi.

Mentre lo percorreva, misurandone l'altezza con lo sguardo, riprese in considerazione l'ipotesi che aveva formulato poco prima, secondo la quale i due erano arrivati insieme.

«Se così fosse stato, data l'altezza della parete, si sarebbero dovuti aiutare l'un l'altro per scavalcarla; inoltre, dal momento che dalla strada chiunque fosse passato li avrebbe visti, avrebbero dovuto assicurarsi che in quel momento non ci fossero testimoni.»

Rifletté su quella possibilità alcuni minuti, prima di scartarla; il muro era decisamente troppo alto.

Terminò l'ispezione senza aver trovato un punto dal quale fosse semplice entrare nel cimitero.

"Mi chiedo se i due siano entrati assieme agli altri visitatori ed abbiano atteso la chiusura nascosti da qualche parte, così da poter agire indisturbati una volta rimasti soli," pensò, dando un'occhiata alla squadra della scientifica che si stava apprestando ad andarsene. Doveva assolutamente parlare con Romizi.

«Sei arrivato a qualche conclusione?» gli chiese, avvicinandoglisi.

«A prima vista, credo che la vittima non sia stata uccisa qui, non ci sono tracce di sangue per terra o sulle tombe circostanti. Quando si spara a qualcuno il sangue schizza in tutte le direzioni. Abbiamo raccolto campioni dal terreno e dalle tombe lì vicine, ma potrò essere più preciso solamente dopo che le avremo analizzate,» gli rispose Romizi.

Il suo tono di voce era più freddo del solito e Scala temette che fosse a causa di quanto successo poco prima.

«Leo...» esordì, esitante, non volendo in alcun modo rovinare la loro amicizia o i loro rapporti professionali. «Mi dispiace per questa mattina, non so cosa mi sia successo e come abbia potuto colpirti,» disse, scuotendo la testa, e distogliendo lo sguardo da lui.

Romizi lo rassicurò, posandogli una mano sulla spalla. «Lascia stare, ti capisco. Anche io avrei dato di matto, se avessi temuto per la sicurezza della mia famiglia. Non è necessario che ti scusi. Dopo tutto, non è successo niente.»

«Lo so, ma...»

«Lasciamoci tutto alle spalle e concentriamoci sulla soluzione del caso, d'accordo?» gli propose, sorridendo, Romizi.

«Grazie. Scopriamo chi è l'assassino e fermiamolo prima che uccida qualcun altro.»

CAPITOLO 3

Erano circa le nove di sera e per Lorenza era ora di andare a dormire. Per tutta la giornata aveva provato a chiamare Sandro al suo cellulare, trovandolo sempre spento. Guardò di nuovo il telefono, chiedendosi se fosse il caso di contattare la polizia, con la speranza che nessun ragazzo corrispondente alla descrizione di suo figlio fosse rimasto vittima di un incidente o peggio.

"Tutto questo è solamente a causa del suo buon cuore. Si preoccupa sempre per gli altri, dimenticando sé stesso," pensò. Prese nuovamente il telefono, decisa a provare a chiamarlo per l'ultima volta dopo di che, se non avesse risposto, avrebbe contattato la polizia e gli ospedali.

Silenziosamente, lacrime amare iniziarono a scorrerle lungo il viso all'ennesima risposta della segreteria. Il telefono le cadde dalle mani tremanti, mentre una cupa disperazione si impossessava di lei. Non voleva chiamare nessun altro, ma aveva bisogno di sapere cosa fosse successo, sia che dovesse correre all'ospedale, che organizzare un funerale. Iniziò a singhiozzare convulsamente al pensiero che il figlio non fosse più con lei.

Con un enorme sforzo, riuscì a calmarsi e a prendere nuovamente il telefono per comporre il numero per le emergenze.

«112, in cosa posso esserle utile?» rispose una voce femminile.

«Buonasera, io…» esordì, ma dovette subito fare una pausa per ricacciare indietro le lacrime. «Mi chiamo Lorenza Magliani. Mio figlio Sandro non è ancora tornato a casa e non risponde al cellulare. È uscito ieri pomeriggio e, non vedendolo tornare, ho pensato che si fosse fermato a dormire a casa di un amico. Oggi non è tornato ed il suo telefono è stato spento; temo gli sia successo qualcosa.»

«La metto in contatto con la polizia, si occupano loro delle persone scomparse. Attenda in linea, per cortesia» rispose l'operatrice, mentre un brivido freddo le percorse la schiena sentendo quella voce disperata.

Lorenza non rispose, limitandosi ad attendere.

Per quanto tentasse di riflettere lucidamente, i suoi pensieri erano come avvolti da una fitta nebbia; in quel momento, l'unico suo desiderio era che qualcuno le dicesse che il figlio era sano e salvo, che, magari, aveva dimenticato il telefono da qualche parte e non aveva potuto contattarla e che presto sarebbe tornato a casa.

«Polizia, in cosa posso esserle utile?» rispose, meccanicamente, un agente.

Lorenza, immersa nelle sue riflessioni, fu còlta di sorpresa e, improvvisamente, la sua mente sembrò come svuotata, quasi non ricordò cosa dovesse chiedere.

Dopo quello che apparve un interminabile lasso di tempo, si riprese.

«Buonasera, mi chiamo Lorenza Magliani. Credo sia successo qualcosa a mio figlio Sandro, dal momento che non lo vedo e non lo sento da ieri pomeriggio.»

«Capisco. Può darmi qualche altra informazione su suo figlio?» chiese, iniziando a cercare tra i casi più recenti di omicidio, incidenti o qualsiasi avvenimento che avesse richiesto l'intervento della polizia.

«È un ragazzo di ventisei anni, con capelli scuri pettinati corti sui lati e più lunghi sulla parte superiore. Ha un piercing all'orecchio destro...» Fece una breve pausa, mentre le lacrime le soffocavano il respiro. «Porta la barba rasata ed è un bel ragazzo.»

L'immagine del giovane uomo trovato morto quella mattina apparve agli occhi dell'agente. In passato, gli era capitato molte altre volte di dover comunicare la morte di un congiunto in circostanze tragiche, nonostante ciò, non ci si sarebbe mai abituato.

Prese un profondo respiro, chiuse gli occhi e cercò di farsi forza. «Signora Magliani, mi dispiace doverle dare questa notizia, ma un ragazzo corrispondente a questa descrizione è stato trovato morto al cimitero. Non possiamo essere certi che si tratti di suo figlio, dal momento che il portafogli gli era stato presumibilmente portato via.»

Lorenza non riuscì a trattenere ulteriormente le lacrime e si appoggiò allo schienale della poltrona dove era seduta. Nessuno poteva aver avuto alcun interesse ad uccidere Sandro; non era ricco e non possedeva alcun oggetto per il quale valesse la pena uccidere.

«Signora Magliani, è ancora in linea?» chiese con voce calma l'agente, domandandosi se fosse il caso di fare intervenire un'ambulanza.

«Sì... ma non capisco. Perché lui? Cosa stava facendo là?» rispose, tra le lacrime.

«Signora, non abbiamo ancora la certezza che si tratti di suo figlio, potrebbe anche essere un ragazzo che gli somigliava; sarebbe bene che si recasse all'obitorio per effettuare il riconoscimento,» rispose, a voce bassa.

«Ha ragione. Sicuramente si tratta di qualcun altro, non può essere il mio Sandro... non può essere lui,» continuò singhiozzando, mentre la certezza che si trattasse effettivamente di suo figlio iniziava a farsi strada nel suo cuore.

Solamente cinque anni prima aveva dovuto organizzare il funerale del marito e, da quel giorno, Sandro aveva rappresentato la sua àncora di salvezza. Adesso che la sua morte lo aveva ricongiunto con il padre, lei era rimasta sola con solamente il dolore a fargli compagnia.

Non riusciva a trovare un solo motivo valido per vivere, nemmeno pensando ai suoi fratelli e sorelle; niente avrebbe colmato il vuoto lasciato da quella famiglia che con tanto amore aveva costruito e cresciuto e che, ormai, non c'era più.

Tutto era ormai perso.

L'agente lasciò passare lunghi minuti, senza osare interrompere il suo singhiozzare; non aveva fretta ed attese che la signora si calmasse e decidesse quando recarsi all'obitorio per effettuare il riconoscimento.

«A che ora posso andare a vederlo?» chiese, con voce flebile.

«Può andare domani mattina, quando vorrà dalle otto in poi,» rispose.

«Cercherò di essere là prima possibile,» rispose, riflettendo se fosse il caso di chiedere a una delle sorelle di accompagnarla in macchina, certa che non sarebbe stata in grado di guidare.

Una volta terminata la telefonata, Lorenza si guardò intorno. Il televisore era acceso e le scene di un vecchio film in bianco e nero scorrevano sullo schermo.

Si alzò dalla sedia e si avvicinò alla finestra. La tipica quiete delle serate invernali avvolgeva morbidamente la città al di là del vetro; non c'erano sirene di ambulanze, né traffico sulle strade, tutto scorreva come sempre. La sua vita, però, era drasticamente cambiata. Il figlio che aveva aspettato per cena aveva raggiunto il padre e non avrebbe fatto più ritorno.

Cosa ne sarebbe stato di lei? Cosa avrebbe dovuto fare? Per quale motivo avrebbe dovuto continuare a vivere se tutte le persone care l'avevano lasciata improvvisamente?

Tutto le sembrava un incubo e pregò di svegliarsi e di accorgersi che Sandro era lì con lei a guardare il film.

Spense il televisore, rimanendo ad ascoltare il silenzio dell'appartamento. Sapeva che avrebbe dovuto chiamare una delle sue sorelle affinché informasse tutti dell'incidente e andasse a farle un po' di compagnia; il suono di una voce familiare l'avrebbe rassicurata di non essere rimasta sola al mondo.

Tuttavia, in quel momento, voleva solamente dormire. Ormai incapace di versare altre lacrime, andò verso il mobiletto dei medicinali e prese un sonnifero.

Le Ombre avevano avvolto Sandro e lo avevano portato via a sua madre, rendendola vittima innocente della loro sete di vendetta.

***

Con un rumoroso sbadiglio a sancire la fine della sua giornata, Scala si preparò per andare a dormire. Lo squillo del telefono gli comunicò che qualcuno non era d'accordo e lui restò a fissarlo per alcuni lunghi istanti prima di decidere di rispondere.

«Buonasera, commissario,» lo salutò l'agente che aveva preso la chiamata della signora Magliani. «Sono spiacente di disturbarla a quest'ora, immagino stesse andando a dormire.»

«Almeno non mi ha svegliato, mi dica.»

«Ci ha appena chiamati una signora per denunciare la scomparsa del figlio. Credo sia stata la madre dell'uomo trovato morto questa mattina al cimitero di Ostia Antica. Mi ha detto che andrà all'obitorio per il riconoscimento domani, e sono certo che alle otto sarà già là. Ho pensato di avvisarla nel caso volesse andare a parlarle.»

Sorpreso per aver scoperto l'identità della vittima così presto, Scala si alzò dal divano e andò nello studio.

«Come si chiama la signora?» chiese.

«Lorenza Magliani, ma non so se è il cognome da nubile o da sposata. Mi ha fornito una breve descrizione di suo figlio Sandro e ha parlato di un piercing all'orecchio sinistro. Dal momento che la descrizione combacia, possiamo presumere che sia effettivamente suo figlio.»

Mentre attendeva la connessione con il server della polizia, Scala rimase in silenzio per alcuni istanti, riflettendo sui passi successivi. «Grazie, agente. Cercherò nell'archivio se ci sono corrispondenze tra la vittima ed il figlio della signora con cui ha parlato. Ha detto Lorenza Magliani, giusto?»

«Esatto, commissario.»

«Perfetto, la ringrazio. Buonanotte,» lo salutò Scala.

Cercò negli archivi dell'anagrafe e non gli ci volle molto per arrivare a Sandro Marini, figlio di Marco Marini e Lorenza Magliani; le foto sulla carta d'identità e sulla patente non lasciavano spazio a dubbi.

«Abbiamo il tuo nome e cognome, ma dobbiamo conoscere qualcosa in più su di te se vogliamo scoprire che legame avevi con il tuo assassino,» borbottò, come se stesse parlando alla vittima.

«Vieni a dormire?» gli chiese Anna, affacciandosi alla porta.

Scala annuì. Per il momento non poteva fare altro, il giorno dopo avrebbe iniziato ad indagare partendo dalle informazioni che aveva appena ottenuto.

«Arrivo. Giovanna sta già dormendo?»

«Sì, le ho letto la sua favola della buonanotte preferita e spero ci faccia dormire fino a domani mattina,» disse a voce bassa, sorridendo.

Scala si alzò dalla sedia, stiracchiandosi, e seguì la moglie in camera da letto.

Capitava raramente che parlasse con Anna delle indagini che stava seguendo, del resto, la maggior parte delle volte erano riservate. Quella sera, però, il pensiero del dolore che stava provando la signora Magliani continuava a tormentarlo, e sentì la necessità di condividere quell'angoscia con la moglie.

«Sai, sto pensando al caso che mi è stato affidato,» cominciò a raccontare, una volta che furono a letto. «Un ragazzo è stato ucciso nel cimitero di Ostia Antica, ed il suo cadavere è stato ritrovato questa mattina dal custode. Non avevamo idea di chi fosse, sapevamo solamente il suo nome perché l'assassino l'aveva scritto su un foglietto. Questa sera, una signora ha chiamato il 112, preoccupata per il figlio che non aveva fatto ritorno a casa e di cui non aveva notizie dal giorno precedente.»

Anna spalancò gli occhi, portandosi una mano alla bocca, pensando al terrore di una madre che si trovi a dover affrontare una tale disgrazia. «Era suo...»

«Sfortunatamente, sì,» sospirò Scala. «L'agente con il quale ha parlato mi ha fornito i dettagli, e non mi ci è voluto molto per avere la conferma che si tratta del figlio. Domani andrà all'obitorio per il riconoscimento, ed io voglio arrivare prima di lei per starle vicino e farle alcune domande. Il marito è morto cinque anni fa, e questo potrebbe essere un dolore troppo forte per il cuore di una persona.»

«Se una cosa del genere succedesse a Giovanna, io...» disse Anna, con voce tremante, incapace di terminare la frase.

Scala la strinse forte a sé, accarezzandole i capelli.

Sapeva che non esisteva al mondo qualcuno in grado di prevedere gli eventi; l'unica cosa che potevano fare era sperare che una tale disgrazia non sarebbe mai accaduta nella loro famiglia. Si rammaricò di non avere e, di conseguenza poter dare, certezze a quel proposito ad Anna.

«Non dobbiamo essere pessimisti; perché mai una cosa del genere dovrebbe succedere a Giovanna? Inoltre, anche se ci sono molti casi di persone che muoiono giovani, è decisamente maggiore la percentuale di coloro che muoiono in età avanzata per cause naturali,» disse, cercando di rassicurare la moglie e sé stesso.

Lei sorrise, scostandosi da lui. «Hai ragione. Non dobbiamo pensare alle disgrazie che potrebbero accadere, quanto a goderci il tempo che passiamo assieme adesso che tutto sta andando bene.»

«Esattamente, anche se so già che sarà difficile incontrarla domani mattina e doverle fare domande sulla vita del figlio,» disse, facendo una smorfia. «Può sembrare crudele, ma se vogliamo trovare chi lo ha ucciso, dobbiamo interrogare tutti quelli che lo conoscevano bene, e chi meglio della madre? Del resto, lei era al corrente di ogni suo spostamento, sapeva le sue abitudini, gli amici che frequentava, il suo lavoro e qualsiasi altra cosa,» concluse, sbadigliando.

«Allora faresti bene a dormire, se vuoi prendere l'assassino,» disse Anna, spengendo la luce.

Scala sapeva che quella non sarebbe stata una notte tranquilla. Ma non fu il pensiero che una cosa simile potesse accadere anche a lui a tenerlo sveglio, piuttosto furono le domande che iniziarono ad affollare la sua mente circa i motivi ed il luogo del delitto. Dai risultati delle analisi della scientifica e del medico legale sul corpo e sul luogo dell'omicidio molte di esse avrebbero trovato risposta; e se Romizi avesse avuto ragione ed il ragazzo non era stato ucciso nel posto in cui era stato ritrovato? Quante persone si erano trovate sul luogo del delitto?

"Se l'assassino avesse dovuto trasportare il corpo della vittima, sicuramente avrebbe avuto bisogno dell'aiuto di un'altra persona; questo spiegherebbe anche il motivo per il quale si sono firmati come Ombre al plurale" rifletteva nell'oscurità della stanza.

Impostò la sveglia prima del solito orario, in modo da essere all'obitorio prima delle otto, orario in cui riteneva che la signora Magliani sarebbe arrivata.

Sorrise ascoltando il respiro regolare della moglie; almeno nella loro famiglia tutto andava bene e, con quella certezza, si addormentò.

CAPITOLO 4

La mattina seguente, alle sette e mezza, ancora mezzo addormentato, Scala arrivò al Verano, meravigliandosi di esserci riuscito senza aver causato alcun incidente.

Aveva assolutamente bisogno di un caffè prima dell'incontro con la signora Magliani; quindi, decise di andare al commissariato San Lorenzo lì vicino per prenderne uno in compagnia del suo amico, il commissario Ottavi.

Il caffè del loro distributore automatico riuscì a svegliarlo completamente e quando, dopo mezz'ora ne uscì, si diresse verso l'obitorio.

Alle otto e un quarto, un'esile donna di mezza età fece il suo ingresso, guardandosi intorno, con aria smarrita.

«Buongiorno, immagino lei sia la signora Magliani,» disse Scala, riconoscendola dalla fotografia sul documento che aveva visto la sera precedente. «Sono il commissario Maurizio Scala e mi occupo delle indagini relative all'omicidio di un giovane uomo commesso un paio di notti fa,» si presentò.

Lei si bloccò, interdetta.

«Come fa a conoscermi?»

«Ieri sera mi hanno informato che sarebbe venuta, quindi è stato facile indovinare. Inoltre, l'obitorio, per di più a quest'ora, non è un posto affollato,» rispose. «Venga con me, l'accompagno a fare il riconoscimento e speriamo non si tratti del suo Sandro» aggiunse.

Si incamminarono in silenzio e Scala le lanciò uno sguardo di sottecchi; le ombre sotto agli occhi, i movimenti lenti ed i passi incerti testimoniavano la notte di angoscia che aveva vissuto.

Giunti alla porta dietro la quale era il cadavere, Scala esitò per un istante e si voltò verso di lei.

«È pronta?» chiese.

La signora Magliani scosse la testa.

«Non credo si possa mai essere pronti per una prova del genere, ma ho bisogno di sapere se Sandro è scomparso oppure...» si interruppe, non riuscendo nemmeno a pronunciare la parola morto. Era per lei troppo difficile anche solamente ipotizzare che se ne fosse andato per sempre.

Il commissario prese un profondo respiro, entrò nella stanza e guidò la donna vicino al tavolo dove era steso il cadavere.

Appena lo vide, le ginocchia le si piegarono, incapaci di reggere il peso del corpo. Scala la sorresse per evitare che cadesse.

«Non può essere! Sandro mio!» gridò, disperata, singhiozzando ed aggrappandosi al braccio del commissario. La sua vita era finita.

Dopo il dolore provato per l'improvvisa morte del marito, mai aveva immaginato che una tale disgrazia potesse abbattersi nuovamente sulla sua famiglia.

Le sue grida strazianti riempirono quella stanza che ospitava solamente dolore e riecheggiarono sulle pareti che, assieme alle persone che ci lavoravano, erano quotidiane testimoni dell'amarezza della morte e della fragilità della vita.

Scala rimase in silenzio; aveva difronte una madre che aveva appena visto il cadavere del figlio assassinato ed aveva bisogno di dare sfogo alla propria disperazione per quella morte per lei incomprensibile.

Le ci vollero lunghi minuti per ricordarsi di non essere sola e, non senza sforzo, riuscì a calmarsi e a riprendere il controllo delle sue emozioni.

«Chi è stato? Quale persona al mondo ha potuto fare una cosa talmente crudele ad un bravo ragazzo come Sandro?» bisbigliò, ormai senza forze.

«È quello che scopriremo, signora Magliani, ma abbiamo bisogno del suo aiuto, perché credo lei sia la persona che lo abbia conosciuto meglio di chiunque altra,» rispose Scala con tono calmo, guidandola fuori dalla stanza.

«La prego, commissario, non adesso. Ho bisogno di un po' di tempo,» rispose, con voce stanca.

«La comprendo benissimo, signora, ma voglio prendere il responsabile prima che faccia un'altra vittima,» fu costretto ad insistere Scala, detestandosi allo stesso tempo. Non voleva rischiare di prendere l'assassino seguendo una scia di cadaveri.

La signora Magliani rimase sbalordita al pensiero che il figlio fosse stato vittima di un assassino seriale.

«Quindi, lei crede che chi l'ha ucciso non abbia avuto qualcosa contro Sandro, in particolare? Veramente c'è qualcuno intenzionato ad uccidere altre persone? Ma perché?»

Il commissario scosse la testa e con la mano si tirò indietro i capelli. «Non sappiamo se riguardi il suo lavoro, i suoi hobby, la sua cerchia di amici o se si tratti di un pazzo che uccide persone a caso, ma sicuramente, non ha intenzione di fermarsi, quindi dobbiamo farlo noi, prima che sia troppo tardi.»

«Capisco. Non voglio essere responsabile, anche se indirettamente, del prossimo omicidio. In questo momento è per me decisamente difficile rispondere alle sue domande, ma se effettivamente c'è un pazzo a piede libero, non posso permettere che un'altra madre provi il mio stesso dolore,» disse, risoluta, sperando che la morte del figlio potesse almeno evitarne altre.

"Devo farmi forza," aggiunse tra sé, "più tardi, quando sarò con la mia famiglia, potrò piangere il mio Sandro."

«Le sono grato per il suo aiuto, signora. È venuta in auto?» le chiese.

«No, ho preso un taxi; non sarei stata in grado di guidare con questo peso sul cuore.»

«Allora, mi permetta di accompagnarla al commissariato; nel mio ufficio avremo privacy e anche un ambiente migliore,» le disse, guidandola verso la propria auto.

Una volta arrivati, Scala scorse l'agente Silvani che stava prendendo servizio in quel momento.

«Agente, si assicuri che nessuno bussi alla mia porta finché sarò occupato con la signora Magliani. Sono stato chiaro?»

«Signorsì,» rispose, mettendosi sull'attenti.

Per una volta, Scala fu contento della disciplina militare che Silvani ancora seguiva alla lettera; era sicuro che non avrebbe fatto entrare nessuno, a meno che non passasse sul suo corpo.

Fece entrare la signora Magliani nel suo ufficio, chiudendo la porta dietro di sé.

«Prego, si accomodi,» la invitò, indicando il tavolo al centro della stanza che era solito utilizzare per le riunioni con la sua squadra.

«Signora Magliani, le dispiace se registro la nostra conversazione? Ovviamente, rimarrà riservata.»

«Faccia pure, commissario,» rispose lei, guardandosi intorno mentre Scala armeggiava con il piccolo registratore sul tavolo.

«Può raccontarmi qualcosa di suo figlio Sandro? Che tipo di persona era?» chiese Scala.

Era solito iniziare con domande generiche, le cui risposte potevano in qualche modo indirizzare il discorso in una direzione precisa; solamente a quel punto diventavano più circostanziate per accertarsi di essere sulla strada giusta.

«Cosa posso dirle, commissario? Era il mio unico figlio, e non c'è stato niente che amassi più di lui. Era una persona dal cuore d'oro che metteva al primo posto gli altri, piuttosto che sé stesso; sa, faceva il volontario in un centro di recupero per tossicodipendenti,» iniziò a raccontare, con voce monotona.

«Quale?» la interruppe Scala, chiedendosi se il suo altruismo avesse attirato su di lui l'attenzione delle persone sbagliate, tra le quali poteva esserci stato il suo assassino.

«Non sono certa di ricordarmi il nome correttamente; mi sembra si chiami 'Nuova Vita', ma dovrà verificarlo. Forse Sandro ne aveva scritto il numero di telefono anche nella rubrica che ho a casa, oltre che nel suo cellulare. A proposito, lo aveva con sé? Lo avete ritrovato?» chiese.

39

«Non lo so, devo verificarlo con la squadra della scientifica che si è occupata dei rilievi sul posto. Inoltre, dovremo esaminare anche gli effetti personali a casa sua per raccogliere quante più informazioni possibili sui luoghi che era solito frequentare, magari anche quelli di cui non le parlava, sulla sua cerchia di amicizie, i suoi colleghi...» cominciò ad elencare. «Dove lavorava?»

«Sandro era un genio dell'informatica. Lavorava come sviluppatore di giochi elettronici per la Game-In S.p.A. Adorava il suo lavoro così tanto che, a volte, quando non aveva niente da fare con i suoi amici e non era impegnato con il centro di recupero, lavorava anche da casa,» disse, mentre un flebile sorriso apparve sul suo volto, al ricordo della passione del figlio.

«Cosa può dirmi di suo marito, Marco Marini, il padre di Sandro? Come è morto?»

«Commissario,» disse, riprendendo a piangere. «Stava tornando a casa in auto quando l'autista di un camion che viaggiava in direzione opposta perse il controllo del mezzo, schiantandosi contro il suo. Marco fu portato immediatamente all'ospedale, ma le sue condizioni erano critiche e morì quella stessa notte. Per Sandro fu un colpo terribile; rimase chiuso nella sua stanza per un mese intero, dopo di che prese l'abitudine di andare a visitare la tomba del padre regolarmente. Mi ripeteva che era l'unica cosa ad impedirgli di impazzire, sostenendo di riuscire a sentire la voce del padre parlargli dalla tomba, come se lui non fosse mai morto.»

Fece una breve pausa, scuotendo la testa.

«Ho dovuto mettere da parte il mio dolore e mostrarmi forte per il bene di Sandro, ma non c'è stato momento in cui non sentissi la mancanza di mio marito, nemmeno un singolo istante.»

«Quindi, immagino che suo marito sia seppellito nel cimitero di Ostia Antica, giusto?» dedusse Scala, certo di avere almeno scoperto il motivo per il quale il ragazzo si fosse trovato lì. Magari quel giorno il dolore per la perdita del padre lo aveva sopraffatto per l'ennesima volta e lui aveva deciso di andare sulla sua tomba in cerca di sollievo.

Mentalmente, imprecò contro la mancanza di lungimiranza del Comune che, per risparmiare, non aveva fatto installare un sistema di videocontrollo a circuito chiuso che, in quel caso, avrebbe fatto decisamente la differenza.

La signora Magliani lo guardò come se non avesse compreso la domanda.

«No, mio marito è sepolto al Flaminio dove la sua famiglia ha una cappella privata. Ma, non vorrà dirmi che Sandro è stato ritrovato al cimitero di Ostia Antica... Cosa era andato a fare lì?» chiese, meravigliata.

«Speravo avrebbe saputo dirmelo lei. Per caso, sa se aveva un amico sepolto lì? Forse una persona conosciuta al centro di recupero, poi morta per un'overdose, alla quale era legato...» disse Scala, ipotizzando un motivo che avrebbe giustificato la sua presenza lì.

«In questo non posso esserle d'aiuto, ma potrebbe essere, comunque, una possibilità. Purtroppo, non tutte le persone che provano a liberarsi dalla dipendenza dalla droga ci riescono, ma Sandro voleva aiutare tutti e, anche se non dipendeva da lui, non si rassegnava.»

«Bene, signora, abbiamo finito, la riaccompagno a casa. Le spiace se chiedo a qualcuno della scientifica di venire con noi? Dobbiamo prendere gli effetti personali di suo figlio: computer, agenda, appunti e qualsiasi altra cosa possa fornirci degli indizi. Poi, andremo anche al suo posto di lavoro, sperando di ottenere informazioni sulle persone che frequentava.»

Lorenza era esausta. Voleva solamente essere lasciata sola con il suo dolore e preparare il funerale; non voleva che le portassero via tutti gli oggetti che le ricordavano il figlio.

Si voltò verso Scala, come se un improvviso pensiero avesse attraversato la sua mente.

«Commissario, quando mi riconsegnerete il corpo per dargli la giusta sepoltura?»

«Ci vorranno un paio di giorni. Ci comunichi il nome dell'impresa funebre, provvederemo noi a contattarli per andare a prendere il corpo e prepararlo per la tumulazione,» le rispose, cercando di essere d'aiuto.

«Grazie, le farò sapere. Non mi aspettavo una simile disgrazia, ma credo che mi rivolgerò alla stessa che si occupò del funerale di mio marito.»

Scala si alzò in piedi ed interruppe la registrazione. «Se è pronta, possiamo andare.»

«Sì, commissario» disse, alzandosi a fatica e seguendolo fuori dal suo ufficio.

Ancora non riusciva a credere a quanto era successo, e molte domande iniziarono ad affollare la sua mente pensando al modo in cui il figlio era stato ucciso.

Mentre si dirigevano verso l'auto, Scala prese il cellulare e chiamò Romizi; aveva bisogno che lui, o qualcuno della sua squadra, li raggiungesse a casa della signora Magliani per prendere in consegna gli effetti personali del figlio e rilevare qualsiasi traccia interessante per l'indagine.

Il collega si trovava con la propria squadra al cimitero di Ostia Antica e fu decisamente contento di avere un motivo per abbandonare quel luogo; non gli erano mai piaciuti i cimiteri e la sua squadra se la sarebbe cavata tranquillamente senza di lui.

Decise di andare a casa della signora Magliani con uno dei furgoni, in modo da avere tutta l'attrezzatura a disposizione; anche se non era la scena del crimine era comunque un luogo collegato alla vittima, e doveva evitare qualsiasi contaminazione. Inoltre, avrebbe dovuto prendere dei campioni del DNA della madre per isolarne le tracce nella stanza di Sandro.

***

Ci vollero un paio di ore per raccogliere e classificare tutti gli oggetti che avevano ritenuto importanti da analizzare; dopodiché se ne andarono, non senza prima essersi scusati con la signora Magliani per l'intrusione ed averle promesso di trovare l'assassino prima possibile.

«Hai scoperto qualcosa di interessante?» chiese Romizi, una volta fuori dall'edificio.

«Sì, la madre mi ha detto che cinque anni fa il padre è morto in un tragico incidente. Per Sandro fu un dolore difficile da superare, e far regolarmente visita alla sua tomba era stato il suo modo per riuscire ad andare avanti con la propria vita. Comunque, il padre non è sepolto al cimitero di Ostia Antica, ma al Flaminio; quindi, dobbiamo ancora scoprire il motivo per il quale si sia trovato lì la notte dell'omicidio,» raccontò Scala, esitando prima di salire in auto.

«Quindi, pensi che l'assassino possa averlo attirato lì con una scusa?»

«Non credo si tratti di una singola persona. Rifletti, tu stesso hai detto che l'omicidio potrebbe essere stato commesso altrove e che il corpo potrebbe essere stato spostato. Come avrebbe potuto farlo una persona da sola? A meno che non si sia trattato di un uomo forte e ben piazzato, avrebbe avuto bisogno di qualcuno che lo aiutasse, anche perché un corpo morto è ben più pesante di uno vivo,» considerò Scala, aprendo la portiera della propria auto, come se volesse salire, ma rimanendo in piedi.

Romizi distolse lo sguardo da lui e si voltò verso il van. «Ottima osservazione. Hai già deciso da dove iniziare l'indagine?»

«Sì. La madre mi ha detto che era stato volontario presso un centro di recupero per tossicodipendenti, inizierò da lì. Qualcuno potrebbe sapere se abbia avuto una persona cara sepolta in quel cimitero.»

«Buona idea,» disse Romizi, dirigendosi verso il van. «Ti manderò il rapporto appena avremo analizzato tutte le tracce ed avremo qualche indizio circa la dinamica dell'omicidio. Spero, almeno, di riuscire a determinare quanti erano e come hanno trasportato il corpo.»

«Lo spero anch'io,» mormorò Scala, salendo in auto e mettendo in moto.

Durante il tragitto verso il commissariato, il suo stomaco aveva rumorosamente cercato di reclamare i propri diritti ma, non avendo ricevuto la minima attenzione, era caduto in uno stato comatoso, cosa che non fu del tutto sgradita al commissario; in quel momento doveva concentrarsi sul caso, per evitare altre vittime.

Scala sapeva che quello era l'inizio di una nuova dieta forzata e sperò almeno di non arrivare a soffrire la fame, cosa decisamente possibile se avesse continuato a saltare i pasti. Nonostante la situazione fosse tutto fuorché divertente, gli sfuggì un sorriso.

Si sforzò di tornare a concentrarsi sul caso e, dal momento che erano già le tre e mezza, decise di

andare al centro di recupero ad interrogare gli altri
volontari.

CAPITOLO 5

La voce dell'arrivo di un commissario di polizia creò scompiglio tra i pazienti ed il personale del centro di recupero.

Quando Scala fece il suo ingresso nell'edificio, tutti gli occhi si voltarono verso di lui e ne seguirono ogni mossa, chiedendosi se fosse lì perché qualcuno aveva procurato della droga ai pazienti.

Il commissario poté quasi udire ogni bisbiglio, dubbio e congettura passare di bocca in bocca e venire distorto fino a perdere qualsiasi rapporto con la realtà.

Chiese ad una infermiera indicazioni per raggiungere l'ufficio del direttore, certo che nessuno meglio di lui potesse fare luce su quel mistero.

Davanti alla porta socchiusa del suo ufficio, bussò leggermente.

«Avanti,» rispose il direttore.

Scala si sporse nella stanza, prima di entrare. «Buon pomeriggio, dottor Romani. Mi scuso per il disturbo, sono il commissario Maurizio Scala,» si presentò, mostrando il distintivo. «Mi sto occupando di un caso che deve essere risolto prima possibile. Ha tempo per rispondere ad un paio di domande?»

«Buon pomeriggio, commissario. Prego, si accomodi. Sono a sua completa disposizione e spero di poterle essere d'aiuto,» rispose.

Lo sguardo cordiale e rilassato del direttore calmò l'inquietudine che, dall'incontro con la signora Magliani quella mattina, non aveva abbandonato l'animo del commissario.

Scala estrasse dalla tasca una fotografia di Sandro. «Non le voglio far perdere troppo tempo, quindi vengo subito al dunque. Conosce questo ragazzo?» chiese, porgendogliela.

Il dottor Romani si allungò per prenderla e si aggiustò gli occhiali sul naso. «Certo, è Sandro Marini, uno dei volontari che vengono regolarmente ad aiutare i nostri pazienti. È un ragazzo con un grande cuore, ma non l'ho visto negli ultimi due giorni, spero non gli sia successo niente di grave.»

«Sfortunatamente, è stato ucciso due notti fa.»

A quella notizia, il dottor Romani sbiancò e Scala temette stesse per svenire.

«No,» mormorò. «Non è possibile, ci deve essere un errore. Chi mai può avere avuto un qualsiasi motivo per uccidere una persona gentile e altruista come lui? Deve essere stato un maniaco, qualcuno che non aveva la minima idea di chi fosse...» balbettò, con la fronte imperlata di sudore ed il cuore che sembrava volesse uscirgli dal petto.

«Lo so, è una notizia terribile e, finora, sembra non abbia avuto alcun nemico. Tuttavia, non so quasi niente di lui, ma sono convinto che l'assassino lo abbia conosciuto; potrei anche spingermi ad ipotizzare che siano stati amici,» disse, facendo una pausa per riordinare le idee. «Avete avuto pazienti che non sono riusciti a vincere la propria dipendenza? Magari uno di essi aveva un'amicizia più stretta con Sandro?» ipotizzò Scala.

Il dottor Romani si prese del tempo per rispondere. Effettivamente c'erano stati casi di pazienti deceduti, e sperò che quella disgrazia non facesse riaprire le indagini.

Quell'esitazione fece insospettire Scala, che si chiese se fosse dovuta ad un incidente che avrebbe potuto compromettere la reputazione del centro; decise, quindi, di indagare in quella direzione. «Immagino sia inutile ricordarle che, qualsiasi cosa lei cerchi di nascondere, verrà comunque fuori.»

Un profondo sospiro uscì dalla bocca del direttore, come se la sua anima volesse staccarsi dal corpo.

«Non so se quanto sto per raccontarle abbia qualche relazione con la morte di Sandro, e non so nemmeno dirle con certezza se, ai tempi, lui frequentasse già il nostro centro. Uno dei nostri pazienti interruppe improvvisamente il percorso riabilitativo e, dopo un paio di giorni, si suicidò,» disse, abbassando la testa ed evitando di guardare il commissario negli occhi.

«Sa dirmi in quale cimitero è stato sepolto?» chiese Scala, sperando fosse in quello di Ostia Antica.

«Purtroppo, no, ma le posso dare i nomi dei familiari,» rispose, voltandosi verso il computer, ma si bloccò e si voltò nuovamente verso il commissario. «Perché è così importante il luogo della sepoltura?»

«Il corpo di Sandro è stato ritrovato al cimitero di Ostia Antica. Dal momento che non ha parenti sepolti lì, suppongo sia andato a visitare la tomba di un amico,» rispose Scala, con noncuranza.

«Capisco,» mormorò quasi a sé stesso il direttore, voltandosi nuovamente verso il computer.

Improvvisamente, uno strano pensiero si fece strada nella mente di Scala. Si chiese se ci fosse stata della gelosia da parte di uno degli altri volontari nei confronti di Sandro e che, con il tempo, fosse cresciuta a dismisura fino a portarlo ad uccidere quello che ormai considerava un suo antagonista.

«Quanti volontari avete? Ho bisogno dei loro nomi e recapiti telefonici,» disse.

«Ci sono numerose persone che prestano la loro opera come volontari; la maggior parte di esse lo fa perché ha perso una persona cara a causa della dipendenza da stupefacenti, e vuole evitare che altre persone facciano la stessa fine. Altre, come Sandro, sono semplicemente persone altruiste, intenzionate ad aiutare coloro che hanno smarrito la propria strada e l'amore per sé stessi,» rispose il dottor Romani, sistemandosi con una mano i capelli.

«Le spiace se dopo il nostro colloquio andrò a fare delle domande ai pazienti?» chiese. La sua era una domanda retorica, dal momento che l'avrebbe fatto comunque, ma voleva osservare la reazione del direttore.

«Certamente, è libero di parlare con chiunque voglia rispondere alle sue domande. Tuttavia, come può immaginare, la maggior parte di loro ha avuto brutte esperienze con le forze dell'ordine e potrebbe non essere entusiasta di parlare con un loro rappresentante.»

«Correrò il rischio,» rispose Scala, con un sorriso.

Una volta ottenuta la lista dei volontari e i dati relativi all'uomo che si era suicidato, Scala salutò il direttore ed andò in giro nell'edificio, sperando di ottenere altre informazioni.

L'odore pungente del disinfettante utilizzato dagli addetti alle pulizie, mescolato a quello delle vernici economiche e di altri prodotti chimici, era comune a tutti gli istituti sanitari che non ricevendo fondi dal Governo, sopravvivono solamente grazie alla generosità di benefattori privati ed alle minime rette pagate dalle famiglie dei pazienti. Quell'odore lo portò indietro nel tempo, quando era solito andare a trovare il nonno alla casa di riposo e lo aveva sempre associato alla morte.

Mentre camminava lungo i corridoi, una flebile ma fastidiosa voce dentro di sé lo tormentava circa un possibile collegamento tra quel centro e l'inspiegabile omicidio di Sandro Marini; poi, una musica in lontananza attirò la sua attenzione. Il commissario sorrise, quel suono suggeriva ci fosse ancora speranza nei cuori dei pazienti della struttura, e si rifiutò di credere che tra di essi ci fosse un pazzo o un omicida a sangue freddo.

Seguendo quelle note, entrò in una grande stanza dove circa venti persone parlavano, ascoltavano musica o leggevano un libro. Uno di essi si voltò verso di lui e, alla vista del suo distintivo appeso al collo, gridò «SBIRRO IN VISTA!»

Tutti gli altri interruppero quello che stavano facendo e si voltarono a fissarlo.

Una piccola ragazza bruna con grandi boccoli si alzò e si diresse verso di lui.

«Cosa vuoi, SBIRRO?» chiese.

Scala sorrise. «Sono certo che puoi fare di meglio.»

«Forse, ma non mi hai risposto, stronzo,» continuò, impavida, girandogli intorno e scrutandolo, mentre gli altri si limitavano ad osservare la scena.

Divertito dal suo comportamento, estrasse la fotografia di Sandro e gliela mostrò. «Conosci questo ragazzo?»

«Non sono un'infame, sbirro,» gli rispose, con il volto così vicino a quello del commissario che lui ne avvertì il respiro sulla pelle.

Scala tornò serio; era ora di mettere fine a quel gioco. «Se lo conoscevi, immagino ti interessi sapere che è stato ucciso e l'assassino potrebbe essere uno di voi.»

L'espressione della ragazza si indurì e lo schiaffeggiò. «BUGIARDO! Come tutti gli altri sbirri, sei un fottutissimo bugiardo!» gridò, mentre le lacrime le offuscavano la vista.

Quella reazione non stupì Scala; tuttavia, qualcosa in quello schiaffo lo sorprese. Chiaramente la ragazza era stata molto affezionata alla vittima e la notizia della sua morte l'aveva sconvolta.

Scala la prese per le spalle, scuotendola.

«Hai intenzione di dirmi quello che sai su di lui? Sono qui per cercare di scoprire chi è l'assassino. Se tu, come mi pare di capire, tenevi a lui, allora dovresti dirmi quello che sai.»

«Non so niente, nessuno di noi lo sa. Siamo qui per liberarci dalla nostra dipendenza, e questo è quanto,» rispose, divincolandosi dalla presa.

Scala si guardò intorno ed istintivamente tutti gli altri fecero un passo indietro. Nessuno di loro intendeva essere coinvolto; avevano abbastanza problemi per conto loro e non avevano bisogno di aggiungere quello di essere sospettati di un omicidio.

Scala si diresse verso un tavolo dove appoggiò alcuni biglietti da visita. «Qui trovate come contattarmi. Se qualcuno di voi ha informazioni su Sandro o ha visto qualcosa di sospetto, gli sarei grato se mi chiamasse. Nessuno saprà se e chi mi abbia chiamato, e qualsiasi informazione rimarrà assolutamente riservata.»

Sapeva di aver sollevato un vespaio, e temendo che nessuno lo avrebbe mai chiamato, si voltò e se ne andò.

Sicuramente qualcuno sapeva, ma o aveva paura di parlare, oppure era coinvolto insieme ad altri.

Una volta fuori dall'edificio, il suo cellulare cominciò a squillare; un sorriso rilassò i tratti del suo volto quando, guardando il display, vide il nome della moglie.

«Ciao, tesoro,» disse, con tono allegro.

«Ciao. Sono appena tornata a casa dopo essere passata a prendere Giovanna alla scuola dell'infanzia, e mi sono chiesta se saresti tornato tardi questa sera.»

Conosceva bene la moglie e quella non era la solita domanda per sapere se lei e Giovanna avrebbero dovuto aspettarlo per cenare; era, piuttosto, il preludio di una brutta notizia.

L'orologio nella sua auto segnava le cinque e mezza, ma lui già sapeva che avrebbe passato la serata e, probabilmente, anche parte della notte cercando di dare una direzione all'indagine.

«Penso che mangerò un panino qui, oppure salterò la cena. Ho così tante cose di cui occuparmi che temo dovrò attendere il prossimo anno per dormire di nuovo,» rispose, cercando di sdrammatizzare la situazione.

«Ok, ma...ecco...ho trovato una lettera sotto il portoncino d'ingresso; è per te, ma non è stata spedita per posta,» disse, esitando, rigirando la busta tra le sue mani.

Scala rimase in silenzio per alcuni istanti. Il pensiero che il misterioso assassino gli avesse recapitato personalmente un altro indizio lo fece impazzire.

Prese un profondo respiro; era di fondamentale importanza che Anna non sospettasse nulla.

«Appoggiala sulla mia scrivania, la leggerò al mio ritorno.»

Sapeva che decidere di posticiparne la lettura avrebbe potuto rivelarsi una pericolosa perdita di tempo, ma era l'unico modo per evitare di spaventare inutilmente Anna e, di conseguenza, turbare Giovanna.

Doveva andare subito a parlare con il commissario capo Angelini, sperando che fosse ancora in ufficio e non fosse in vena di chiacchiere. Ricordava ancora con terrore quando questi gli aveva chiesto di far alloggiare il figlio, che sarebbe andato a studiare ad Aosta, a casa di sua nonna che abitava là, pensando fosse una vecchietta indifesa, bisognosa di aiuto in casa. E, con ancor più terrore, ricordava le urla della vecchietta in questione, quando lui glielo aveva chiesto.

In quel momento, Scala non aveva tempo da perdere e aveva bisogno di confrontarsi con il suo superiore riguardo quella situazione.

Una volta raggiunto l'ufficio di Angelini, bussò alla porta.

«Avanti,» rispose.

Scala entrò e chiuse la porta dietro di sé.

«Signore, devo parlarle circa gli ultimi sviluppi dell'indagine riguardante il ragazzo ucciso al cimitero di Ostia Antica.»

Sentendo il tono preoccupato della voce di Scala, Angelini rimase serio e, evitando le solite chiacchiere di circostanza, lo invitò a sedersi.

«Poco fa mi ha chiamato mia moglie per dirmi di aver trovato una lettera indirizzata a me sotto il portoncino del nostro appartamento. È chiaro che si tratta di un altro messaggio dell'assassino e mi chiedo se rappresenti una sorta di minaccia oltre che a me, anche alla mia famiglia. Ritiene sia il caso di portare mia moglie e mia figlia in una località protetta per metterle al sicuro?» Fece una breve pausa, mentre il labbro inferiore gli tremava ed il cuore batteva all'impazzata. «Posso accettare che provi ad uccidere me, ma non la mia famiglia; loro non devono essere coinvolte in questo folle gioco degli indovinelli.»

L'Angelini che Scala aveva imparato a conoscere, sempre con il volto sorridente e impassibile con chiunque, alla perenne ricerca di qualcuno con cui chiacchierare, si era trasformato in un uomo completamente diverso; i suoi lineamenti sembravano come scolpiti nella pietra ed il suo sguardo si era fatto serio.

«Scala, innanzitutto si calmi e segua il mio ragionamento. Capisco la sua preoccupazione, ma non c'è stata alcuna minaccia concreta diretta a lei o alla sua famiglia. È naturale che questa intrusione dell'assassino nella sua vita privata la spaventi, ma la sua vittima non aveva alcuna relazione con lei e meno ancora con la sua famiglia o con la sua cerchia di amicizie. Il fatto che abbia scelto lei come destinatario di questi messaggi significa semplicemente che la sta sfidando nel suo gioco malato. Non possiamo impiegare le nostre risorse per proteggere qualcuno preventivamente, senza che abbia ricevuto una minaccia concreta, dovrebbe saperlo meglio di me.»

Scala sapeva che il commissario capo aveva ragione e che l'assassino, chiunque fosse, non aveva alcuna intenzione di fare del male ad Anna e Giovanna.

Comprendendo la preoccupazione di Scala, Angelini pensò ad una possibile soluzione.

«Credo che debba parlarne con sua moglie e decidere insieme il da farsi. Magari, assieme a vostra figlia, potrebbe allontanarsi per un certo periodo, andare da qualche parente, senza la protezione ufficiale della polizia,» gli propose il commissario capo, cercando di tranquillizzarlo.

Scala abbassò lo sguardo e si prese la testa tra le mani, cercando di schiarirsi le idee.

«Capisco, volevo solo...»

«Tutti noi abbiamo vissuto qualcosa di simile almeno una volta nella nostra carriera, e siamo arrivati al punto di chiederci come avremmo potuto sopportare il senso di colpa se il nostro lavoro avesse messo in pericolo le nostre famiglie. Deve tenere a freno le sue emozioni e trattare i suoi cari come qualsiasi altra persona che ha giurato di proteggere. Mi dia retta, prenda la sua auto, torni a casa e parli con sua moglie,» gli consigliò.

«Immagino sia la soluzione migliore,» ammise Scala, alzandosi dalla sedia, deciso a seguire il consiglio di Angelini.

Una volta a casa, ancor prima di leggere il contenuto della busta, decise di parlare con Anna.

Si sedettero sul divano e le spiegò la situazione, partendo dalla lettera che aveva ritrovato all'interno della sua auto.

«Comunque, le possibilità che tu e Giovanna siate nel mirino di questo pazzo sono remote. È chiaro che il suo unico scopo è quello di sfidarmi, oppure sono stato l'unico commissario del quale è riuscito ad ottenere l'indirizzo di casa, chissà?»

«Sono d'accordo con il commissario capo e, probabilmente, la tua reazione è stata esagerata; inoltre, penso che, almeno per il momento, non ci sia alcun motivo di preoccuparsi. Per l'ennesima volta ti stai facendo coinvolgere emotivamente da un caso,» disse, non senza una certa preoccupazione nella sua voce.

«Quindi, hai deciso di attendere una minaccia più concreta contro te o Giovanna? Io non ne sono del tutto convinto, vorrei evitare qualsiasi problema a voi due,» disse, afflosciando le spalle; era l'unico a vedere una minaccia per la sua famiglia dietro quelle strane consegne di biglietti.

Anna gli prese dolcemente la mano. «Non possiamo vivere le nostre vite temendo qualcosa che potrebbe non accadere mai. Qualsiasi attività quotidiana comporta dei rischi; potremmo rimanere vittime di incidenti d'auto, avere un infarto... e tanti altri eventi imprevedibili da compilare una lista decisamente lunga, dove la potenziale minaccia rappresentata da questo assassino occuperebbe uno degli ultimi posti.»

Scala sorrise; nel suo ambiente lavorativo era noto per il suo sangue freddo e per non lasciarsi mai coinvolgere emotivamente dai casi, ma quel giorno aveva imparato come tutto fosse diverso quando ad essere implicate in un caso erano le persone a lui care, anziché degli sconosciuti.

Senza aggiungere altro, andò nel suo studio e, indossando un paio di guanti in lattice che si era portato dal commissariato, prese la lettera.

Se la rigirò tra le mani un paio di volte per scoprire se ci fosse qualsiasi dettaglio che poteva essere notato ad occhio nudo.

Quindi, dopo aver preso un profondo respiro, la aprì, trattenendo il fiato.

Le Ombre alle vittime
giustizia porteranno
E coloro che sbagliarono
Quel che meritano avranno.
Le Ombre non puoi fermare
Ma ti sfidiamo a provare.

«Ma che significa?» urlò. «Non ha alcun senso!»

Attirata da quelle grida, Anna si diresse verso lo studio. Si affacciò dalla porta, ma capì che non era il momento per fare domande: Maurizio era al telefono, cercando di parlare con un collega.

Senza fare rumore chiuse la porta dello studio e, sbadigliando, si diresse verso la camera da letto; sperava che Maurizio sarebbe stato tanto accorto da mantenere il tono della voce basso per non svegliare Giovanna.

CAPITOLO 6

Quella sera, al centro di recupero, Luana non riusciva ad addormentarsi. Non poteva credere che Sandro fosse morto eppure, navigando in Internet, aveva visto che la stampa dava grande risalto al suo omicidio ed alla possibilità che ci fosse un assassino seriale a piede libero, la cui motivazione ad uccidere non era ancora chiara.

Luana non era interessata a tutte quelle congetture; uomo o donna che fosse, l'assassino aveva ucciso l'unica persona rimasta a credere in lei.

Si alzò dal letto, chiedendosi come avrebbe fatto ad andare avanti senza il supporto di Sandro.

«Lui era l'unico ad aver capito che ci sono molti motivi a spingere una persona nel vortice della tossicodipendenza, spesso senza che questa se ne accorga; e che alcune ci entrano per sfuggire a sé stesse e l'auto distruzione sembra l'unico modo per riuscirci.» La sua voce che echeggiò nella stanza la fece sentire sola e, ancora una volta, la sensazione di essere intrappolata in una conchiglia che si stava chiudendo lentamente senza lasciarle una via di uscita, si impossessò di lei. «Ci sono altri volontari, e tutti siamo grati per il loro aiuto, ma... tu mi piacevi più...»

Alla disperata ricerca di ossigeno, corse ad aprire la finestra, e provò sollievo nel respirare a pieni polmoni la fredda aria di quella notte di febbraio.

I rumori della strada placarono il suo senso di solitudine, e lei immaginò Sandro ancora al suo fianco, nel difficile viaggio che l'avrebbe liberata da quella dipendenza che l'aveva tenuta prigioniera per quattro anni.

Il suo sguardo tornò a vagare nella stanza, fino a quando si posò sul biglietto da visita del commissario che era andato a chiedere informazioni quel pomeriggio. Non sapeva perché lo avesse preso, non nutriva molta simpatia per gli sbirri; del resto, era per causa di alcuni di loro se molte persone si trovavano nella sua stessa situazione. Tuttavia, lui poteva essere l'unico a risolvere il caso e fare giustizia per Sandro.

«Chiunque lo abbia ucciso deve pagare; e se per far sì che questo accada dovrò scendere a patti con quel poliziotto, allora non mi resta altra scelta,» disse, prendendo il biglietto. «Ma appena il caso sarà concluso, tornerai nella mia lista nera; non farti strane idee, sbirro!» disse, con espressione dura, distogliendo lo sguardo dal biglietto da visita.

Il bisogno di chiamare il commissario diventò impellente e le ci volle un notevole sforzo di volontà per convincersi ad attendere la mattina seguente. Un ghigno si formò sul suo viso al pensiero di disturbarlo.

Nonostante il freddo, decise di lasciare la finestra aperta e tornò a sdraiarsi sul letto; nella penombra della stanza continuò a fissare il biglietto da visita finché si addormentò.

***

La mattina seguente, appena sveglia, Luana non prese nemmeno in considerazione di perdere tempo facendo una doccia o colazione; la sua priorità era parlare con il commissario Scala. Ancora in pigiama, si sedette sul letto e, senza nemmeno pensare a cosa dire, compose sul cellulare il numero sul biglietto da visita ed attese.

Aveva le mani sudate ed ogni squillo le provocava un sussulto al cuore; si chiese cosa diamine stesse facendo e la mancanza di una risposta annebbiò la sua capacità di ragionare lucidamente.

«Scala,» rispose il commissario, mentre percorreva la Tiburtina, dirigendosi verso il suo ufficio.

Luana rimase in silenzio, con lo sguardo fisso davanti a sé.

«Ehm... B-buongiorno, sono Luana...» balbettò, mentre le sembrò che il corpo le si sciogliesse tra le lenzuola.

«Mi scusi?» chiese interdetto, Scala, pensando che chiunque fosse quella Luana, sicuramente aveva sbagliato numero.

Con il volto in fiamme, la ragazza si strinse nelle spalle ed abbassò la testa. Era la prima volta che chiamava un poliziotto di sua spontanea volontà, e non sapeva cosa dire. «Sono Luana. Ieri sei venuto al centro di recupero...I-io ero...abbiamo parlato...Io...»

Cercando di capire chi fosse, Scala si ricordò della ragazza bruna che ce l'aveva con lui solamente perché esisteva. «Adesso mi ricordo. Beh, buongiorno. In cosa posso esserti utile?» rispose, con un sorriso divertito.

«Non so perché ti ho chiamato, ma vorrei conoscere qualcosa in più sulla morte di Sandro. Sembra che dopo l'incidente tutti siano irrequieti e stiano cercando un capro espiatorio.»

Maurizio la ascoltava, senza tuttavia capire il senso di quanto stava dicendo, ma quando parlò di incidente, pensò che potesse, in qualche modo, essere collegato con l'omicidio. «Posso venire ad incontrarti al centro. C'è un posto dove possiamo parlare in privato?»

Luana fece una smorfia. Non voleva passare per una che fraternizza con le forze dell'ordine, non era quella l'immagine che voleva dare di sé; tuttavia, non riuscì a trovare un'alternativa migliore.

«Non so,» mormorò, confusa, sapendo che non era semplice avere privacy nell'istituto. «Oltre che nella mia camera non ci sono altre stanze dove parlare in privato. Magari posso chiedere a mia madre o a mio fratello di portarmi a casa. Preferirei evitare di essere vista con te o con qualsiasi altro poliziotto.»

Non poteva credere di aver pronunciato quelle parole e di aver offerto la sua collaborazione alla polizia, ma quella volta era diverso: non stava denunciando uno spacciatore che, grazie alla sua soffiata, sarebbe stato arrestato, quanto di fare giustizia per l'omicidio di una persona a lei cara.

«Come preferisci, posso raggiungerti ovunque. Ma lascia che ti faccia una domanda, temi che qualcuno potrebbe minacciarti?»

Luana non era sicura di avere una risposta a quella domanda. «No, non credo. Il fatto è che al centro nessuno vuole avere a che fare con gli sbirri come te e chiunque collabora è considerato un infame, un traditore.»

Con un sospiro profondo, Scala sorrise. «Facciamo così. Scegli luogo e ora e fammi sapere prima possibile; l'assassino potrebbe essere già sulle tracce della prossima vittima e vorrei evitare un altro omicidio.»

Rabbrividendo al pensiero di avere a che fare con un assassino seriale, Luana tirò le lenzuola fino alla gola.

«Chiamerò mia mamma e vedrò con lei come organizzarci; ti farò sapere prima possibile,» disse, terminando la telefonata. Con una risata nervosa pensò alla reazione della madre quando le avrebbe detto di dover tornare a casa per parlare con un commissario di polizia.

***

L'incidente menzionato da Luana continuava a ronzare nella testa di Scala; avrebbe voluto già essere al commissariato per cercare negli archivi qualsiasi episodio avvenuto nel centro di recupero e che fosse stato segnalato alle forze dell'ordine; purtroppo, il traffico sulla Tiburtina rallentava la sua marcia.

«Ci dovrà pur essere un modo per liberarmi da questa strada maledetta; ogni mattina perdo tempo prezioso guidando; che rabbia!» disse, con una smorfia.

Quando, finalmente, arrivò al commissariato, decise di fare una veloce riunione con gli agenti Milani e Silvani; voleva aggiornarli su quanto aveva scoperto il giorno precedente e discutere con loro su come procedere.

«Buongiorno, signore!» disse Silvani, mettendosi sull'attenti, appena Scala entrò nella stanza che l'agente divideva con l'agente scelto Milani.

«Riposo, agente. Vi voglio tutti e due nel mio ufficio, dobbiamo parlare dell'omicidio al cimitero.»

«Ci sono novità?» chiese Sandra Milani.

«Sì, ma preferisco parlarne seduti comodamente intorno ad un tavolo.»

Una volta che furono tutti e tre seduti, Scala li aggiornò sugli ultimi avvenimenti. Partì dalla sua supposizione che Sandro fosse andato al cimitero di Ostia Antica perché lì era sepolta una persona a lui cara, e continuò con il racconto delle conversazioni avute con la signora Magliani, con il direttore del centro di recupero e con Luana, quella bizzarra paziente che lo aveva chiamato meno di un'ora prima menzionando un incidente.

«Quale incidente?» chiese Milani.

«Non ne ho idea, ma dobbiamo scoprirlo. Forse uno dei pazienti ha perso la vita e qualcuno intende vendicarlo.»

«Come si chiama questo centro?» domandò Milani, cercando di ricordare qualsiasi caso più o meno recente in cui la polizia aveva dovuto indagare su morti sospette o su eventuali irregolarità.

«Nuova Vita. È un posto bellissimo, a parte l'odore comune a tutte le strutture sanitarie,» rispose Scala, ripensando ai ricordi che erano riaffiorati nella sua mente mentre ne aveva percorso i corridoi.

Seguì una lunga pausa, durante la quale tutti cercarono di fare mente locale al riguardo.

«Devo fare qualche ricerca, perché non ricordo alcuna denuncia verso quella struttura. Forse si è trattato di un semplice incidente, tipo qualcuno che è scivolato sul pavimento bagnato nel quale solamente lei ha percepito qualcosa di sospetto,» ipotizzò Silvani.

«Possiamo iniziare da qui. Tu ti occuperai di ricercare negli archivi se ci sono state denunce nei loro confronti negli ultimi due anni; il direttore mi ha detto che Sandro aveva iniziato a fare il volontario relativamente di recente. Quanto a te,» disse, voltandosi verso l'agente Milani, «controllerai se ci sia qualcuno che abbia avuto un'esperienza negativa in quella struttura; in tal caso, lo convocherai per capire cosa non abbia funzionato. Io incontrerò Luana per fare un po' di luce su questo incidente.»

Rimasto solo, Scala decise di chiedere alla scientifica se ci fossero novità e quale modo migliore di andare al distributore automatico dove, probabilmente, Romizi stava perdendo tempo?

Una volta arrivato nella sala comune, rimase sorpreso dal trovarla vuota; per una volta, evidentemente, Leonardo aveva deciso di lavorare anziché oziare lì intorno. La sua sorpresa ebbe, comunque, vita breve; proprio in quel momento, con la coda dell'occhio, scorse il collega attraversare il corridoio e dirigersi verso di lui.

«Leonardo, questo non è il momento di fare una pausa. Vieni nel mio ufficio.»

Romizi lo seguì, senza obiettare; sapeva cosa voleva il collega.

«Immagino tu abbia delle novità per me,» disse Scala, sedendosi alla scrivania.

«In effetti, sì. Ti manderò il rapporto completo entro stasera, ma, dal momento che sei così impaziente, ti anticipo qualcosa. Innanzitutto, il proiettile è un calibro nove; ciò ci permette di escludere armi di calibro diverso, ma non di determinare da quale pistola sia partito il colpo che ha ucciso Sandro.»

«In altre parole, in questa fase iniziale nella quale non abbiamo nemmeno un indiziato, il proiettile non serve a niente,» concluse Scala, con un sospiro di frustrazione.

«Ma non è tutto,» continuò Romizi. «Setacciando l'intero cimitero abbiamo scoperto che il posto dove è stato rinvenuto il cadavere, non è quello in cui la vittima è stata uccisa. Inoltre, le rose trovate sul corpo di Sandro sono state portate verosimilmente dall'assassino, dal momento che le maggiori tracce di DNA non appartengono alla vittima.»

Il volto di Scala si illuminò. «È di qualcuno già presente nel nostro database?» chiese.

«Purtroppo, no. Sappiamo solamente che appartiene ad un uomo, e non può essere il fiorista, dal momento che loro sono soliti utilizzare dei guanti per evitare di pungersi con le spine. Ed è qui che il nostro assassino ha commesso un errore; non ha usato dei guanti, di conseguenza, ha lasciato una traccia del suo DNA.»

«Quindi, ad uccidere Sandro è stato un uomo decisamente forte, dal momento che ha dovuto spostare il corpo. Vorrei veramente conoscerne il motivo.»

Romizi si strinse nelle spalle. «Forse ha pensato che non lo avremmo notato, chissà?»

«Oppure, entrambe le tombe hanno un significato,» ipotizzò Scala.

«Adesso, però, voglio mostrarti il nuovo messaggio che il nostro poeta mi ha fatto avere; anzi, scusami se non te l'ho mostrato prima,» aggiunse, alzandosi. Andò verso l'attaccapanni dove era il suo cappotto ed estrasse dalla tasca una bustina trasparente contenente un biglietto ed una busta.

«Sulla busta troverai anche il DNA di mia moglie, dal momento che è stata lei a raccoglierla; se anche qui risultassero tracce dello stesso DNA rinvenuto sulle rose, avremmo la certezza che si tratta di quello dell'assassino e ci sarebbe sicuramente utile per confrontarlo con quello dei sospetti... quando ne avremo.»

«Tuttavia, mi sembra che tutto sia fin troppo facile,» mormorò Romizi. «Mi chiedo se abbiamo a che fare con uno sprovveduto che non sa che il DNA può condurci facilmente a lui, oppure se si tratta di una persona furba che ha fatto in modo di farci trovare quello di qualcun altro.»

«L'unico modo per scoprirlo è battere tutte le piste...» iniziò a ragionare Scala, ma lo squillo del suo cellulare lo interruppe. Seccato, guardò il display e riconobbe il numero di Luana.

«È la ragazza del centro di recupero,» disse, con un sorriso a Romizi, prima di rispondere.

«Ciao, sono Luana,» si presentò, con voce ancora tremante. La sfrontatezza che aveva mostrato durante il loro primo incontro, quando gli aveva urlato contro chiamandolo sbirro, era scomparsa, lasciando il posto alla paura per ciò che gli avrebbe detto.

«Ciao, sei riuscita a trovare un posto dove parlare in privato?»

«Sì, a casa dei miei genitori. Ho appena finito di parlare con mia madre ed è d'accordo, ma si è anche chiesta se non fosse meglio accompagnarmi direttamente al tuo ufficio, al commissariato. Cosa ne pensi?» rispose, a voce bassa.

«In un'altra occasione ti avrei chiesto di venire qui, ma dal momento che mi sembri riluttante ad incontrarci in un posto che non ti è familiare, decidi pure tu,» rispose, per metterla a proprio agio.

Luana sospirò, indecisa. Non era certa di voler andare al commissariato, ma era altrettanto sicura che la madre preferisse evitare il tipo di attenzione che avrebbe inevitabilmente attirato la presenza di un commissario di polizia in casa sua. «Le chiederò di portarmi al tuo ufficio, credo sia la soluzione migliore. Ti va bene se ti raggiungo tra un paio d'ore?»

«Sempre al tuo servizio,» rispose, sorridendo, Scala.

«Allora a dopo, sbirro!» disse, prima di interrompere la conversazione.

Scala scoppiò a ridere. Per la prima volta sentirsi chiamare in quel modo non lo offese. Era stato come essere mandato a quel paese da un vecchio amico che non incontrava da molto tempo; un allegro saluto, piuttosto che un insulto.

71

Una volta che Romizi se ne fu andato ed in attesa dell'arrivo di Luana, Scala diede un'occhiata all'email arrivata dalla squadra della scientifica ed al referto del medico legale allegato ad essa.

I suoi pensieri erano concentrati sull'identità dell'omicida e sul misterioso incidente menzionato dalla ragazza.

CAPITOLO 7

Dopo nemmeno un'ora e mezza, l'agente di turno al centralino chiamò l'interno di Scala per informarlo dell'arrivo di Luana.

Il commissario si alzò e andò ad accoglierla all'ingresso.

La riconobbe immediatamente, il suo corpo esile in netto contrasto con la sua testa piena di ricci non passava inosservato. Dietro di lei vide una signora di mezza età con indosso un completo grigio che camminava con passi lenti e movimenti sciolti; nonostante fosse l'esatta antitesi di Luana, Scala immaginò si trattasse della madre.

Con un sorriso stampato in volto, si diresse verso quella bizzarra coppia.

«Benvenute, sono il commissario Maurizio Scala,» le salutò, presentandosi alla madre e stringendole la mano.

«Buon pomeriggio, commissario. Sono Antonella Rasi, la madre di Luana,» rispose lei. «La ringrazio per aver accettato di ascoltare la testimonianza di mia figlia. In passato, abbiamo avuto problemi con le forze dell'ordine perché nessuno l'ha mai presa sul serio. Certamente la sua dipendenza non contribuisce a farla considerare una persona attendibile, ma credo che tutti debbano essere ascoltati, e anche le persone come mia figlia meritano una seconda possibilità,» disse, con tono composto.

Luana alzò gli occhi al cielo, sbuffando con impazienza. Seppure l'intento della madre fosse quello di proteggerla, lei non sopportava essere trattata come una bambina.

«Quanti anni hai, Luana?» le chiese Scala, incapace di determinare la sua età. Dietro il suo volto quasi da bambina, poteva esserci sia un'adolescente, sia una giovane donna intorno ai venticinque anni.

«Ho diciannove anni, e sono perfettamente in grado di pensare e parlare per me stessa,» disse, con aria imbronciata, incrociando le braccia.

«Allora, seguimi nel mio ufficio,» disse, lanciando uno sguardo alla signora Rasi. «Le spiace se parlo da solo con sua figlia? Dal momento che non è minorenne, la sua presenza non è necessaria,» aggiunse. Voleva far sentire Luana a proprio agio, in modo che gli raccontasse tutto quello che sapeva su Sandro ed il misterioso incidente che gli aveva accennato.

Uno sguardo di gratitudine apparve negli occhi di Luana voltandosi verso la madre, pregandola di non farne un dramma.

Con un flebile sorriso, la signora Rasi guardò prima la figlia e poi il commissario. «Quanto tempo sarà necessario? Quando dovrò venire a riprenderla?»

«Non so dirglielo, signora. Torni pure a casa, penserò io a riaccompagnare Luana,» propose Scala.

«È un'ottima idea. Grazie di nuovo, commissario,» disse e, dopo aver dato una rapida carezza al volto della figlia, se ne andò.

Durante il tragitto verso l'ufficio di Scala, Luana si guardava intorno; era la prima volta che si trovava in un commissariato in qualità di testimone. Notò gli sguardi degli agenti ed immaginò si stessero chiedendo se fosse lei l'assassina e fosse stata portata dal commissario per essere interrogata.

Improvvisamente, si bloccò, temendo di essere caduta in una trappola.

Scala si accorse che non lo stava più seguendo e si voltò verso di lei. «Qualcosa non va?» chiese, con voce calma.

Luana indietreggiò di un paio di passi, come a cercare una via d'uscita. «N-non è che tu pensi che io sia l'assassina, vero?» chiese, con la voce ridotta ad un bisbiglio.

Quando era stata arrestata per possesso di una modica quantità di eroina se l'era cavata con un paio di domande e poi era stata rilasciata, ma se fosse stata accusata di omicidio, non ne sarebbe uscita così facilmente.

Scala aggrottò le sopracciglia, incerto di cosa intendesse la ragazza.

«Certo che no. Sei qui per rispondere ad alcune domande in merito all'incidente di cui mi hai parlato questa mattina; inoltre, vorrei che mi aiutassi a conoscere meglio Sandro. Agli occhi di una madre un figlio è sempre l'incarnazione della perfezione, mentre un'amica può fornire una descrizione più realistica, difetti compresi,» rispose, facendo alcuni passi verso di lei, per rassicurarla che non aveva niente da temere.

Luana prese un ampio respiro, cercando di ignorare la sua paranoia e, annuendo, riprese a seguire Scala.

Una volta entrata nel suo ufficio, si guardò velocemente intorno e si rese conto che, dopotutto, quel commissario era una persona come qualsiasi altra, anzi, forse migliore di altre.

«Prego, siediti,» la invitò Scala, dirigendosi verso il tavolo al centro della stanza.

«Mi aspettavo che mi avresti portata in una di quelle stanze senza finestre...» mormorò, allontanando una sedia dal tavolo e sedendosi.

«Ti ho già detto che non c'è alcuna accusa nei tuoi confronti e che sei qui esclusivamente in qualità di testimone,» le ripeté. «Raccontami qualcosa di Sandro. Eravate solamente amici o qualcosa di più?»

«Se ci frequentavamo? Ma sei pazzo?» disse, ridendo e scuotendo vigorosamente la testa, agitando l'enorme massa di ricci. «Non era il mio tipo e, d'altro canto, immagino che nemmeno io fossi il suo. Lui era il classico ragazzo perfettino, sempre preciso, ben pettinato; manteneva il controllo di sé anche quando rideva. Molti erano gelosi del suo essere sempre in ordine; tutto quello che faceva o diceva era sempre fatto accuratamente, mentre la maggior parte di noi pazienti del centro a malapena riesce a mettere ordine nei propri pensieri.»

Scala iniziava a farsi un'idea della vittima, una persona che ha sempre ragione, sempre in ordine talmente perfetta da risultare irritante. «Sai se avesse dei nemici? Qualcuno con un valido motivo per volerlo morto?»

«No. Tutti i volontari che vengono al centro lo fanno per passare del tempo con noi, per aiutarci a rimetterci in carreggiata; non vogliono dimostrare di essere migliori di noi, ma darci uno sprazzo di normalità attraverso l'amicizia,» disse, abbassando lo sguardo. «L'assassino è qualcuno estraneo al centro di recupero, non vedo altra possibilità.»

«Mi avevi parlato di un incidente occorso all'interno della vostra struttura, ma non sono riuscito a trovarne alcuna traccia nei nostri archivi, magari tu puoi dirmi qualcosa in più.»

Luana alzò la mano a mezz'aria, stizzita. «Ma non intendevo dire che qualcuno fosse morto o che fossero state condotte delle indagini nel nostro centro in merito ad un omicidio,» cercò di chiarire. «Un paio di anni fa ci fu un furto di metadone dall'infermeria...»

«Aspetta un attimo. Qualcuno rubò del metadone e la polizia non ne fu informata?» chiese Scala, sgranando gli occhi.

«Il colpevole fu subito individuato e, in poche ore, tutte le dosi rubate vennero recuperate. La famiglia del colpevole fece in modo che niente trapelasse al di fuori della struttura, e la direzione acconsentì a non sporgere denuncia,» spiegò Luana.

«Capisco e ti ricordi il suo nome? Non ho alcuna intenzione di sollevare scandali, ma ho bisogno di conoscere ogni dettaglio dell'accaduto.»

Luana si morse il labbro inferiore, combattuta tra il desiderio di aiutare la polizia a trovare l'assassino di Sandro e non passare per infame facendo la spia; senza contare che, chiunque fosse, l'assassino avrebbe potuto prendersela anche con lei.

«Io...» esordì, con esitazione, ancora incerta se raccontare tutto o meno.

«Luana, nemmeno una singola parola di quanto mi dirai uscirà da quella porta» le promise Scala. «Nessuno saprà che tu sei stata qui, se è questo che temi.»

«Ma cosa ne vuoi capire, tu sei uno sbirro!»

«Sono un uomo che sta cercando di evitare che un criminale faccia ulteriori vittime; ci vedi qualcosa di sbagliato? Pensi che riusciresti a vivere in pace con la tua coscienza, sapendo che avresti potuto salvare una vita, ma non l'hai fatto?» La pazienza di Scala stava raggiungendo il limite, e dovette fare un grosso sforzo per controllare il tono della sua voce e scegliere le parole.

«Benissimo. Allora ti posso dire che…sì, so chi è stato. Ad essere sinceri erano in due, ma io conosco l'identità solamente di quello che ha tirato fuori dai guai entrambi, è il figlio del sindaco. Per motivi politici un tale scandalo non avrebbe dovuto trapelare, così il padre si incaricò di punire il figlio. Non ho idea di cosa sia successo in seguito, ma immagino che abbia imparato la lezione, dal momento che quando dopo un mese fece ritorno al centro, aveva perso la voglia di comportarsi come se il mondo gli appartenesse,» rispose, con una smorfia sul viso.

Quella struttura non era costosa, ma non era nemmeno pubblica. Dall'aspetto della madre di Luana, Scala ritenne che quell'istituto fosse il luogo dove le pecore nere delle famiglie benestanti venivano mandate per ritornare discretamente ad una vita normale, senza creare imbarazzi spiacevoli.

Luana era una ribelle, ma non una cattiva ragazza. Era uno spirito libero che aveva preso la strada sbagliata e Scala era certo che un giorno avrebbe ripreso il controllo della propria vita e avrebbe avuto successo.

Per quanto riguardava l'indagine, Scala decise di chiarire con il direttore del centro la faccenda del furto di metadone da parte del figlio del sindaco; senza, ovviamente, rivelare chi fosse stato ad informarlo dell'accaduto.

«Uhm…» mormorò Scala, strofinandosi il mento. «Interessante, e tu sei sicura che i due ragazzi abbiano riconsegnato tutta la refurtiva? Non potrebbero averne passata una parte a qualche paziente?»

Luana si strinse nelle spalle. «Per quanto ne so, fu riconsegnata tutta, ma non posso giurarci; io non c'ero e, a quanto mi è stato raccontato, il caso fu chiuso in un battibaleno e nessuno ne parlò più.»

«Pensi che Sandro sia stato coinvolto o che ne sia stato a conoscenza?» chiese il commissario, iniziando a scavare in quella che sembrava essere la punta di un iceberg.

«No, era troppo onesto per farsi coinvolgere in una situazione del genere, ma ne era a conoscenza. Tutti lo sapevano, ma tutti avrebbero dovuto dimenticarla. Del resto, non era successo niente di grave, giusto?» disse, stringendosi nelle spalle.

«Giusto,» mormorò Scala, non del tutto convinto. «Bene, per il momento non ho altre domande da farti. Rifletterò sulle informazioni che mi hai dato e spero che il nostro assassino non intenda agire a breve.»

Si alzarono e Scala la riaccompagnò a casa.

«Se ricordassi qualche altro dettaglio che potrebbe essere d'aiuto nella risoluzione del caso, non esitare a chiamarmi,» le disse, una volta arrivati.

«Ok, ciao sbirro!» lo salutò, sorridendo e scendendo dall'auto.

Scala la osservò trotterellare verso casa, e sperò che l'aver moderato la sua indole ribelle per aiutare le forze dell'ordine, non le avrebbe causato problemi.

Gli sfuggì un lamento quando, sulla strada per tornare al commissariato, passò davanti ad un venditore ambulante di porchetta. Troppe domande si accalcavano nella sua mente e quel caso si stava rivelando decisamente ostico; non era il momento di fare una pausa.

***

Arrivato in commissariato, intravide Romizi uscire dalla sala comune. "Come è possibile che passi più tempo qui che alla scientifica?" si chiese.

«Maurizio, stavo proprio cercando te!» lo apostrofò il collega, quando lo vide arrivare.

«Bene, per un momento ho pensato che stessi facendo tutto fuorché il tuo lavoro,» sogghignò Scala, dirigendosi verso di lui. «Ho avuto una conversazione interessante con una paziente del centro di recupero dove Sandro faceva il volontario. Potremmo trovarci invischiati in uno scandalo politico.»

Romizi fece per chiudere la porta alle sue spalle, ma Scala lo bloccò.

«Aspetta, voglio chiamare anche Milani e Silvani.»

Uscì dalla stanza e tornò dopo un minuto con i due fidati colleghi al seguito.

«Dunque, vi ho chiesto di venire qui, perché ho alcune novità sul caso,» esordì, assicurandosi di avere la loro attenzione. «Immagino che nessuno di voi abbia scoperto niente circa eventuali denunce al centro di recupero, sbaglio?»

«No. Non c'è stata alcuna denuncia alle forze dell'ordine e nessuna notizia è apparsa sui media,» rispose Milani.

«E, invece, qualcosa successe. Luana, la paziente con cui ho parlato prima, mi ha raccontato un episodio interessante. Un paio di anni fa, due pazienti rubarono alcune dosi di metadone dall'infermeria. Il personale se ne accorse ed i due furono obbligati a restituirle. Siccome uno dei due era il figlio del sindaco, si preferì risolvere la questione internamente per evitare le implicazioni politiche che un tale scandalo avrebbe potuto causare. Del resto, la refurtiva era stata ritrovata, i genitori si erano fatti carico di punire i propri figli e, secondo questa ragazza, non ci furono altri furti.»

Romizi sorrise. Casi del genere raramente erano isolati e una semplice ramanzina da parte dei genitori non serviva a niente. «Quindi, possiamo considerare il caso chiuso?» chiese ironicamente.

«Tutt'altro. Penso che il caso nasconda dettagli decisamente raccapriccianti, e noi dobbiamo scavare a fondo per portarli allo scoperto.»

«Immagino che cadrebbero un po' di teste se questa storia venisse fuori,» disse Milani, con una leggera smorfia.

Scala appoggiò il mento sulle mani intrecciate. «E noi saremo là, pronti a raccoglierle tutte, puoi esserne certa. Tuttavia, questo non significa che una delle persone coinvolte in questo episodio abbia qualcosa a che vedere con l'omicidio o con i messaggi che ho ricevuto finora.»

L'agente Silvani era rimasto in silenzio per tutto il tempo, ricostruendo mentalmente il crimine, e cercando di collegare i fatti per arrivare ad una possibile conclusione. «Mi chiedo se sia andata effettivamente così e tutte le dosi siano state recuperate...» disse, senza nemmeno rendersene conto. Era sempre attento a non esternare i propri pensieri a voce alta, temendo di dire stupidaggini.

Tre coppie di sguardi si voltarono verso di lui, facendolo arrossire fino alla punta dei capelli.

«Voglio dire...» balbettò, stringendosi nelle spalle.

«Non temere di dire la tua opinione. Siamo qui per ragionare e tutti abbiamo torto e ragione allo stesso tempo,» lo incoraggiò Scala.

«Ho pensato che, magari, potrebbe non essere vero che tutte le dosi furono recuperate. E se fossero state date ad altri pazienti che, in seguito, andarono in overdose? Il desiderio di fare giustizia potrebbe aver spinto qualcuno a diventare un assassino.»

Romizi annuì. «Sicuramente, la sete di giustizia può essere il miglior movente. Ma non mi spiego come una persona come Sandro possa essere stata coinvolta in una situazione simile.»

«Sandro era al corrente dell'accaduto, ma non ne era coinvolto, quindi non avrebbe potuto essere considerato complice dei due ragazzi,» puntualizzò Scala. «Inoltre, non abbiamo alcun indizio relativo alla morte per overdose di un paziente; del resto, un decesso sarebbe stato decisamente più difficile da nascondere rispetto ad un furtarello.»

Milani alzò il dito, trattenendo il respiro per un secondo prima di esprimere la sua ipotesi sugli eventi. In effetti, la sua era decisamente bizzarra ma, come era solito ripetere continuamente il commissario, anche l'ipotesi più folle poteva indirizzare l'indagine sulla strada giusta. «E se, invece, qualcuno fosse morto per overdose e quel decesso fosse stato fatto passare per un incidente? Certamente le persone ospitate in quella struttura non sono sole al mondo... ma c'è qualcosa che non mi torna e non vorrei dover attendere il prossimo omicidio per capire lo schema dell'assassino.»

Scala si mise la testa tra le mani. Sebbene il caso avesse cominciato a svelarsi difronte a lui, era ancora troppo lontano dall'essere in grado di identificare l'assassino o la prossima vittima.

"Sappiamo che ce ne sarà un'altra. Qualcosa mi dice che l'assassino agisce per vendicare un vecchio torto, ma quale potrebbe essere? Un omicidio? Un affare sfumato? Sandro era veramente la persona perfetta, buona ed onesta che sembrava o nascondeva un segreto?" rifletté tra sé.

Guardò i suoi colleghi e lesse nei loro occhi le stesse domande che lo stavano tormentando, ma nessuno di loro sembrava conoscere le risposte.

«Cercherò di ottenere maggiori informazioni sulla vittima. Chissà, magari c'è un'altra verità nascosta dietro l'apparenza di bravo ragazzo…non mi sono mai fidato delle persone come lui.»

Scala si alzò dalla sedia e si voltò verso Romizi.

«Con la tua squadra ricontrolla minuziosamente il rapporto del medico legale. Poi, esaminate di nuovo qualsiasi dettaglio abbiate scartato come non rilevante, qualunque cosa possa avere la firma del nostro assassino misterioso, sia sulla scena del crimine che sui messaggi che ho ricevuto; magari, potremmo risalire al luogo dove sono stati scritti,» disse Scala, voltandosi verso Romizi.

«Sì, signore,» rispose questi. «I test di laboratorio sono ancora in corso e, con un po' di fortuna, troveremo tracce di fibre naturali o sintetiche provenienti da tappeti o tappezzeria che potrebbero darci qualche suggerimento circa la loro origine,» rispose Romizi, quindi uscì, pronto a tornare alla sede della scientifica.

Solamente una volta fuori si rese conto di essere stato così ansioso di conoscere le novità del collega, da dimenticarsi di raccontargli le proprie.

CAPITOLO 8

Quando Luana rientrò a casa, dopo l'incontro con il commissario, fu accolta dal familiare profumo di lavanda utilizzato dalla madre per rinfrescare l'ambiente. Quella fragranza le riportò alla mente gli anni della sua infanzia, quando tutto era semplice.

Chiuse gli occhi e le tornarono alla mente alcuni ricordi di una domenica mattina di quel periodo spensierato. La madre con il vestito bianco che amava indossare durante le riunioni di famiglia alla fattoria della nonna, lei con quello rosa che odiava perché le impediva di giocare con gli animali della fattoria, e le raccomandazioni di fare la brava. Un sorriso apparve sul suo volto e, quando riaprì gli occhi, si rese conto che la casa era rimasta esattamente la stessa, come congelata in un momento indefinito della sua infanzia.

Continuando a ripercorrere gli avvenimenti della sua vita, giunse al momento della rottura con i suoi genitori; quando i loro desideri si erano scontrati con i suoi, e la sua necessità di essere libera di fare della propria vita qualsiasi cosa volesse aveva preso il sopravvento, dandole come unica alternativa la fuga.

Quel ricordo non la fece sentire orgogliosa di sé; sua madre era quasi morta di crepacuore, ma lei aveva agito senza riflettere, ed invece di restare e combattere affinché i suoi genitori accettassero il suo modo di essere, aveva preferito scappare. Dio solo sapeva cosa avesse avuto in mente, quale modello di libertà avesse inseguito, l'unica cosa certa era quella di essere caduta nella peggiore trappola che avesse mai potuto immaginare e, quello che inizialmente le era sembrato l'avesse liberata, in seguito, l'aveva resa schiava.

Tuttavia, nemmeno nei momenti peggiori aveva pensato di tornare a casa e chiedere aiuto a coloro che sarebbero stati più che disponibili ad offrirle una seconda possibilità; fu quando un poliziotto l'aveva sorpresa a rubare in un negozio che il ritorno al punto di partenza era stato inevitabile.

In quel momento, il suo orgoglio si scontrò con la vergogna di dover ammettere di aver avuto torto e di avere bisogno di aiuto per superare la dipendenza da eroina. Fu allora che le lacrime di sua madre le fecero trovare il coraggio di riconoscere i propri errori e quello era stato il primo passo verso la riconciliazione ed il suo ingresso al centro di recupero per tossicodipendenti.

Erano sei mesi che non passava una notte intera a casa, e ne avrebbe dovuti passare altrettanti al centro di recupero, prima di essere considerata in grado di riprendere in mano la propria vita e fare ritorno definitivamente a casa.

Prese un profondo respiro. Doveva ancora scoprire molto su sé stessa e sul mondo che la circondava.

«Luana, cosa stai facendo lì?» le chiese la madre, notando che era rimasta immobile all'ingresso.

Luana si scosse, come stordita da una scarica elettrica, e si voltò verso di lei.

Non era la stessa donna di quando lei era bambina, quell'esperienza aveva segnato anche lei in modo traumatico. Dal giorno in cui aveva trovato il messaggio che Luana le aveva lasciato prima di andarsene, il suo volto aveva sempre un'espressione preoccupata, come se si aspettasse brutte notizie.

Sua madre era stata ferita e, anche se non aveva mai dato la colpa a sé stessa, non aveva avuto la forza di incolpare qualcun altro per quanto successo tra lei e Luana. Chissà, forse erano troppo simili per essere compatibili e condividere un tranquillo rapporto madre-figlia.

Guardandola in quel momento, Luana vide solamente una donna che, nonostante il dolore che aveva provato, era ancora al suo fianco, si preoccupava per lei e non era più interessata che lei diventasse la figlia che aveva sognato sin dal giorno della sua nascita.

«Stavo pensando che è passato molto tempo dall'ultima volta che sono venuta qui,» rispose Luana, avvicinandosi alla madre.

«Verrà il giorno in cui tornerai definitivamente,» le rispose, sorridendo. Era certa che entro sei mesi quell'incubo sarebbe finito, avrebbero tagliato i ponti con il passato e costruito un futuro luminoso.

«Cosa voleva quel commissario da te?»

«Voleva farmi delle domande su Sandro, il ragazzo ritrovato morto al cimitero.»

«Perché? Pensa che tu possa conoscere qualcosa sulla sua morte?»

«No, mi ha solamente chiesto che tipo di persona fosse stata, dal momento che parlavamo molto e passavamo molto tempo insieme. Lo consideravo un amico e con lui c'era un rapporto più stretto che con qualsiasi altro volontario. Mi comprendeva e, cosa più importante, non mi giudicava per i miei errori.»

Andarono in cucina e Luana cercò qualcosa da sgranocchiare.

«Effettivamente è stata una disgrazia tremenda. Non riesco ad immaginare la disperazione dei genitori quando l'hanno scoperto,» disse Antonella, mentre un'ombra scura le incupiva il volto.

«Uhm...» rispose Luana, mangiando una mela. «Mi chiedo perché qualcuno abbia voluto ucciderlo. Il commissario mi ha chiesto informazioni sul furto di metadone di due anni fa. Credo che lui ritenga essere il punto dal quale iniziare le indagini. Non so...» disse, alzando le spalle.

«Cosa gli hai raccontato di quel caso?» le chiese Antonella, con voce tremante.

«Tutto quello che sapevo, che è praticamente niente. Qualcuno rubò delle dosi di metadone ma, dal momento che furono ritrovate, il direttore decise di non informare la polizia e risolvere il caso internamente,» rispose Luana, notando il cambiamento di tono nella voce della madre. «Questa storia continua ad essere raccontata tra i pazienti ed il personale.»

Mordendosi il labbro inferiore, Antonella distolse lo sguardo dalla figlia, come se lei potesse leggere i suoi pensieri.

«Se pensi di avere informazioni utili, dovresti chiamare il commissario. Scommetto che ne sarebbe felice,» aggiunse Luana.

«Il poco che so viene da alcuni pettegolezzi che circolano tra i genitori di altri pazienti. Me ne ero quasi dimenticata,» disse, con un sorriso, cercando di dissimulare il tumulto interiore che quella rivelazione le aveva provocato. «Ma chi ha informato la polizia di questo incidente?»

«Non lo so, magari lo stesso pettegolezzo è arrivato alle loro orecchie. Ma perché sei così interessata?» chiese alla madre.

«Voglio che questa storia finisca e non mi servono altri problemi oltre quelli che già ho.»

«La cosa migliore che possiamo fare è smettere di pensarci. Io non ho ucciso nessuno e nemmeno tu o papà; quindi, perché preoccuparsene?» chiese Luana.

Sua madre solitamente non si interessava a ciò che non la riguardava direttamente, e Luana iniziò a considerare la folle ipotesi che qualcuno vicino alla sua famiglia fosse coinvolto nell'omicidio o nell'insabbiamento del furto.

Scuotendo la testa, Luana uscì dalla cucina lasciando la madre da sola con i propri segreti.

Antonella guardò l'orologio; suo marito Giorgio sarebbe tornato a breve e, dal momento che Luana era a casa, avrebbe dovuto trovare il modo di parlargli di quanto appena scoperto, senza che la figlia se ne accorgesse.

"Probabilmente sto esagerando, ma è meglio esserne certa e chiedere anche la sua opinione. Deve sapere cosa sta succedendo," pensò.

Prese un profondo e lungo respiro e chiuse gli occhi, cercando di riprendere il controllo di sé; del resto, Luana non sapeva chi fosse stato coinvolto nell'omicidio.

La musica ad alto volume proveniente dalla camera di Luana la riportò indietro nel tempo, quando sarebbe corsa a porre fine a quel rumore. In quel momento, invece, le sembrò una melodia dolce e rassicurante. Sua figlia era di nuovo a casa, sana e salva e niente poteva minacciarla.

Un sorriso apparve sul suo volto, allentando la tensione che un minuto prima le aveva fatto aggrottare la fronte dalla paura. «Andrà tutto bene» bisbigliò, cercando di rassicurarsi.

Timidamente, il sole si fece largo tra le nuvole ed illuminò la cucina dove Antonella, seduta al tavolo, indugiava nelle proprie riflessioni.

Dopo un paio di minuti, il suo sguardo fu catturato dal lampeggìo del suo cellulare. Lo prese e vide che il marito le aveva inviato un messaggio per informarla di essere bloccato in ufficio e che avrebbe fatto tardi.

"Questa non ci voleva," pensò Antonella.

L'agitazione che solamente pochi minuti prima era riuscita a tenere sotto controllo, si impossessò nuovamente di lei. Mandò un messaggio al marito informandolo di quanto accaduto al commissariato e che Luana sarebbe rimasta a casa fino al giorno seguente; qualsiasi discussione in merito doveva attendere il momento in cui sarebbero stati nuovamente soli.

Antonella sperò che lui riuscisse a farsi venire un'idea su come affrontare quella situazione, perché, per quanto la riguardava, temeva di non riuscire a mantenere il sangue freddo.

Passarono solamente alcuni secondi prima che il suo telefono squillasse e non dovette nemmeno guardare il display per indovinare chi la stesse chiamando.

«Ho ricevuto il tuo messaggio e sono dovuto uscire per non essere sentito. Cosa ha detto Luana al commissario? Come hanno saputo di quel caso?»

«Le ho fatto queste stesse domande, e lei ha ipotizzato che la stessa voce che era giunta a lei, fosse arrivata anche alle orecchie della polizia; magari da qualcuno che conosceva i ladri. Lei sa solamente che qualcuno rubò alcune dosi di metadone dall'infermeria. Immagino che il direttore del centro non sia riuscito ad impedire che qualcosa trapelasse; magari, sono stati gli stessi ragazzi a raccontarlo, per vantarsi della loro bravata, oppure qualcuno del personale.»

«E se fosse stata una persona vicina al ragazzo ucciso al cimitero?» ipotizzò Giorgio, scuotendo la testa. «Cercherò di tornare prima possibile. Metterò la scusa di voler passare del tempo con mia figlia che è tornata a casa solamente per un giorno. Ti chiamerò quando esco. Nel frattempo, cerca di non perdere la calma e fingi che non sia successo niente, va bene?»

«Farò del mio meglio. Comunque, Luana sta ascoltando della musica in camera sua, così, almeno finché non tornerai, non devo affrontarla.»

«Perfetto, ci vediamo dopo,» disse Giorgio, prima di terminare la conversazione.

Si guardò intorno per accertarsi che nessuno avesse ascoltato, quindi, si sfilò il cappotto e tornò al suo ufficio per parlare con il superiore. Doveva assolutamente uscire al solito orario. Era consapevole che quel progetto richiedeva la sua presenza, ma la sua famiglia ne aveva maggior bisogno e, se avesse dovuto scegliere tra i due, lui avrebbe sempre scelto la seconda.

***

Nella sua stanza, Luana era impegnata in una caccia al tesoro, che, in quel caso, era rappresentato da qualsiasi cosa appartenente al suo passato. Era una sorta di viaggio interiore per ricordare la ragazza che era stata e capire la donna che intendeva diventare.

Prese un corsetto nero che era solita indossare durante il suo periodo dark e se lo appoggiò addosso, guardandosi allo specchio. «Sembra che siano passati un milione di anni, la mattina dovevo alzarmi un'ora prima solamente per truccarmi,» disse, ridendo. «E ricordo ancora distintamente lo sguardo di mia madre quando mi presentavo alle riunioni di famiglia vestita e truccata in quel modo. Ero la pecora nera, e ne andavo orgogliosa.»

Cominciò a sfogliare il suo album fotografico. Le vecchie Polaroid che il passare del tempo aveva sbiadito, le fotografie prima dell'era digitale e quelle successive; era nata e cresciuta negli anni che avevano segnato grandi cambiamenti nella vita quotidiana delle persone.

La penombra scese nella stanza, facendo intuire che, dietro le nuvole, il sole stesse tramontando. In una giornata grigia come quella, Luana salutò quell'evento con sollievo; il buio della notte era decisamente più naturale di quello diurno. Con un sospiro accese le luci e quando andò ad abbassare la serranda, vide l'auto del padre entrare nel garage.

Un ampio sorriso comparve sul suo volto e, lanciando sul letto l'album delle fotografie che aveva in mano, corse in soggiorno per salutarlo.

La relazione con il padre era sempre stata meno problematica di quella con la madre, anche se in passato lei aveva visto nel suo volerla spingere verso scelte di vita più consapevoli, l'ostacolo maggiore alla sua libertà.

«Mamma, papà è arrivato!» cinguettò felice, pronta ad accoglierlo.

La madre aveva tentato di tenersi occupata leggendo, così, quando Luana entrò gridando, sobbalzò. Chiuse il libro, lo appoggiò sul tavolino difronte al divano e si alzò.

«Il tempo scorre veloce quando ci si diverte. Non mi ero resa conto che fosse così tardi,» disse sorridendo, dando uno sguardo all'orologio.

La porta che si aprì attirò i loro sguardi e, appena Giorgio entrò in casa, Luana corse ad abbracciarlo.

«Papà!» gridò.

«La mia scimmietta!» esclamò Giorgio, stringendola forte a sé, prima di allontanarsi per guardarla. «Sei ogni giorno più bella, tesoro.»

Luana arrossì leggermente e si aggiustò i capelli. «Come stai?» chiese.

«Non posso lamentarmi, e tu? Ho saputo che la polizia ti ha acciuffata di nuovo.»

Un sorriso illuminò il volto di Luana. «Questa volta, però, come testimone. Sono venuti al centro cercando le persone più vicine a Sandro. Dal momento che eravamo amici, mi hanno fatto molte domande su di lui.»

Giorgio appese il cappotto nell'armadio all'ingresso e lanciò un rapido sguardo alla moglie; avrebbero parlato più tardi.

«Sono veramente dispiaciuto che tu abbia perso uno dei tuoi amici in un modo così drammatico,» disse alla figlia, guidandola verso il divano in soggiorno.

«Non eravamo amici stretti, nonostante questo, la sua morte mi ha scioccata. Sinceramente, sono abbastanza confusa. A te è mai successo? Hai conosciuto qualcuno che, in seguito, è morto tragicamente?» Non riusciva a trovare le parole per spiegare che, sebbene non fosse stata innamorata di Sandro, la sua morte l'aveva segnata più di quanto chiunque potesse immaginare. «C'è una parte di me che piange la perdita di una persona cara, e un'altra che ritiene che non dovrei sentirmi così coinvolta, dal momento che lo conoscevo a malapena.»

«Una volta un mio collega morì in un incidente automobilistico,» disse suo padre, sperando di aiutarla a capire meglio la natura del suo legame con Sandro attraverso il racconto di un'esperienza simile alla sua. «Mi ricordo quanto fu scioccante per me pensare che avevamo scambiato due chiacchiere proprio prima che si mettesse alla guida per tornare a casa. Ovviamente, il dolore per la sua morte non si avvicinò nemmeno a quello provato per la morte di mia madre o di un caro amico, è normale piangere persone diverse in modo diverso. Ad esempio, tutti noi proviamo dispiacere quando sentiamo la notizia di un omicidio, poi, però, ce ne dimentichiamo velocemente se si tratta di un estraneo.»

Luana sospirò. «Immagino tu abbia ragione, anche se a volte mi manca e mi aspetto sempre di vederlo arrivare al centro. Probabilmente non ho ancora assimilato quanto accaduto e non mi rendo conto che non lo vedrò più.»

Giorgio la strinse forte a sé, notando la sua agitazione. «Quando è programmata la tua uscita definitiva dal centro di recupero?»

«Tra sei mesi, alla fine di agosto tornerò a casa.»

«Hai già pensato a cosa fare dopo?»

«Non ancora. Tutto quello che so è che non commetterò di nuovo lo stesso errore. Starò alla larga da qualsiasi droga e cercherò di ricostruire la mia vita dal giorno in cui fuggii di casa,» disse, scostandosi da lui e lanciando uno sguardo alla madre, che li aveva raggiunti sul divano.

«Avrai bisogno di tempo per pianificare tutto ed i prossimi sei mesi possono essere un buon punto di partenza. Prima di tutto dovrai completare gli studi che hai lasciato e, in seguito, decidere che direzione dare alla tua vita. C'è tempo, sei giovane e noi siamo qui per aiutarti,» le disse la madre.

«Sono stata una stupida a credere di sapere tutto, avrei dovuto ascoltarvi e sforzarmi maggiormente per spiegarvi di voler decidere della mia vita.»

«Non preoccuparti, tesoro,» le disse il padre, sorridendo. «Tutti abbiamo delle colpe. Avremmo dovuto comprendere che si trattava della tua vita e che tu avevi il diritto di pianificarla come meglio credevi. Siamo stati accecati dai sogni che avevamo per te da dimenticare di chiedere quali fossero i tuoi.»

«Non dovremmo pensarci più. Adesso l'unica cosa importante è che siamo qui, pronti a cominciare di nuovo, ma questa volta con il piede giusto,» concordò sua madre.

Luana sorrise loro; sapeva di essere stata fortunata e, probabilmente, quel poliziotto le aveva salvato la vita, riportandola a casa. Si chiese se fosse stata la riconoscenza verso di lui a farle cambiare idea e convincerla ad aiutare il commissario Scala nella sua indagine per trovare l'assassino di Sandro.

"Immagino non ci sia una sola ragione dietro la mia decisione. Magari, è arrivato il momento di decidere da che parte stare," pensò.

CAPITOLO 9

Dopo cena, appena Luana andò a dormire, Antonella e Giorgio tornarono in cucina per decidere come affrontare la situazione.

«Quindi, cosa è successo?» esordì Giorgio.

«Oggi ho accompagnato Luana al commissariato; mi aveva detto che volevano interrogarla come una delle persone più vicine a Sandro. Per quanto ne so, e considerato cosa mi ha raccontato al suo ritorno, ancora la polizia non ha alcun indizio su chi sia l'assassino. Tuttavia, se trovassero i ragazzi che rubarono quelle dosi, si avvicinerebbero pericolosamente a tutte le persone coinvolte nel furto.»

«Fu un errore tenere la polizia all'oscuro di quella storia.»

«Sembra tu abbia dimenticato il piccolo dettaglio che non tutte le dosi di metadone furono recuperate; stai forse iniziando a credere a tutte le bugie create ad arte attorno a quel fatto? Ricordati che un ragazzo è morto a causa di una di quelle dosi,» disse Antonella, stringendo i pugni appoggiati sul tavolo.

«Per l'amor di Dio, Antonio, quel ragazzo, sarebbe morto comunque. Voleva una dose e se non gliel'avesse data il figlio del sindaco, l'avrebbe trovata da qualcun altro!»

«E adesso abbiamo un vendicatore determinato a giustiziare tutti coloro che sapevano e hanno taciuto e, probabilmente, anche i diretti interessati. Potrebbe rivelarsi un massacro!» disse Antonella, alzandosi dalla sedia.

«Magari la polizia lo troverà e lo assicurerà alla giustizia prima che uccida altre persone.»

«...e noi tutti verremo coinvolti. Ma non ti rendi conto che, se lui parlasse, noi saremmo accusati di omicidio? Per il bene di Luana non possiamo permettere che questo accada,» mugugnò Antonella, tornando a sedere.

«E, quindi, cosa suggerisci?»

«Suggerisco di incontrare tutti coloro che sono coinvolti e pianificare le nostre azioni. Dobbiamo prendere l'assassino prima della polizia, è l'unico modo per tenerci fuori da qualsiasi scandalo.»

Giorgio annuì. Luana aveva bisogno del loro supporto e di esempi positivi da seguire. «Cercherò di fissare un appuntamento per domani; spero che riusciremo a trovare una via d'uscita.»

Ci fu una lunga pausa durante la quale entrambi rifletterono sui recenti avvenimenti. Ovviamente, nessuno si era aspettato che la situazione sarebbe evoluta in quel modo, ed ora era giunto il momento di pagare per la loro ingenuità. Antonella chiuse gli occhi, i gomiti sul tavolo ed il viso appoggiato sui pugni chiusi, cercando di concentrarsi su chi potesse essere venuto a conoscenza della vera causa della morte di Antonio, ma oltre al padre, non le venne in mente nessuno.

Dal canto suo, la cosa che Giorgio temeva maggiormente era la reazione che avrebbero avuto le altre persone coinvolte. Si allungò sulla sedia, esausto. Aveva la mente vuota ed era troppo stanco anche solamente per pensare alle conseguenze catastrofiche che le azioni del vendicatore avrebbero avuto nelle loro vite. Prese un profondo respiro e volse lo sguardo verso Antonella.

«È meglio andare a dormire, abbiamo bisogno di riposare. Domani dovremo essere lucidi per riuscire a trovare una soluzione,» propose Giorgio e, senza attendere la risposta della moglie, si alzò e si diresse verso la camera da letto.

Antonella rimase seduta al tavolo della cucina ancora un po'. Mai nella sua vita aveva ipotizzato di ritrovarsi in una tale situazione, ritenendo fosse una prerogativa esclusiva dei malviventi.

"Purtroppo, quando nei crimini sono coinvolte anche le alte sfere, il numero delle persone implicate aumenta esponenzialmente," rifletté.

Si alzò, e si diresse verso la porta. Giorgio aveva ragione, dovevano rimanere tutti uniti per trovare una soluzione; spense le luci, dando la buonanotte a tutti i suoi demoni.

***

Quella stessa notte il 112, inoltrò alla centrale operativa del 118 una chiamata urgente.

«118, come posso aiutarla?» chiese l'operatore.

Seguì un momento di silenzio, durante il quale pensò che chiunque fosse all'altro capo del filo, o aveva interrotto la chiamata o aveva difficoltà a parlare.

«È ancora in linea?» sollecitò.

«S-sì, ci sono ancora,» rispose una voce maschile e, da come tremava, l'operatore capì che era successo qualcosa di serio.

Dopo un'ulteriore breve pausa per raccogliere i pensieri, l'uomo al telefono continuò.

«Per favore, mandate un'ambulanza. Non so se è morta o è ancora viva.»

«Di chi sta parlando, signore? Dove si trova?»

Pur con difficoltà, l'uomo riuscì a comunicare il proprio indirizzo.

«La prego, signore, ho bisogno che rimanga calmo e che mi spieghi la situazione,» disse lentamente l'operatore, cercando di raccogliere quanti più dettagli possibili.

«Mia moglie era andata a casa della sorella. Dato che si era fatto tardi, chiamai mia cognata che mi confermò che Loredana era tornata a casa,» iniziò a raccontare con voce rotta dal pianto. «Scesi nel garage per controllare se nel frattempo fosse arrivata e l'ho trovata stesa a terra, accanto alla sua auto.»

«Ha controllato se c'è battito?» chiese l'operatore.

«N-no…dovrei? Ho paura ad avvicinarmi a lei.»

«Non si preoccupi, l'ambulanza sta arrivando. Tenga il telefono vicino nel caso l'autista avesse bisogno di indicazioni per raggiungerla.»

L'uomo era in completo stato di shock e non c'era nulla che potesse in qualche modo aiutarlo a compiere qualsiasi azione.

«C-cosa devo fare, adesso?» chiese.

«Attenda l'arrivo dell'ambulanza, i medici si occuperanno di tutto.»

***

Era passata la mezzanotte e Scala era ancora nello studio a casa sua. Era una di quelle notti in cui il sonno sembrava non arrivare, e qualcosa dentro di lui sembrava spingerlo a rimanere vigile. Era seduto su di una poltroncina, riflettendo sull'omicidio di Sandro, sugli indizi raccolti fino a quel momento e sulle domande ancora senza risposta.

Il telefono che prese a squillare era l'ultima cosa che desiderava; a quell'ora non era certamente foriero di buone notizie.

«Scala,» rispose.

«Commissario, mi scusi per l'orario, ma una donna è stata trovata morta nel suo garage dal marito.»

Scala appoggiò il telefono sulla scrivania e si mise la testa tra le mani. Non sapeva cosa pensare, ma pregò che, almeno, non fosse stata opera dello stesso assassino di Sandro; non avrebbe mai potuto perdonarsi di non avere arrestato quel folle prima che colpisse di nuovo.

«Qual è l'indirizzo?»

«Corso Francia, 134.»

«Arrivo,» rispose Scala e, senza aggiungere altro, terminò la conversazione.

Andò a prendere il cappotto ed il distintivo dall'attaccapanni all'ingresso ed informò la moglie che doveva uscire.

«Un'altra emergenza?» chiese Anna.

«Sì, una donna è stata trovata morta,» brontolò, con rabbia. «Non credo che sarò di ritorno prima di domani sera. Almeno tu, vai a dormire.»

Guardandolo uscire di corsa, Anna scosse la testa; sapeva che quello era l'inizio di un altro lungo periodo durante il quale Maurizio sarebbe stato poco più di un estraneo a casa.

Scala cercò di arrivare sul posto prima possibile, felice che a quell'ora della notte sulla Tiburtina ci fossero poche auto.

Un piccolo gruppo di curiosi era tenuto a distanza dalla scena del crimine da un paio di agenti che erano di pattuglia in quella zona.

Scala parcheggiò l'auto e si diresse verso il garage dove era stato rinvenuto il corpo e, una volta lì, vide che era già stato messo in un sacco da cadaveri, in attesa di essere trasportato all'obitorio del cimitero del Verano per l'autopsia.

«Come è morta?» chiese.

«È stata colpita con un corpo contundente e strangolata, ma sicuramente il medico legale potrà essere più preciso, una volta eseguita l'autopsia,» rispose un agente della scientifica.

Scala lo ringraziò e si diresse verso la palazzina.

Una volta all'interno, vide che la scena del crimine dove la donna era stata ritrovata era già stata delimitata, e Romizi, come suo solito, stava scattando delle fotografie.

Salì le scale fino al terzo piano, dove trovò due uomini che stavano parlando. Non gli fu difficile individuare quale fosse il marito della vittima; l'uomo, apparentemente di circa quarant'anni, era stato fatto sedere su di una sedia sul pianerottolo, aveva il volto stravolto e gli occhi pieni di lacrime.

«Buona sera, sono il commissario Maurizio Scala,» si presentò ai due. «Mi permetta di porgerle le mie condoglianze,» aggiunse, rivolgendosi all'uomo seduto.

Questi si voltò verso di lui e, alla vista del suo distintivo, emise un profondo sospiro di sollievo.

«La ringrazio, Commissario. Sono Andrea Masti, il marito di Loredana Andrei,» disse.

«Possiamo entrare in casa? Ho bisogno di farle alcune domande,» chiese Scala.

«Certamente, prego si accomodi,» disse il signor Masti, aprendo la porta del suo appartamento. «Commissario, sono ancora scioccato; non so darmi una spiegazione per questa disgrazia,» disse con voce tremante, mentre richiudeva la porta dietro di sé.

Scala estrasse il taccuino dalla tasca del suo cappotto. «Può dirmi come ha scoperto che sua moglie era stata uccisa?» chiese.

«Loredana era andata a trovare la sorella nel pomeriggio. A volte capitava che rimanesse anche a cena, dal momento che ogni volta che si vedevano potevano rimanere a parlare per ore,» iniziò a raccontare, e a quel dettaglio, un mesto sorriso apparve sul suo volto. «Quindi non mi preoccupai quando alle venti non la vidi arrivare; mi preparai qualcosa e mangiai davanti al televisore. Con il passare del tempo, iniziai a preoccuparmi. Non era mai successo che si trattenesse fino a tardi senza avvisarmi; quindi, provai più volte a chiamarla al cellulare, ma, nonostante il segnale di libero, lei non mi rispose. Chiamai mia cognata che mi disse che Loredana se ne era andata prima di cena; calcolai che avrebbe dovuto essere a casa da almeno tre ore.»

«Quindi, cosa ha fatto?»

«In quel momento avevo completamente perso la capacità di ragionare lucidamente, non so nemmeno perché scesi; temevo avesse avuto un incidente o problemi con l'auto...»

«Immagino sia stato a quel punto che...»

«Sì, a quel punto la vidi sul pavimento. Tentai di chiamarla, ma non rispose, ed io improvvisamente rimasi come congelato, i piedi sembravano essere saldati al pavimento e non riuscivo a muovere un singolo passo. Ero completamente incapace di emettere un qualsiasi suono o fare il minimo movimento,» ricordò, con un brivido. «Mi ci vollero alcuni minuti prima di riuscire a chiamare il 112.»

«Capisco,» disse Scala, continuando a prendere appunti sul taccuino, a malapena guardando l'uomo negli occhi. «Crede sia stato un furto finito male?»

«No, l'edificio è recintato e c'è una guardia...»

«Tuttavia, qualcuno è riuscito ad entrare ed uccidere sua moglie, evento che non depone certo a favore dell'efficacia del vostro servizio di vigilanza. Ha il numero di telefono della società che se ne occupa?»

«Sì,» rispose il signor Masti, guardandosi intorno come a cercare qualcosa. «Non so dove Loredana tiene tutti i documenti ed i numeri telefonici; è lei ad occuparsi di tutte le scartoffie, perché è molto organizzata. Fosse per me, si perderebbe tutto. Vediamo se riesco a trovare dove tiene tutti i numeri di telefono...»

Si diresse verso una cassettiera nel soggiorno, aprendone ogni cassetto.

«Eccolo,» disse, infine. «Questo è il loro biglietto da visita.»

«La ringrazio. Adesso, può dirmi qualcosa in più di sua moglie? Se non si è trattato di un furto finito male, sa dirmi se sua moglie abbia avuto dei nemici? Un conto in sospeso con qualcuno che era così arrabbiato da volerla eliminare?»

Il signor Masti guardò il commissario, con aria incredula.

«Chi mai potrebbe aver avuto un qualsiasi motivo per uccidere un angelo come mia moglie? Era sempre la prima ad aiutare per qualsiasi evento benefico o a tendere una mano al prossimo.»

"Adesso il numero degli angeli cui sono state date le ali prematuramente, sale a due," rifletté Scala, tra sé.

«Faceva volontariato presso una associazione in particolare?» chiese al marito.

«Era sempre disponibile verso chiunque avesse bisogno di aiuto; un giorno si occupava della distribuzione di cibo e vestiti ai senza tetto, un altro aiutava la chiesa del nostro quartiere ad organizzare qualche evento benefico, ovunque ci fosse bisogno, lei c'era.»

«Lei sa dirmi se abbia fatto volontariato presso il centro di recupero per tossicodipendenti Nuova Vita?» chiese Scala.

L'uomo lo guardò con aria perplessa. «Non ne sono sicuro, e non perché non mi interessavo a cosa faceva, piuttosto perché era sempre impegnata su così tanti fronti che era impossibile starle dietro.»

«Capisco. Sa se c'è un'amica, o magari la sorella stessa, in grado di darmi una lista dettagliata dei luoghi nei quali faceva volontariato?»

L'uomo annuì e prese il cellulare appoggiato sul tavolo. «Sicuramente la sorella ne sa più di me. Come le ho detto, potevano passare ore a chiacchierare, senza fermarsi un secondo e sono certo che Loredana le abbia parlato delle sue attività,» disse, cercando il numero nella rubrica del suo cellulare.

«Aspetti!» esclamò Scala, come colpito da un pensiero improvviso. «Sicuramente la squadra della scientifica che sta facendo i rilievi in garage ha trovato il cellulare di sua moglie, se lo aveva avuto con sé; sicuramente lì troverò tutti i numeri telefonici che mi servono.»

Il commissario si alzò dalla sedia. Sentiva le palpebre pesanti, ma decise di fare uno sforzo e andare a parlare con Romizi; doveva sapere cosa lui e la sua squadra avevano già trovato sulla scena del crimine e raccogliere quanti più indizi ed informazioni possibili per esaminarle qualche ora più tardi, una volta arrivato in ufficio.

«Bene, signor Masti, per il momento non ho altro da chiederle, ma restiamo in contatto nel caso in cui lei ricordasse qualsiasi cosa utile all'indagine o se io avessi altre domande da farle.»

«Certo, commissario. Nessuno più di me vuole sapere chi ha ucciso mia moglie e perché; per la maggior parte della mia vita, lei è stata la mia speranza,» disse, mentre gli occhi si riempirono nuovamente di lacrime e la voce iniziò a tremargli.

«Lei è sposato, commissario? Mi scusi, ho fatto una domanda stupida. La mia vita non ha più senso. Vorrei che l'assassino avesse ucciso me, anche se non avrei mai voluto causare un dolore così grande a mia moglie.»

Scala capì perfettamente cosa intendesse; aveva avuto la medesima paura quando Anna aveva trovato il secondo messaggio. Essere minacciato da un assassino invisibile non era quello che aveva sperato quando era entrato nel corpo di polizia.

«Abbia cura di sé, signor Masti. Ha qualche parente che può stare con lei stanotte, per farle compagnia? Ha bisogno che le mandiamo uno psicologo per aiutarla ad affrontare la sua perdita?»

«Grazie, commissario, ma credo di farcela da solo. A volte, prima di riprendere le redini della nostra vita o chiedere aiuto psicologico, abbiamo bisogno di stare da soli a leccarci le ferite.»

A Scala si spezzò il cuore pensando alla situazione che quell'uomo stava affrontando e, confrontandola con la sua, un groppo gli si formò in gola; cercando di scacciare la tristezza, raggiunse la scena del crimine per avere aggiornamenti.

Quando Romizi lo vide dirigersi verso di lui, evitò di fare qualsiasi battuta. La faccia di Scala era così scura da farlo desistere a sfidare di nuovo la fortuna; aveva ancora un vivido ricordo del pugno che gli aveva sferrato sul naso al cimitero di Ostia Antica.

«Novità?» chiese Scala.

«Abbiamo ritrovato il suo cellulare. Ci sarà utile per controllare i numeri telefonici che chiamava più frequentemente ed eventuali chiamate da utenze che non erano tra i suoi contatti.»

«C'è altro? Pensi che si tratti di un caso di furto finito male o di qualcuno che la voleva morta per chissà quale motivo?» chiese Scala.

«Stavo quasi per dimenticarmene,» esclamò Romizi, voltandosi per prendere qualcosa da una scatola dove aveva riposto alcuni oggetti.

«È stato il nostro assassino, e ha lasciato un'altra lettera d'amore per te. Mi chiedo se riusciremo a stabilire un collegamento con le altre due,» disse Romizi, porgendogli prima un paio di guanti in lattice per evitare qualsiasi contaminazione, quindi un foglio di carta.

Quando meschino è il tuo cuore,
Ed immorale la tua condotta,
Non fingerti angelo,
Un diavolo rimani.
Le innocenti tue vittime
Riposano in paradiso,
L'anima tua non speri
In un egual destino.

«La pratica non lo aiuta a migliorare come poeta, e non riesco a capire a cosa si riferisca. Sicuramente conosceva le due vittime personalmente, ma perché ritiene che abbiano nascosto dei segreti?» mormorò Scala. «Magari nei registri delle telefonate delle due vittime troveremo uno o più numeri presenti in entrambi; se non tra i loro contatti, magari tra le telefonate ricevute.»

Mormorando tra sé, Scala se ne andò. Decise di tornare a casa, ma non per andare a dormire, quanto per sfruttare il silenzio che regnava durante la notte per concentrarsi su quell'enigma.

CAPITOLO 10

La mattina seguente nel suo ufficio, come prima cosa Scala decise di chiamare la società di vigilanza che forniva i propri servizi alla palazzina dove aveva vissuto la seconda vittima.

Prese il biglietto da visita che gli aveva dato il signor Masti e, sorridendo, si soffermò un momento ad ammirare i dettagli del logo; quindi, compose il numero.

«Pro-Eye Security, come posso aiutarla?» rispose una cristallina voce femminile.

«Buongiorno, sono il commissario Scala,» si presentò. «La scorsa notte in uno dei palazzi da voi sorvegliati, una donna è stata uccisa. Ho bisogno di avere maggiori informazioni circa la tipologia dei servizi che offrite e visionare le registrazioni delle telecamere di sicurezza.»

«Mi spiace, ma non posso esserle d'aiuto. Le passo il dottor Corelli, il nostro responsabile di zona, che le potrà fissare un appuntamento per rispondere a tutte le sue domande,» rispose, con voce incerta inoltrando immediatamente la chiamata.

«Corelli,» rispose.

«Buongiorno dottore, sono il commissario Scala...»

«Buongiorno, commissario. Mi aspettavo che la polizia ci chiamasse. Immagino che sia per l'omicidio nella palazzina di Corso Francia, 134.»

«Sì,» esitò Scala, preso in contropiede. «Vorrei avere maggiori informazioni relativamente ai servizi che fornite a quella proprietà ed acquisire le registrazioni delle telecamere di sicurezza. È possibile incontrarla in mattinata?»

«Certo, commissario. Può venire in sede anche subito, se crede. Sarò lieto di aiutarla a scoprire chi è riuscito ad introdursi nel palazzo senza essere visto e come ha fatto ad eludere la sorveglianza. Queste sono indicazioni importanti anche per noi, per migliorare il nostro servizio. Ha il nostro indirizzo?»

Scala rimase sbalordito dall'efficienza del dottor Corelli.

«Sì, la ringrazio. Sarò da lei appena possibile, traffico permettendo,» rispose, sorridendo.

Quindi si alzò e si diresse verso l'uscita.

Impiegò poco più di un'ora per arrivare alla porta del dottor Corelli e, dopo essere stato invitato ad entrare, fece il suo ingresso esibendo il suo miglior sorriso.

«Buongiorno,» salutò.

Il dottor Corelli si alzò dalla sedia e lo raggiunse.

«Buongiorno, commissario Scala. Prego, si accomodi,» lo invitò, stringendogli la mano.

«La ringrazio, cercherò di non rubarle troppo tempo, andando direttamente al punto,» esordì. «Come le ho anticipato per telefono, vorrei conoscere nel dettaglio i servizi che offrite.»

«La gamma è ampia e, in base al budget ed alle necessità del cliente, proponiamo soluzioni su misura. Nella palazzina di Corso Francia, 134 è presente una guardia notturna ed un sistema di videosorveglianza a circuito chiuso. Quando l'amministratore di condominio ci contattò, suggerimmo un servizio di vigilanza h24, ma i condòmini rifiutarono, convinti che durante il giorno non fosse necessario e che le ore maggiormente a rischio erano quelle notturne. In linea di principio posso anche essere d'accordo, ma una guardia può notare una presenza sospetta e chiamare la polizia in tempo reale, mentre il sistema di videosorveglianza non può prevenire il crimine, ma essere d'aiuto per individuare il colpevole solamente dopo che il furto, o in questo caso l'omicidio, è avvenuto.»

Scala si chiese che senso avesse acquistare solamente la metà del servizio che la società offriva.

«Immagino che l'assassino abbia deciso di colpire in quel momento, perché era l'unico in cui la signora Masti sarebbe stata da sola in garage,» disse Scala.

«Sono d'accordo con lei. Posso darle una copia delle registrazioni delle telecamere, sperando sia sufficiente per scoprire l'identità dell'assassino,» propose il dottor Corelli, aggrottando la fronte.

«Le sarei grato se potesse consegnarmela adesso, così che la mia squadra si possa mettere subito al lavoro. Spero di poter mettere la parola fine a questa storia prima che l'assassino colpisca di nuovo.»

Il dottor Corelli si alzò e si diresse ad un'altra scrivania dove era un computer portatile. Aprì un cassetto e ne estrasse una chiavetta con un'etichetta dove era scritto l'indirizzo della palazzina in questione.

«Ecco a lei. Qui ci sono tutte le registrazioni degli ultimi trenta giorni, le ho preparate subito dopo la sua chiamata, in modo da non farle perdere tempo,» disse, porgendogliela.

Nuovamente impressionato dalla sua efficienza, Scala sorrise. «La ringrazio, dottor Corelli. Ha bisogno che gliela restituisca?»

«No, può tenerla, è una copia. Le registrazioni originali sono conservate nei nostri server e, se sarà necessario, le potrò autorizzare l'accesso.»

«La ringrazio per la sua disponibilità e, se avrò altre domande, non esiterò a chiamarla,» rispose Scala, mettendo la chiavetta nella tasca del cappotto.

«Sempre a sua disposizione,» gli rispose, sorridendo, il dottor Corelli.

Un'ora più tardi Scala era di nuovo in ufficio e, sapendo che quella sera sarebbe tornato tardi a casa, mandò un messaggio alla moglie per informarla.

Quindi, collegata al computer la chiavetta che gli aveva dato il dottor Corelli, si concentrò sul controllo delle registrazioni.

Sul monitor apparve una mappa con indicati i punti dove erano posizionate le telecamere. La confrontò con il rapporto che aveva ricevuto dalla scientifica e rimase deluso dallo scoprire che sulla scena del delitto non erano presenti.

«Però per arrivarci deve essere passato almeno sotto ad una,» mormorò tra sé. «Quindi, devo controllare le telecamere uno, tre e cinque.»

Il controllo delle registrazioni nel giorno del delitto lo impegnò per molte ore e quando guardò l'orologio, questo segnava mezzanotte. L'omicidio, ovviamente, non era stato ripreso, ma le registrazioni non avevano potuto fornire nemmeno un solo indizio utile all'identificazione dell'assassino. «Apparentemente sembra un normale via vai di persone, ma tra di esse, lui c'è sicuramente.»

Prese il suo taccuino ed iniziò ad annotare le persone che erano entrate ed uscite durante la giornata; era ormai chiaro che avrebbe passato la notte in ufficio.

"Le prime ad uscire dall'edificio sono state tre donne la mattina alle sei e un quarto e fino alle dieci tutti gli altri residenti sono stati ripresi dalle telecamere; madri con i bambini, adolescenti che
117

andavano a scuola, uomini e donne diretti ai loro posti di lavoro. Dopo le dieci, alcuni hanno fatto ritorno," rifletté tra sé.

Aveva bisogno di qualcuno con cui confrontarsi, e in quel momento avrebbe voluto che Milani e Silvani fossero lì. Si diresse alla lavagna sulla parete opposta ed elencò gli orari di entrata ed uscita di ogni condòmino.

«L'assassino è una di queste persone, ma non credo proprio possa trattarsi di uno dei residenti. Di solito, un assassino seriale agisce entro una comfort zone, una zona che conosce bene e dove si sente al sicuro; questo, invece, è decisamente sui generis, dal momento che i luoghi dei due omicidi distano quarantotto chilometri l'uno dall'altro,» disse, tracciando una linea sulla cartina a fianco della lavagna, ad unire le due scene del crimine. «Ci deve essere un legame diverso tra lui, le vittime ed il luogo scelto per il primo omicidio; è chiaro che non uccida persone a caso,» mormorò.

Tornò al suo computer e controllò le registrazioni delle telecamere nei due mesi precedenti l'omicidio.

Le lancette dell'orologio appeso alla parete continuarono a girare implacabili, mentre Scala rimase incollato allo schermo del computer, controllando giorni e giorni di registrazioni e prendendo appunti relativamente a persone ed orari.

Una volta terminata la visione, Scala riuscì ad individuare quattro persone che erano presenti nelle registrazioni degli ultimi giorni e non in quelle precedenti. Tuttavia, solamente una attirò la sua attenzione, un uomo alto, vestito sempre allo stesso modo, con una felpa scura a tinta unita, ed il cappuccio a coprirgli la testa. Nessun disegno, nessuno stemma, nessun logo, niente che potesse essere identificato in qualsiasi modo. Tutti gli altri residenti cambiavano vestiti ogni giorno, mentre lui no. Appariva nei video intorno alle cinque del pomeriggio e se ne andava un paio di ore dopo.

«Chi sei? Cosa stavi facendo lì?» gli chiese Scala, come se l'individuo nel video potesse rispondergli.

A quel punto, inviò delle mail a Milani, Silvani e Romizi, allegando i video e le sue note, sperando che li avrebbero esaminati come prima cosa appena arrivati in ufficio, così da poterne discutere assieme nel pomeriggio.

«Se fosse questo l'uomo che ha ucciso la signora Masti, allora avremmo almeno un punto dal quale iniziare, e la squadra della scientifica potrebbe ricavare sicuramente ulteriori indizi da quelle immagini. Contatterò nuovamente il dottor Corelli per chiedere anche le registrazioni di oggi. Sono convinto che quest'uomo non si sia fatto vedere.»

Si alzò dalla sedia e allungò la schiena. Erano quasi le quattro del mattino e si chiese se passare in ufficio il resto della notte.

Si guardò intorno; la prospettiva di dormire sulla sedia o sul pavimento non era certo allettante. Senza indugiare ulteriormente, prese il cappotto ed uscì dal commissariato; era meglio andare a casa dove lo attendeva un letto morbido, la dolce presenza della moglie a fianco a lui e la prospettiva di fare colazione con calma.

***

Il pomeriggio seguente, gli agenti Milani, Silvani e Romizi raggiunsero Scala nel suo ufficio.

«Fammi capire, tu hai lavorato fino alle quattro questa mattina?» lo prese in giro Romizi.

«Mi conosci, il tempo vola quando mi diverto,» rispose Scala, con un sorriso stanco. «Ma non perdiamo tempo, oppure dovrete tenermi compagnia fino a domani mattina.»

«Meglio di no,» rispose Romizi. «Riguardo alle registrazioni che ci hai inviato per mail, concordo con te che l'uomo con la felpa ed il cappuccio potrebbe essere il nostro assassino. Del resto, le nostre rilevazioni indicavano un uomo alto e con una discreta forza, sufficiente per trasportare il cadavere di Sandro da un posto ad un altro. E questo che appare nelle registrazioni è un tipo piuttosto grosso, alto circa un metro e ottantasette, spalle larghe e ben piazzato.»

«È quello che ho pensato,» mormorò Scala, raggiungendo la mappa appesa al muro.

«Ho segnato le posizioni dei due omicidi, il cimitero di Ostia Antica e l'edificio in Corso Francia, 134, due luoghi decisamente lontani tra loro. Questo dettaglio, unito al fatto che non sappiamo se dove è stato ritrovato Sandro abbia un significato preciso o meno, suggerisce che non si tratta del classico omicida seriale, quanto di qualcuno che ha, evidentemente, dei conti in sospeso con le vittime. Dobbiamo, quindi, scoprire cosa le abbia accomunate, anche se all'apparenza si tratta di due persone molto diverse. Sandro era un ragazzo appassionato di giochi elettronici e di informatica, la signora Masti una donna sposata che niente aveva a che fare con il mondo dei computer. Entrambi erano impegnati nel volontariato e nella beneficienza, secondo me è questa la strada da seguire,» disse Scala.

«Quindi il nostro uomo riteneva che avessero nascosto delle malefatte dietro le loro buone azioni?» chiese Silvani.

«Sì, oppure avevano fatto qualcosa che l'assassino aveva considerato così grave da dover essere lavato con il sangue,» intervenne Milani.

«Secondo i biglietti ritrovati nel giaccone di Sandro, e sulla scena del crimine della signora Masti, sembrerebbe sia così. Inoltre, le testimonianze e le loro storie parlano di due persone dal cuore d'oro,» disse Scala, tornando a sedere alla scrivania.

«Non c'è alcuna persona completamente innocente o completamente colpevole al mondo...» fu il commento di Romizi. «Adesso non ci resta che scavare a fondo nelle loro vite per trovare un peccato in comune.»

«Di questo ve ne occuperete voi due,» disse Scala, indicando Milani e Silvani, «mentre io andrò a parlare con la sorella della signora Masti,» aggiunse.

Una volta rimasto solo, Scala continuò a fissare la lavagna. Sperava di trovare quanto prima un minimo dettaglio ad indirizzarlo sulla strada giusta.

CAPITOLO 11

Dopo la riunione, Scala aveva deciso di andare dalla sorella della signora Masti ed impiegò il tempo del tragitto riflettendo sulle domande da farle.

Dal momento che le due erano state molto legate, confidava che conoscesse tutte le attività benefiche di cui si era occupata la sorella, e che sapesse se questa fosse stata minacciata o se l'omicidio di Sandro l'avesse spaventata. Se, come sospettava, le due vittime avessero condiviso qualcosa, probabilmente, nell'ultimo periodo, la signora Masti avrebbe dovuto essere nervosa.

Una volta arrivato alla porta dell'appartamento, Scala suonò il campanello.

Una donna poco più giovane della signora Masti con indosso un grembiule, guanti di gomma e con una scopa in mano, aprì la porta.

«Sì?» chiese. Il suo respiro era affannato e Scala immaginò che avesse deciso di pulire a fondo la casa per tenersi occupata ed evitare di pensare a quanto accaduto.

«La signora Andrei?»

«Sono io, e lei è?»

«Sono il commissario Maurizio Scala,» rispose, mostrando il distintivo. «Ha un momento per rispondere ad alcune domande?»

Lei lasciò cadere la scopa, mentre la sua espressione diventò seria.

«Certamente. Entri pure, commissario. Avrei dovuto immaginare che prima o poi sarebbe venuto, ma non sono certa di essere la persona giusta per darle le informazioni che cerca,» disse, facendogli strada verso il soggiorno. «È vero che tra sorelle si parla di tutto, ma a noi piaceva ricordare episodi della nostra infanzia e adolescenza, raccontarci i fatti curiosi che ci capitavano, parlare dei fatti di cronaca. Nonostante ciò, se c'è qualcosa che io posso fare per aiutarla a scoprire chi ha ucciso mia sorella, sono a sua completa disposizione,» disse, con voce tremante, sfilandosi il grembiule ed utilizzandolo per asciugarsi le lacrime.

«Mi dispiace per la sua perdita e per essere venuto senza averla prima avvisata...»

«No, commissario. Non deve scusarsi; non ci sarebbe stato un momento migliore o peggiore per venire qui. Tutto è successo così all'improvviso...»

«Quindi, devo presumere che sua sorella non abbia avuto idea che qualcuno voleva ucciderla, nemmeno dopo l'omicidio di quel ragazzo al cimitero.»

La signora Andrei abbassò lo sguardo, scuotendo la testa. «Non ho detto che non fosse preoccupata. Loredana sospettava che potesse accaderle qualcosa di simile; ma sperava che, chiunque fosse a caccia di persone coinvolte in attività di beneficienza, le avrebbe consentito di riparare a qualsiasi errore lui ritenesse che lei aveva commesso...»

«Perché qualcuno avrebbe dovuto credere che sua sorella meritasse di morire?»

«Non lo so, commissario,» rispose la signora Andrei.

«L'assassino, però, ne era convinto. Non mi fraintenda, non sto giudicando sua sorella o l'altra vittima e non sono qui per infangarne il ricordo; sto solamente cercando di capire cosa abbiano avuto in comune. Abbiamo ragione di pensare che ci siano altre persone nel mirino di questo pazzo, ed io vorrei interrompere questa follia,» disse, tirandosi indietro i capelli. Non avrebbe avuto pace finché non avesse ottenuto risposte alle sue domande. «Lei sa se sua sorella abbia fatto volontariato anche al centro di recupero per tossicodipendenti Nuova Vita? Ho fatto la stessa domanda anche a suo genero, ma non ha saputo darmi una risposta.»

«No, non ci andava e ne sono certa, perché lei si occupava di iniziative a favore dei senzatetto. Era convinta che ognuno meritasse di vivere dignitosamente e di avere un posto da chiamare casa.»

«E allora, perché era spaventata?» la incalzò, Scala.

«Perché era sicura avesse a che fare con il suicidio di Antonio...»

Con una smorfia, il commissario socchiuse gli occhi ed estrasse il taccuino per appuntarsi quel dettaglio che riteneva fosse molto importante e che non doveva dimenticare.

«Chi è Antonio? E perché il suo suicidio è così importante, adesso?»

«Antonio Gasparri era il figlio di una coppia di ex-senzatetto. Furono aiutati da una fondazione dove faceva volontariato Loredana, attraverso la quale il padre riuscì a trovare un lavoro e furono così in grado di tornare a vivere una vita normale e dignitosa. In seguito, purtroppo, il figlio entrò nella spirale della tossicodipendenza.» La signora Andrei prese un profondo respiro e fece una breve pausa. «Ci volle del tempo prima che Antonio riuscisse ad entrare in un centro di recupero. Inizialmente, lui si rifiutò e, quando i genitori riuscirono a convincerlo, ci furono dei problemi burocratici per fare loro ottenere i fondi necessari per provvedere al pagamento della retta; tutto questo posticipò l'inizio della terapia.»

«Lei conosceva il ragazzo o i suoi genitori?»

«Io no, ma Loredana sì e me ne parlò alcune volte. Era una buona amica del sindaco ed usò quella conoscenza per aiutare quella famiglia.» Fece una breve pausa e le sue mani strinsero il grembiule che aveva sulle ginocchia. «L'omicidio di quel povero ragazzo la spaventò molto, nonostante ciò, nessuno di noi avrebbe immaginato che potesse succedere una cosa del genere.»

«Conosce la struttura dove Antonio fu ammesso? Potrebbe essere la Nuova Vita?» chiese Scala, dal momento che tutto sembrava essere collegato più o meno indirettamente a quel posto.

«Non ne ho idea, mia sorella non me lo disse.»

Scala era deluso. Se qualcuno avesse parlato di quei sospetti alla polizia, forse la signora Masti sarebbe stata ancora viva. Decise di incaricare Milani o Silvani di raccogliere quante più informazioni possibili su Antonio Gasparri, la nuova tessera di quel puzzle, quindi scrisse alcuni appunti sul taccuino.

Indagare sulla signora Loredana Masti e sulla sua amicizia con il sindaco. Potrebbe esserci un collegamento con le dosi di metadone rubate e poi recuperate, e per questo motivo potrebbe essere entrata nella lista delle persone da eliminare del nostro assassino.

Quindi, si alzò in piedi, sospirando.

«Per il momento, non ho altro da chiederle. Se le venisse in mente qualsiasi cosa, non esiti a chiamarmi,» disse, lasciando un biglietto da visita sul tavolo.

«Certamente, commissario. E se avrà altro da chiedermi, la porta sarà sempre aperta per lei. La prego di tenere mio cognato e me aggiornati su qualsiasi cosa scoprirà; preferisco avere le brutte

notizie da lei, piuttosto che da uno stupido
giornalista.»

***

Una volta risalito in auto, Scala prese a riflettere.

"Finalmente abbiamo un indizio ad indicarci la
direzione nella quale procedere. Qualcuno sta
uccidendo tutte le persone coinvolte nel furto di
metadone, e la soluzione del caso ha qualcosa a che
vedere con il suicidio di Antonio Gasparri," rifletté.

Doveva immediatamente conoscere i risultati
delle ricerche che la sua squadra aveva condotto. Non
volendo attendere di essere di nuovo in ufficio,
chiamò Sandra.

«Milani,» rispose, con voce indaffarata, e senza
guardare il display del cellulare.

«Milani, sono il commissario Scala,» disse
ridacchiando, con finto tono severo. «Sono appena
uscito dall'appartamento della sorella della signora
Masti. Secondo lei, la vittima non aveva niente a che
fare con il centro di recupero, almeno non
direttamente. Era, però, amica della famiglia di uno
dei due ragazzi che rubarono le dosi di metadone.
Cosa mi dici della tua ricerca? Hai trovato qualcosa?»

Sandra allontanò la sedia dalla scrivania. «Sì,
abbiamo un ragazzo di venticinque anni che, secondo
i registri del centro, uscì dalla struttura un paio di
giorni prima della sua morte; il suo nome era Antonio
Gasparri.»

«Questo è interessante! La signora Andrei mi ha parlato dello stesso ragazzo; mi ha raccontato che si suicidò.»

Un sorriso illuminò il volto di Sandra. «È anche quello che risulta dalle nostre ricerche; fu la madre a trovarlo morto con i polsi tagliati nel bagno di casa. Dal momento che nell'abitazione non c'erano altre persone e le finestre erano chiuse dall'interno, la morte venne archiviata come suicidio.»

«E quindi niente autopsia...»

«Già,» rispose Sandra. «La causa della morte era evidente ed i genitori non richiesero alcuna indagine in merito. Ovviamente, la polizia ne fu informata, ma non venne nemmeno aperto un caso.»

"Non ha senso," pensò Scala. "Se il ragazzo si suicidò, allora la sua morte non ha niente a che vedere con la sete di vendetta del nostro assassino, ed il movente deve essere cercato altrove. A meno che non sia stato un suicidio."

«Milani, quando morì il ragazzo?»

«Aspetti,» disse, cercando tra i vari documenti. «Nel maggio di due anni fa.»

«Inoltrerò una richiesta per la riesumazione del corpo; bisogna fare effettuare un esame autoptico per stabilire la vera causa della sua morte. Se verrà confermata quella per dissanguamento, dovremo cercare il nostro assassino altrove, se sarà smentita, ne verrà fuori un grosso scandalo. Senza che debba tornare in commissariato, può trovare l'indirizzo della famiglia Gasparri? Devo parlare con i suoi genitori, con i fratelli e sorelle se ce ne sono, insomma con chiunque possa dare risposte alle mie domande.»

«Lo cerco e glielo invio prima possibile,» rispose prontamente Sandra, certa che non le sarebbero serviti che pochi minuti per trovarlo.

«Grazie, a dopo,» rispose Scala, terminando la conversazione.

"Secondo me, e spero di avere ragione così da poter chiudere il caso rapidamente, non tutte le dosi di metadone furono recuperate. È possibile che una sia stata data ad Antonio che morì un paio di giorni dopo aver lasciato la struttura. Il suicidio potrebbe essere stato un modo per coprire quella morte, in modo che la polizia non aprisse un'inchiesta," rifletté.

Aveva bisogno della lista delle persone che avevano conosciuto il ragazzo e per ottenerla avrebbe dovuto chiedere un mandato per il suo telefono cellulare, sempre che ancora esistesse.

Scala prese nuovamente il suo taccuino e stilò una lista di cose da fare, in ordine cronologico.

***

Luana aveva fatto ritorno al centro di recupero. Era stato bello passare una giornata in famiglia, vivere la vita precedente la sua dipendenza e, ancora una volta, rimpianse di avere considerato i genitori come degli oppressori e di essersene andata come una ladra.

Quella giornata le aveva riportato alla mente tanti ricordi e fornito nuovi spunti di riflessione. Doveva crescere e vedere le cose e le persone sotto una prospettiva diversa. Probabilmente, il commissario Scala meritava un appellativo diverso da sbirro; era una persona che stava facendo il proprio lavoro, cercando di fare giustizia per quegli innocenti che erano stati uccisi, anche se questo non avrebbe restituito loro la vita e nemmeno avrebbe cancellato il dolore dai cuori di coloro che erano rimasti a piangerli.

Scala entrò nell'edificio proprio nel momento in cui lei passava davanti l'ingresso. «Commissario!» gridò, correndo verso di lui.

Sentire una voce familiare chiamarlo con il suo grado, gli diede l'impressione di essere arrivato al momento giusto. «Buon pomeriggio,» la salutò, sorridendo ed aspettando che lo raggiungesse.

«Ciao!» disse, con voce affannata. «Cosa ci fai qui?»

«Devo parlare con il direttore, ma forse puoi aiutarmi anche tu. Ti dispiace se ti faccio un paio di domande?»

«Certo che mi dispiace, ma dal momento che sono una ragazza simpatica, ti risponderò comunque.»

«Lo apprezzo molto. So che tu non eri qui quando ci fu il furto delle dosi di metadone, ma hai mai sentito parlare di un certo Antonio Gasparri?»

chiese, osservando ogni movimento e cambiamento nell'espressione della ragazza.

Luana distolse lo sguardo da lui e prese un profondo respiro. «Sì, ne ho sentito parlare,» disse, con voce incerta.

Scala capì che quella incertezza non derivava dal fatto che la ragazza nascondeva qualcosa; piuttosto era l'esitazione di chi intuisce che la posta in gioco è alta e teme che una sua risposta sbagliata causi dei problemi a delle persone innocenti.

«Sai se Sandro sia stato in confidenza con lui?»

Luana si morse il labbro inferiore. «È possibile che si conoscessero. Come gli altri volontari, Sandro parlava con tutti...»

«C'è qualche altro paziente che può essere stato amico di Antonio?» chiese il commissario.

«È successo due anni fa. I pazienti stanno qui solitamente per sei mesi, un anno al massimo. Oltre al personale, non c'è nessuno che potrebbe averlo conosciuto.»

Il commissario rimase in silenzio, riflettendo sulla mossa successiva; era ovvio che, se qualcuno avesse cercato di nascondere la vera causa della morte di Antonio, né il direttore né alcun membro del personale lo avrebbe ammesso o ne avrebbe parlato.

«Allora, in questo caso, dovrò parlare con il direttore e gli infermieri. Grazie della collaborazione, ciao,» la salutò, dirigendosi verso l'ufficio del direttore.

Luana restò in piedi perplessa, guardandolo allontanarsi. Non aveva idea di cosa stesse accadendo e, scuotendo la testa, decise che era meglio non immischiarsi in quella faccenda.

Un timido raggio di sole che riuscì a filtrare attraverso la coltre delle nubi distrasse il dottor Romani dal suo lavoro, e fece apparire un sorriso sul suo volto.

Il bussare alla porta lo fece tornare alla realtà di quel freddo inverno.

«Avanti,» rispose accigliato, voltandosi verso la porta.

Scala si sporse dentro la stanza ed entrò.

«Buon pomeriggio, dottor Romani. Mi scusi se la disturbo, ma ho bisogno di farle alcune domande.»

«Commissario Scala,» disse, sorridendo amabilmente. «Non mi aspettavo una sua visita; prego, si accomodi.»

«Sono cosciente che lei ha cose ben più importanti da fare, ma le prometto di rubarle solamente alcuni minuti,» disse, sedendosi difronte alla scrivania del direttore. «Immagino sia a conoscenza degli ultimi avvenimenti.»

Il dottor Romani lo guardò con aria interrogativa.

«Temo dovrà essere più specifico. Ho dato una scorsa ai giornali questa mattina, ma non riesco ad immaginare a quale notizia si riferisca.»

«Sembra che il nostro assassino abbia colpito ancora. Questa volta è stato il turno di una donna che, come Sandro, faceva la volontaria e si occupava di opere benefiche. Diversamente da lui, però, non faceva volontariato qui.» Scala fece una breve pausa ed estrasse il taccuino dalla tasca.

«Ma questo non ha niente a che vedere con il motivo della mia visita. Vorrei, invece, informazioni relativamente ad un vostro paziente, Antonio Gasparri; si ricorda di un furto di dosi di metadone accaduto un paio di anni fa? Credo che quel ragazzo sia stato coinvolto, in qualche modo.»

Il dottor Romani ebbe un quasi impercettibile sussulto che, però, non sfuggì al commissario.

«Quel nome non mi è nuovo, ma non riesco a collegarlo a quell'evento,» disse.

«Lasci che le rinfreschi la memoria. Due anni fa, nella stessa settimana in cui ebbe luogo il furto, Antonio Gasparri lasciò la struttura. Un paio di giorni dopo, la madre lo trovò morto nel bagno, con le vene tagliate. Vorrei sapere se il ragazzo aveva terminato la sua terapia, oppure aveva deciso di interromperla anzitempo.»

«Non glielo so dire,» rispose il dottor Romani, voltando lo sguardo verso il computer. «Controllo subito nel nostro archivio.»

«Eccolo qui,» disse, sorridendo, dopo alcuni minuti. «Dai registri risulta che decise di lasciare la nostra struttura per passare un po' di tempo con la famiglia; ma non so se sia stato per salutarli un'ultima volta, avendo già deciso di suicidarsi, o se sia stata una decisione improvvisa.»

«Conosce l'indirizzo della sua famiglia? Qualsiasi contatto sarebbe utile.» Sebbene avesse chiesto a Sandra quella stessa informazione, Scala volle verificare se il direttore avesse ancora un numero telefonico da chiamare in caso di emergenza.

«Abbiamo ancora i contatti della famiglia...» mormorò, incerto. «Glieli stampo.»

«La ringrazio, ci saranno sicuramente utili,» rispose Scala.

***

Una volta fuori dall'edificio, Scala ricevette un messaggio da Sandra con l'indirizzo ed il numero di telefono dei genitori di Antonio. Li confrontò con quelli che gli aveva dato il direttore e, notando che l'indirizzo era diverso, si chiese se avessero traslocato dopo la morte del figlio.

Quel dettaglio, apparentemente insignificante, fece nascere dei sospetti nella mente del commissario. E se fossero loro gli assassini? Quei genitori avevano confidato nella giustizia, ma questa non era mai stata fatta. Quale miglior movente a spiegare la rabbia mostrata dall'assassino ed il suo desiderio di uccidere tutti coloro che erano stati, in qualsiasi modo, coinvolti in quella disgrazia?

Non volendo attendere oltre, Scala decise di recarsi all'indirizzo che Sandra gli aveva inviato.

Una volta lì, bussò alla porta e, quando questa si aprì, apparve un uomo su di una sedia a rotelle.

«Buongiorno, mi scusi il disturbo. Sono il commissario Scala. È lei il padre di Antonio Gasparri?» chiese.

«Sì, sono io,» rispose, mentre un velo di tristezza gli offuscò lo sguardo.

«Mi scusi se non l'ho avvisata della mia visita, ma ho urgentemente bisogno di farle alcune domande circa la morte di suo figlio.»

«Prego, si accomodi, commissario,» rispose il signor Gasparri, guidandolo verso il soggiorno. «Non capisco però perché ve ne occupiate dopo due anni, mentre quando successe sembrò non interessare nessuno,» disse. L'amarezza nella sua voce era tagliente con una lama affilata.

«Sto investigando sui recenti omicidi di persone che si erano dedicate alla beneficienza ed al volontariato. Tutto sembra essere collegato, in un modo o in un altro, al suicidio di suo figlio ed io comincio a nutrire dei dubbi che sia stato veramente tale. Magari lei può aiutarmi a risolvere questo mistero raccontandomi cosa successe con esattezza.»

«Mia moglie lo trovò morto in bagno. Si era tagliato le vene e si era lasciato morire...» disse con tono monotono, come se stesse recitando qualcosa a memoria.

«Nessuno di noi due crede a questa versione,» disse Scala, con tono duro, come indifferente all'amarezza dell'uomo che aveva difronte.

Ovviamente, non poteva essere l'assassino, dal momento che non sarebbe stato in grado di strangolare la signora Masti. Tuttavia, per Scala quel dettaglio non fu sufficiente ad eliminarlo dalla lista dei sospetti; magari, aveva pagato qualcuno per farlo al posto suo.

«Intende dire che sono un bugiardo? Pensa che se fosse stato un omicidio, avrei protetto il colpevole?» quasi urlò.

«La prego, non era mia intenzione darle del bugiardo, ma temo che suo figlio non sia morto suicida. Devo far riesumare il corpo per scoprire la verità. Poco prima che Antonio lasciasse quella struttura, qualcuno rubò alcune dosi di metadone dall'infermeria. Secondo il direttore, la polizia non ne fu informata perché vennero tutte recuperate ed i ladri furono portati via dai genitori che provvidero a punirli. Dopo due giorni, suo figlio tornò a casa e si suicidò.» Scala fece una breve pausa per riflettere, ricomporsi ed osservare le reazioni dell'uomo che aveva difronte.

«Non conosco molto di suo figlio; non so se fosse una persona dalla quale ci si potesse aspettare un tale gesto. Ad essere sincero, non conosco nemmeno quali siano i segnali d'allarme. Sono venuto qui per questo, per conoscerlo meglio. Antonio aveva superato la propria dipendenza?»

Il signor Gasparri scosse la testa ed abbassò lo sguardo sulle mani appoggiate sul grembo. «Tornò perché riteneva che quella struttura non fosse adatta a lui. Voleva lasciarsi la sua dipendenza alle spalle, ma voleva farlo con un approccio diverso, dal momento che quella terapia non aveva prodotto effetti su di lui. Non scese mai nel dettaglio, e noi rispettammo la sua privacy. Pensammo che volesse dimenticare tutto e provare a tornare a vivere una vita normale. Non potevamo immaginare che avrebbe...» Si interruppe per alcuni istanti. «A quel tempo ancora lavoravo, sono andato in pensione alcuni mesi fa a causa delle mie condizioni di salute.»

«Dov'è sua moglie, adesso?»

Un sospiro spezzato sfuggì all'uomo. «È morta lo scorso anno per un attacco cardiaco. Probabilmente, quel dolore era stato troppo grande per lei. Era sempre stata cardiopatica, ma proprio quando le cose stavano iniziando ad andare meglio...»

«Mi dispiace per la sua perdita. Lei le raccontò come si erano svolti i fatti?» Scala sapeva di sembrare insensibile continuando quell'interrogatorio, ma nel suo lavoro non doveva farsi sopraffare dai sentimenti se voleva raggiungere la verità.

«Antonio era andato a fare un bagno, era il suo modo per rilassarsi. Dopo un'ora mia moglie, non sentendo alcun rumore provenire da dentro la stanza, bussò per accertarsi che lui stesse bene; non ricevendo risposta, entrò e lo trovò, ormai esanime, nella vasca.»

«Sua moglie come fece ad entrare? Antonio non aveva chiuso la porta a chiave?» chiese Scala, non del tutto convinto che l'uomo stesse dicendo la verità.

«A causa della sua dipendenza, avevamo cambiato la serratura, in modo da poter entrare in caso di emergenza.»

«È successo qui?»

«No, ho preferito traslocare. Non sopportavo più quel luogo,» gli rispose, con una smorfia.

Per tutta la conversazione aveva evitato lo sguardo del commissario.

«Ha dei parenti da contattare, in caso di bisogno?»

L'uomo alzò lo sguardo verso Scala, con un debole sorriso. «Sì, non si preoccupi. Ho un fratello e due nipoti e sono in ottimi rapporti anche con la famiglia di mia moglie.»

«Per caso ha ancora il cellulare di suo figlio, oppure ricorda il suo numero, in modo che io possa recuperare i suoi registri delle chiamate? Vorrei parlare con i suoi amici per riuscire a sapere qualche cosa in più.»

Il signor Gasparri scosse la testa e si morse le labbra. «No, non l'ho più, ma posso darle il suo numero.»

«Mi può dare anche i contatti dei suoi parenti? Potrei avere bisogno anche del loro aiuto, in futuro.»

Senza indugiare, il signor Gasparri prese il suo cellulare, aprì la lista dei contatti e dettò al commissario i numeri dei suoi parenti più prossimi, nonché il vecchio numero di cellulare del figlio.

«La ringrazio, signor Gasparri, non ho altre domande,» disse Scala, alzandosi dalla poltrona.

«Nessun problema, commissario. Le auguro una buona serata,» gli rispose, accompagnandolo alla porta.

Una volta tornato alla sua auto, Scala rimase a riflettere sulla conversazione che aveva appena avuto e, dopo alcuni minuti, mise in moto e si diresse verso casa.

CAPITOLO 12

Giorgio era nel suo ufficio. Nonostante l'impellente necessità di sciogliere i suoi dubbi, aveva continuato a rimandare la telefonata che avrebbe potuto farlo. Prese il cellulare e, dopo un ulteriore attimo di esitazione, compose il secondo numero presente tra i contatti preferiti.

«Ciao, papà. Chi non muore si risente,» rispose Giulio, ridendo.

«Sembri di ottimo umore; evidentemente non hai letto i giornali,» lo rimproverò severamente Giorgio.

«Io li leggo, ma cerco di mantenere i nervi saldi; perdere il controllo non solo è inutile, ma può anche rivelarsi controproducente.»

«Sinceramente, da te non mi aspettavo questa superficialità; soprattutto perché sei colpevole anche tu,» disse, con voce aspra; sembrava che il figlio non comprendesse appieno la gravità della situazione. «Comunque, dobbiamo scoprire chi è questo assassino e capire come difenderci. Sembra determinato ad eliminare tutti quelli che ritiene coinvolti in quello stupido furto.»

«Dobbiamo parlare con il padre di Simone,» disse Giulio, «ha molti assi nella manica; inoltre, la morte di Antonio fu colpa del figlio, io mi limitai a farlo entrare in infermeria. Fu lui a vendere al ragazzo il metadone che, in seguito, lo mandò in overdose.»

"Sembra abbia dimenticato che siamo stati noi due ad uccidere la madre di Antonio," Giorgio rifletté, incredulo. Doveva ammettere che, almeno in parte, il figlio aveva ragione. Tra le persone coinvolte, il padre di Simone era l'unico con i contatti giusti in grado di scoprire l'identità dell'assassino prima della polizia. Dovevano assolutamente trovarlo per primi per evitare di essere coinvolti in un terribile scandalo, che avrebbe fatto soffrire anche i loro cari come, ad esempio, Luana. «Cercherò di mettermi in contatto con lui, ma tu devi parlare con Simone e il dottor Romani. Dobbiamo incontrarci prima possibile per mettere a punto un piano d'azione per fermare l'assassino.»

«Le persone che rischiano maggiormente siamo noi due e Simone. Lui è responsabile della morte di Antonio, mentre tu ed io abbiamo sua madre sulla coscienza. Quindi, non accusarmi di prendere le cose alla leggera, so benissimo cosa c'è in ballo, ma ti sarei grato se non mi trattassi come un bambino. Riserva quel trattamento per Luana, che non è in grado di badare a sé stessa,» disse, buttando fuori tutta la rabbia che aveva dentro di sé.

«Lascia Luana fuori da tutto questo; è lei il motivo per il quale dobbiamo fare in modo che non si scopra niente. Non mi interessa della mia reputazione, ma lei ne soffrirebbe troppo...»

«Invece di insegnarle come affrontare le difficoltà della vita reale, ti ostini a proteggerla,» lo ammonì Simone.

Giulio era sempre stato geloso nei confronti di Luana, anche se il padre non era ancora riuscito a comprenderne il motivo. Per evitare ulteriori recriminazioni, Giorgio decise di tagliare corto e tornare al motivo della sua telefonata.

«Ascoltami, dobbiamo impegnarci, prescindendo da chi abbia più da perdere. Non voglio che noi finiamo in prigione e nemmeno che le nostre famiglie ne subiscano le conseguenze. Cercherò di fissare un appuntamento con tutti gli altri per decidere insieme il da farsi.»

«Ovviamente,» disse Giulio, scuotendo la testa. «Attenderò tue notizie, e nel frattempo, manterrò un profilo basso.»

«Perfetto. Abbi cura di te.»

Una volta terminata la telefonata con il figlio, Giorgio si rese conto che coprire la sua complicità nel furto di metadone era stato un errore. Se l'avesse portato subito alla polizia, Giulio avrebbe probabilmente perso il lavoro, ma sarebbe uscito da quella situazione senza andare in prigione, e ci sarebbero stati tre morti in meno.

«Ma come diavolo ho potuto pensare che coprirlo fosse la cosa migliore?» disse, stringendo la testa tra le mani. «Certo, potrei andare alla polizia e raccontare tutto, magari questo permetterebbe di trovare l'assassino più velocemente, ma così andremmo tutti in prigione. Come è stato possibile ritrovarsi in una tale situazione?»

***

Quella mattina, a causa di un incidente sulla Tiburtina, Scala arrivò al distretto che erano passate le nove. Entrò come una furia nell'ufficio di Silvani e Milani, dove i due erano già al lavoro.

«Nel mio ufficio, ADESSO!» gridò.

Senza aggiungere altro o attendere le loro risposte, uscì dalla stanza e andò nel suo ufficio, aspettandosi che i due colleghi lo seguissero.

Quando furono tutti seduti al tavolo, Scala li guardò, incerto da dove iniziare.

«Abbiamo due omicidi e temo l'arrivo di un messaggio ad annunciare il prossimo. Ma cosa abbiamo realmente in mano?»

Aprì il suo taccuino, cercando di fare ordine oltre che nei suoi appunti, anche nella sua mente.

«Due anni fa il figlio del sindaco, Simone Bonacci, era un paziente del centro di recupero per tossicodipendenti Nuova Vita. In quella clinica c'era anche Antonio Gasparri e, magari, i due erano amici.

Un giorno, assieme ad un altro ragazzo di cui ancora non conosciamo il nome, Simone forzò la porta dell'infermeria e rubò alcune dosi di metadone. Il personale se ne accorse e chiamò il padre, minacciando di denunciare il furto alla polizia se tutte le dosi non fossero tornate immediatamente al loro posto. Secondo le nostre fonti, il padre fece in modo che il figlio restituisse il maltolto e promise di punirlo adeguatamente, a patto che il direttore non sporgesse denuncia.»

Silvani e Milani annuirono; stavano seguendo la ricostruzione del commissario confrontandola con quanto avevano scoperto, in caso potessero aggiungere nuove informazioni.

«Le dosi furono restituite e tutto sembrò sistemato. Assieme a Simone anche Antonio Gasparri abbandonò il centro senza aver terminato la terapia. Secondo il direttore, voleva fare una pausa e passare del tempo con la sua famiglia, mentre, secondo il padre, voleva andare in un'altra struttura, dal momento che il trattamento che aveva seguito fino a quel momento, non aveva prodotto i risultati sperati. Indipendentemente da chi dica la verità, Antonio fu trovato morto dalla madre, un paio di giorni dopo; apparentemente si era tagliato i polsi nella vasca da bagno.»

Scala sfogliò le pagine del taccuino per controllare se avesse dimenticato qualcosa.

«Sì,» aggiunse. «L'anno seguente, la madre di Antonio morì a causa di un attacco cardiaco, dopo di che, tutto si calmò e tornò alla normalità.»

«Fino al mese scorso quando qualcuno uccise Sandro al cimitero di...» aggiunse Silvani.

«Il cimitero!!» esclamò Scala, alzandosi in piedi. Prese il telefono e compose il numero del padre di Antonio.

«Buongiorno, signor Gasparri,» lo salutò quando questi rispose. «Sono il commissario Scala, mi dispiace doverla disturbare anche oggi...»

«Buongiorno, commissario,» lo interruppe l'uomo. «Non si preoccupi, non mi disturba affatto. Cosa posso fare per lei?»

«Stavo ricontrollando alcuni appunti e mi è sorta una domanda. Dove è sepolto Antonio?» chiese.

«Riposa al cimitero di Ostia Antica, assieme a mia moglie. Sfortunatamente, non sono riuscito a trovare due tombe vicine, ma almeno sono nello stesso luogo.»

Un sorriso apparve sul volto di Scala; aveva appena aggiunto una tessera importantissima al puzzle.

«La ringrazio, signor Gasparri. Mi serve per compilare la richiesta di esumazione del corpo,» rispose, cercando di mantenere la calma.

«In altre circostanze, mi sarei opposto, ma qui non si tratta solamente di me e della memoria di mio figlio che amo profondamente, ma di fare giustizia ed evitare che altre persone vengano assassinate,» disse, con voce tremante. In quel tremolìo, però, Scala intuì qualcos'altro oltre al dolore; una sorta di esitazione, dovuta, probabilmente, al fatto che fosse consapevole che l'esame del corpo avrebbe rivelato qualcosa di compromettente. Di nuovo, la solita fastidiosa vocina gli sussurrò che anche il signor Gasparri aveva qualcosa da nascondere.

«Le sono grato per la sua comprensione, e non intendo rubarle ulteriore tempo. Le auguro una buona giornata.»

«La ringrazio, Commissario; purtroppo, metà della mia vita se ne è andata il giorno in cui è morto Antonio, l'altra metà quando mia moglie l'ha raggiunto. Non ho più niente di cui occuparmi, nemmeno me stesso. Se avrà nuovamente bisogno di me, saprà dove trovarmi,» rispose.

Una volta conclusa quella telefonata, un amaro sorriso apparve sul volto di Scala; nonostante la distanza da quell'uomo, il suo dolore era riuscito a raggiungerlo attraverso la linea telefonica, impossessandosi del suo cuore.

Dopo un attimo di esitazione, appoggiò delicatamente il cellulare sul tavolo e lanciò uno sguardo ai due colleghi.

«Ho un'informazione importante,» disse. «Indovinate chi è sepolto nel cimitero di Ostia Antica?»

«Antonio Gasparri,» indovinò Silvani.

«Risposta esatta. Ma non solamente lui, anche sua madre. Secondo la ricostruzione della scientifica, Sandro fu ucciso in un posto diverso da quello in cui fu ritrovato. Perché?» chiese, guardandosi intorno.

«Signore, quindi lei suppone che l'assassino abbia ucciso Sandro difronte alla tomba della signora Gasparri e, in seguito, abbia portato il corpo vicino quella di Antonio?» chiese Silvani.

«L'assassino era certo che la morte di quella donna non fosse stata accidentale, e che Sandro fosse coinvolto in entrambi gli omicidi. Quello che vorrei capire è da cosa gli sia derivata questa certezza, quali prove abbia avuto in mano. Sandro conosceva Antonio? Era un amico del figlio del sindaco o dell'altro ladro sconosciuto?»

La voce di Scala risuonò tra le pareti.

«Questo è l'indizio che stavamo cercando, la traccia che l'assassino ha voluto darci spostando il corpo di Sandro,» aggiunse Milani.

Grattandosi la fronte, Silvani si voltò verso Scala che, nel frattempo, aveva preso a camminare per la stanza come un animale in gabbia. «In questo caso, dovremmo cercare altri indizi nascosti anche nella seconda scena del delitto. Magari, ci è sfuggito qualcosa di importante che potrebbe aggiungere un'altra tessera al nostro puzzle.»

Scala si fermò di colpo, come se fosse andato a sbattere contro un muro invisibile. «L'ultima scena del crimine!» esclamò, voltandosi verso Silvani.

«Agente, lei è brillante! Dobbiamo approfondire questo aspetto.»

Tornò a sedersi al tavolo e iniziò a scrivere sul suo taccuino.

«Continuiamo da dove abbiamo interrotto,» disse, tornando alla ricostruzione dei fatti, sperando che altre tessere sarebbero venute fuori dalle loro riflessioni.

«Secondo me, non tutte le dosi di metadone furono recuperate; alcune furono vendute, Antonio ne comprò una e morì. Pensate, adesso, se un tale scandalo fosse diventato di pubblico dominio, quante persone sarebbero state coinvolte. Il direttore del centro di recupero avrebbe fatto qualsiasi cosa pur di evitare la chiusura della struttura e che tutti i dipendenti fossero indagati; e lo stesso avrebbe fatto il sindaco, dal momento che quello scandalo avrebbe decretato la fine della sua carriera politica e la perdita di tutto quanto aveva costruito per la sua famiglia, per non parlare di suo figlio che sarebbe stato accusato di furto, cessione di sostanza stupefacente e morte conseguente ad altro delitto,» ragionò Scala, tenendo il conto con le dita.

«Ma una cosa è coprire una ragazzata, totalmente diverso è nascondere un omicidio,» aggiunse Milani.

«Tutto il ragionamento ha senso, ma cosa mi dice della signora Masti? In che modo era coinvolta in questa storia?» chiese Silvani.

«Questo è esattamente quello che dobbiamo scoprire. Andrò di nuovo ad esaminare la seconda scena del crimine, chissà che l'assassino non abbia lasciato degli indizi come aveva fatto con Sandro. Inoltre, parlerò di nuovo con il signor Gasparri per spingerlo a dire la verità. Silvani, tu occupati di scoprire qualsiasi informazione sul furto di metadone; controlla i registri dei medicinali dove vengono annotate le quantità in entrata nell'infermeria, le dosi somministrate ai pazienti e verifica che il numero delle dosi presenti coincida con quello indicato nel registro.»

«Perché il signor Gasparri dovrebbe mentire? Lui sta tutt'ora soffrendo per la morte del figlio, dovrebbe essere il primo a voler vedere l'assassino in carcere,» chiese Milani, alzandosi in piedi, pronta a recarsi al centro di recupero per ispezionare i registri.

«Che mi dici della paura?» le rispose Scala. «In passato, con la moglie ed il figlio, era un senzatetto; non avevano un posto dove vivere, finché non ricevettero un alloggio comunale grazie all'organizzazione presso la quale Loredana faceva volontariato. In seguito, sempre grazie alla stessa associazione, trovò un lavoro con il quale riuscì ad assicurare una certa stabilità alla famiglia. Rifletti solamente quanto sarebbe stato facile per una persona importante come il sindaco distruggere la vita sua e della moglie.»

«Se fosse questo il motivo, non parlerà nemmeno sotto tortura,» obiettò Silvani.

«Lo vedremo. Comunque, intanto devo accertarmi che anche la moglie sia stata uccisa,» gli rispose Scala, strizzando un occhio.

***

Quando Silvani e Milani se ne furono andati, Scala prese il rapporto della scientifica relativo al primo omicidio. Sperava che nelle foto si riuscissero a leggere anche i nomi dei defunti vicino alle cui tombe Sandro era stato prima ucciso, poi spostato, oppure che questi fossero stati annotati da qualche parte.

Evidentemente, Romizi aveva ritenuto quei dettagli senza importanza, perché non apparivano in alcuna fotografia.

A quel punto, non gli restava altro che recarsi al cimitero per verificare personalmente. Segnò le due posizioni sulla mappa che il custode del cimitero gli aveva consegnato e, per maggior sicurezza, fece anche una copia del rapporto dove queste erano indicate.

La leggera pioggia che aveva iniziato a cadere un paio di ore prima, aveva avvolto la città in una leggera foschia che lo accolse all'uscita dal commissariato.

Era ora di pranzo ed il suo stomaco cercò di attirare la sua attenzione brontolando rumorosamente; Scala, però, non aveva tempo per mangiare, aveva qualcosa di decisamente più urgente di cui occuparsi.

Premendo il piede sull'acceleratore, strinse i denti fino al suo arrivo al cimitero.

Qui, la nebbiolina, bianca ed impalpabile, che avvolgeva le tombe in una gelida stretta e che sembrava diradarsi al suo passaggio, gli riportò alla mente un film horror che aveva visto recentemente. Mentre percorreva i vialetti, i suoi sensi si acuirono, come se si aspettassero l'apparizione di un fantasma da dietro una delle lapidi.

Il silenzio e la solitudine di quel posto erano innaturali, e per un momento, Scala si fermò, valutando se proseguire o tornare alla propria auto. Scosse la testa, sorridendo della sua eccessiva emotività e riprese a camminare.

Improvvisamente, tra le fila ordinate di tombe, un nome lo colpì: Annamaria Giuliani in Gasparri. Quel nome ed il volto sorridente della donna ritratta nella fotografia gelarono il sangue nelle sue vene e, per un istante, gli sembrò che quel volto si incupisse, e gli chiedesse di scoprire la verità.

Scala non ebbe scelta, avrebbe dovuto assecondare quella richiesta; la donna, probabilmente, era stata uccisa perché aveva deciso di ignorare la minaccia rappresentata dal potere del sindaco e di fare giustizia per suo figlio e la sua famiglia.

Si inginocchiò davanti a quella tomba, con un nodo alla gola.

«Farò del mio meglio, signora,» promise. «Sia che, ormai, abbia importanza o meno per lei, troverò l'assassino che ha distrutto la sua famiglia.»

Una lacrima scese lungo il suo volto, mescolandosi con la pioggia che aveva preso a cadere copiosa, bagnandogli i capelli e scivolando lungo le spalle.

«Me ne occuperò, fosse l'ultima cosa che faccio in questo mondo…» sussurrò.

«Non è mai troppo tardi per dare giustizia alle vittime,» disse una voce alle sue spalle, interrompendo i suoi pensieri.

Scala si voltò e dalla foschia vide apparire un uomo giovane, alto con in mano un mazzo di fiori.

«Non mandiamo in prigione coloro che hanno commesso crimini terribili per dare soddisfazione alle vittime, ma per fare in modo che non ne facciano altre. Inoltre, è anche un modo per mostrare alle persone cosa le aspetta quando decidono di non rispettare la legge.»

Parlava a voce bassa, con tono calmo, come a non volere disturbare la pace di quel posto ed il riposo eterno dei defunti.

«Sono venuto a portare dei fiori alla zia Annamaria,» disse, piegandosi sulla tomba ed appoggiando i fiori per terra. «Lei è il commissario Scala, giusto?»

Sorpreso di essere stato riconosciuto da un estraneo, Scala esitò un istante prima di rispondere. «S-sì…»

«Immagino si stia chiedendo come faccia a conoscerla.» L'uomo continuava a parlare, mentre metteva i fiori in un vaso. «Leggo i giornali, soprattutto la storia dell'omicidio dei due volontari. Il suo nome è stato fatto diverse volte dalla stampa.»

«E lei è?» chiese Scala, colpito dalla sua calma.

L'uomo si voltò verso il commissario. «Mi chiamo Lucio Giuliani, mio padre era il fratello di Annamaria.»

«Piacere di conoscerla,» rispose Scala, stringendogli la mano. «Lei deve essere stato molto affezionato alla signora Gasparri. Lo era anche ad Antonio?»

«Non proprio. Non ci siamo mai frequentati abbastanza da capire se avessimo qualcosa in comune. Nemmeno con mia zia c'era un rapporto stretto, ma mi ha spezzato il cuore che sia morta proprio nel momento in cui le cose sembravano aver preso la giusta direzione, dopo tutto quello che aveva sofferto nella sua vita,» disse, prendendo un profondo respiro.

«Non è stato un incidente,» continuò. «Antonio non si è ucciso e la zia non ha avuto un attacco cardiaco. Sebbene non fossimo vicini come avremmo dovuto, so che Antonio non aveva alcuna ragione per suicidarsi. Lui voleva dare un senso alla sua vita.»

L'amarezza nella voce di Lucio suggeriva che ne sapesse più di quanto volesse mostrare.

«Cosa sa delle loro morti? E perché ritiene che Antonio non si sia suicidato? Dopo tutto, è stato trovato nella vasca da bagno con le vene tagliate.»

«Non conosco i dettagli, ma sono sicuro che ci sia qualcosa che non torna in quella storia. Da quando erano tornati a vivere una vita regolare, mia zia chiamava spesso mio padre ma, dopo la morte di Antonio, le sue chiamate hanno cominciato a diradarsi, fino a cessare completamente. Ogni volta che mio padre provava a chiamarla, o non rispondeva o faceva in modo di chiudere la conversazione prima possibile. Pensai nascondesse qualcosa che temeva di non riuscire a tenere segreto. Poi, dopo alcuni mesi, morì...»

L'uomo si allontanò dalla tomba della zia, diretto verso quella di Antonio.

«Non ho alcuna prova da darle, se non la mia amarezza ed il rimpianto per non essere stato così vicino da aiutarli tutti. Qualcuno deve dare loro giustizia, commissario, e, forse, è quello che sta facendo il misterioso assassino. Chissà...»

Una volta raggiunta la tomba di Antonio, Scala riconobbe il luogo dove era stato ritrovato il corpo di Sandro. Lucio si fermò, e con un sorriso triste, mise gli ultimi fiori che aveva portato nel vaso davanti alla lapide.

«E che mi dice della giustizia per le due vittime dell'assassino?» provò a chiedere Scala, riflettendo se avrebbe potuto tirare fuori qualcosa al ragazzo.

«Non li conosco, quindi non posso dire niente, ma secondo le ipotesi apparse sui giornali, quei due potrebbero essere stati responsabili almeno della morte di Antonio; e, dal momento che ritengo che anche mia zia sia stata uccisa, immagino anche della sua,» rispose, alzandosi dalla tomba. «So che, come rappresentante delle forze dell'ordine non può permettere che qualcuno si faccia giustizia da solo, ma, come uomo, spero lei capisca.»

Scala scosse la testa. «Anche se comprendo i suoi sentimenti, uccidere qualcuno per vendicare un omicidio non funziona. Per come interpreto io la giustizia due torti non fanno una ragione, ecco perché non c'è più la pena di morte ed è la polizia ad occuparsi delle indagini.»

Sebbene sapesse che sarebbe stato difficile per lui non uccidere l'assassino di un membro della sua famiglia, ricordò che aveva deciso di entrare in polizia per dare giustizia alle vittime e avere la possibilità di redimere un delinquente.

«Allora credo che dovrà sbrigarsi perché, chiunque esso sia, l'assassino sembra determinato ad uccidere tutte le persone che erano coinvolte. Se è vero che si tratta di una vendetta per qualcosa che successe al centro di recupero, come dicono i media, si può ipotizzare che ben più di due persone siano sulla sua lista,» disse, voltando le spalle al commissario, come se stesse per andarsene. «Il tempo stringe.»

Scala rimase in silenzio, riflettendo su quelle parole. Lucio aveva ragione; probabilmente, c'erano ancora molte persone sulla lista dell'assassino.

Diede un'occhiata alla lapide di Antonio. Era ancora giovane e, con il programma giusto, avrebbe superato la sua dipendenza e potuto sperare in una vita migliore, anche se era indubbio che ci sarebbe stata differenza tra la qualità della sua vita e quella di una persona che non aveva mai fatto uso di droghe.

Immerso in quelle considerazioni, Scala tornò alla sua auto.

CAPITOLO 13

Era l'ultimo giorno di Carnevale e, nonostante fosse ancora la fine di febbraio, i freschi profumi della primavera avevano iniziato a riempire l'aria, facendo presagire il prossimo arrivo di temperature più miti.

Simone si stava godendo la domenica di sole passeggiando per le strade di Roma. Non aveva impegni particolari e stava percorrendo Via del Governo Vecchio per arrivare a Piazza Navona, uno dei suoi posti preferiti. Quando sarebbe arrivata la bella stagione, i bar e ristoranti avrebbero aperto i propri dehors e lui non vedeva l'ora di prendere un caffè o gustarsi un gelato all'aperto.

La città offriva opportunità infinite per fare shopping o passare una giornata in giro, e lui ne stava approfittando, per distogliere la mente dai propri problemi.

Dal termine della sua terapia al centro di recupero, aveva messo in discussione ogni aspetto della sua vita. La bravata del furto gli aveva procurato solamente guai, e adesso, a complicare la situazione, si era aggiunta la paura di essere nel mirino di un assassino.

Sperava ci fosse un modo per riavvolgere tutto, tornare indietro nel tempo ed impedirsi di fare quella stupidaggine. In quel momento, aveva rubato le dosi solamente per provare il brivido del rischio, e quando Antonio gliene aveva chiesta una, non aveva considerato il fatto che avrebbe potuto essergli fatale.

"Mi chiedo se non sarebbe stato meglio raccontare tutto alla polizia, affrontare le conseguenze e cercare di avere una pena minima al processo," pensò, una volta arrivato a Piazza Navona, dirigendosi verso la Fontana dei Quattro Fiumi. "Ma bisognava evitare lo scandalo, non tanto per il mio futuro, quanto per la carriera politica di mio padre."

Prese il cellulare per controllare i messaggi e, proprio in quel momento, questo prese a squillare; il nome di suo padre sul display incupì il suo volto.

«Pronto,» rispose, sgarbatamente.

«Simone, ho parlato con Giorgio. La polizia ha iniziato ad indagare sul furto e dobbiamo incontrarci per trovare una soluzione. Non possiamo permettere che arrivi a noi, e non possiamo attendere che l'assassino ci uccida tutti,» gli disse.

«Siamo onesti, non si tratta di me, ma di te» rispose Simone. «Se io passassi un periodo in prigione, la mia vita ne risentirebbe, sarebbe difficile trovare un lavoro, ma chi ci rimetterebbe maggiormente, saresti tu; dovresti dire addio alle tue ambizioni politiche, alla tua cerchia di amicizie... La
159

politica è un gioco sporco e un crimine in più non li sconvolgerebbe; del resto, nessuno di loro ha la coscienza così pulita da poter scagliare la prima pietra. Ma la loro immagine pubblica è immacolata; quindi, non esiterebbero a metterti alla gogna e prendere le distanze da te.»

L'amarezza e la stanchezza gli fecero considerare l'ipotesi di andare a costituirsi alla polizia; ma, purtroppo, quella non era più una soluzione possibile. Troppe persone ne avrebbero patito le conseguenze.

«Non osare parlarmi in questo modo!» tuonò suo padre. «È vero che uno scandalo del genere non avrebbe giovato alla mia carriera politica, ma sai perfettamente che il danno maggiore lo avrebbe avuto la tua vita. Come puoi solamente pensare che io abbia fatto tutto questo solamente per evitare uno scandalo nei miei confronti? Giorgio ed io decidemmo di prendere la situazione in mano per proteggere anche te ed il tuo amico.»

«Lo so, scusami» disse Simone. «Comincio ad averne abbastanza di tutta questa situazione, soprattutto ora che non è a rischio solamente la mia libertà, ma anche la mia vita...» disse, non volendo ammettere di essere spaventato a morte.

Improvvisamente, un'idea balenò nella sua mente.

«Papà, che ne diresti se continuassi gli studi all'estero? In Francia, Svizzera, Spagna... ovunque,» propose.

Suo padre rifletté per alcuni istanti. "Forse mandarlo lontano potrebbe essere la soluzione migliore, dal momento che potrebbe compromettere il nostro segreto," pensò.

«Vedremo. Questa sera ci incontreremo a casa nostra alle otto; ci saranno Giorgio, sua moglie e Giulio. Nel frattempo, ti sarei grato se potessi stare alla larga da ulteriori problemi,» rispose il padre.

«Certamente. Ho molte altre cose a cui pensare e vorrei mettermi questa storia definitivamente alle spalle, dimenticarmi tutto ed andare avanti con la mia vita. Tuttavia, entrambi sappiamo che ci sono due persone morte a ricordarci i nostri errori.»

«Lo so, ma rivangare il passato non ci sarà d'aiuto. Adesso dobbiamo concentrarci sulla soluzione e dobbiamo farlo in fretta. Ci vediamo dopo.»

Con un sospiro, Simone terminò la conversazione. Non c'era una facile via di fuga da quella storia; se anche avesse lasciato il Paese, suo padre e le altre persone coinvolte sarebbero comunque rimaste nel mirino dell'assassino.

"Se potessimo solamente scoprire chi è. Non credo si tratti del padre di Antonio; da molto tempo è su una sedia a rotelle e non lo vedo capace di una vendetta del genere."

Scuotendo la testa, compose il numero di Giulio. Sapeva che, probabilmente, era al lavoro in quel momento, ma sperava che se non potesse rispondere subito, lo avrebbe richiamato più tardi.

Quando era ormai pronto a chiudere la telefonata, Giulio rispose; dalla sua voce sembrava affannato, come se avesse corso per raggiungere il telefono.

«Ciao, Giulio. Scusami per averti disturbato al lavoro,» lo salutò.

«Nessun problema. Stavo facendo una pausa, ma quando ho visto che eri tu a chiamarmi, ho preferito allontanarmi e sono venuto in giardino.»

«Ti chiamo perché mio padre ha organizzato un incontro questa sera, con tutte le persone coinvolte nel furto e in tutto quello che ne è conseguito.»

Il silenzio cadde tra di loro.

«Sì,» rispose, annuendo, Giulio. «Penso sia una buona idea. Anch'io ho parlato con mio padre al riguardo e siamo giunti alla conclusione che quello che ci serve è un piano chiaro e comune a cui ognuno di noi dovrà attenersi. A che ora è la riunione?»

«Mi ha detto alle otto a casa nostra. È troppo presto per te?»

«No, va bene. Faccio il turno di giorno, quindi finirò alle cinque. Il tempo di tornare a casa, fare una doccia, mangiare qualcosa e sarò pronto per venire da voi con mio padre.»

Simone annuì. La loro amicizia non era più quella di un tempo e, forse, era arrivato il momento di andare avanti con la propria vita. «Hai paura?» chiese all'amico.

Quella domanda colse Giulio di sorpresa e non seppe dare una risposta. «Perché me lo chiedi?»

«Perché io inizio ad averne, e mi chiedo se sia io ad esagerare o se ognuno di noi sia terrorizzato da quanto ci sta accadendo attorno. L'assassino ci ucciderà tutti, a meno che la polizia non lo fermi; ma, se questo accadesse, rischieremmo un lungo soggiorno in prigione. Non è più una ragazzata, siamo tutti coinvolti in due omicidi... e pagheremo, in un modo o in un altro. Quello che è peggio è che, qualsiasi cosa ci accadrà, ce la saremo meritata.»

Giulio ammutolì, gelato dalla franchezza delle parole dell'amico; non vi riconobbe il ragazzo viziato che aveva incontrato al centro di recupero. «È questo il motivo per il quale dobbiamo incontrarci. Scacciare via questi pensieri dalle nostre menti, trovare un modo di eliminare questo pazzo ed assicurarci che la polizia non scopra la verità.»

«Ho pensato di lasciare il Paese...»

«Potrebbe essere una buona soluzione. Se non riesci a gestire la situazione, sarà più semplice per noi quattro affrontarla senza doverci preoccupare di te; il tuo atteggiamento rischia di metterci tutti nei guai,» rispose Giulio.

«Ne parleremo questa sera. A dopo,» rispose Simone, terminando la conversazione senza attendere la risposta dell'altro. Ansimando, si guardò intorno, come ad aspettarsi che qualcuno saltasse fuori all'improvviso e lo uccidesse.

163

Per la prima volta in vita sua, la paura si impossessò di ogni singola fibra del suo essere. Nemmeno l'eroina lo aveva spaventato come quel pazzo, nonostante avrebbe potuto ucciderlo in maniera decisamente più brutale. Vincere la propria dipendenza e riuscire di nuovo a pensare lucidamente gli aveva fornito una nuova prospettiva dalla quale guardare alla sua vita e adesso aveva paura.

"Giulio ha ragione quando dice che starei meglio lontano da qui, e lo farò prima possibile, anche se sono consapevole che sia una mossa vigliacca. Mentre tutti gli altri affrontano la minaccia, io non riesco a pensare ad altro che scappare via..." pensò.

Lanciò un'occhiata all'acqua nella Fontana dei Quattro Fiumi e vide il suo viso riflesso, distorto dalle piccole onde che ne increspavano la superficie. Al pensiero dei suoi errori, gli si formò un nodo alla gola ed il suo volto si contrasse in una smorfia. La pace interiore, che la passeggiata gli aveva procurato, si dissolse e pensò di chiamare il proprio terapeuta per fissare una seduta extra.

Riprese a camminare, e svoltò in Via dei Lorenesi, dove il suo sguardo si posò sul cartello che indicava la direzione per la Chiesa di Santa Maria dell'Anima. Non era un fervente cristiano, anzi, non lo era affatto; tuttavia, in quel momento aveva bisogno di parlare con un sacerdote.

Con passo esitante si avvicinò alla porta principale, aprendola cautamente.

All'interno, il silenzio e l'odore di incenso, cera e legno raggiunsero le sue narici e confortarono i suoi sensi; la sua anima fu pervasa da un senso di pace che fece apparire un sorriso sul suo volto. Forse era proprio quello il posto dove era al sicuro da ogni aggressione e dalla vita stessa. Ma non era una facile via di fuga dalla sua vita quello che stava cercando, quanto capire come riuscire a sopportare il peso che gravava sulla sua anima da ormai due anni.

Si guardò intorno e vide un sacerdote che stava appoggiando i foglietti della messa sulle panche; cercando di fare meno rumore possibile, affrettò il passo e lo raggiunse.

«Reverendo, ha un minuto?» bisbigliò.

«Certo, di cosa hai bisogno?» chiese don Alvaro.

«Ho bisogno di confessarmi...»

«Vieni con me, la messa non inizierà che tra due ore; abbiamo tutto il tempo necessario,» gli rispose. Il tremore della sua voce suggeriva che avesse fatto qualcosa ben più serio di invischiarsi con la ragazza sbagliata o mentire ai genitori.

Don Alvaro era un uomo vigoroso, sui quarant'anni, alto e forte, caratteristiche che a prima vista lo facevano apparire inadatto a ricoprire quel ruolo.

Quando si pensa ad un prete, la prima immagine a venire in mente è quella di una persona anziana, con una corporatura adatta alla preghiera ed alla meditazione piuttosto che ad altre incombenze. Don

Alvaro, però, era cresciuto in campagna e sembrava più un contadino che un sacerdote, ed i suoi vivaci occhi verdi avrebbero potuto trafiggere la pietra più dura come lo scalpello di uno scultore.

Non c'era modo di mentire davanti a quegli occhi.

Con un sorriso, don Alvaro condusse Simone in sacrestia, invece che in uno dei confessionali; voleva dare maggior privacy a quella pecorella smarrita.

«Nel nome del Padre, del Figlio e dello Spirito Santo,» iniziò, tracciando una croce tra di loro. «Confessa i tuoi peccati.»

«Ho ucciso un uomo. Non volevo, ma l'ho fatto. Non avevo pensato che sarebbe potuto morire. È tutto iniziato due anni fa. Ero un paziente in un centro di recupero per tossicodipendenti. Un giorno, per scherzo, assieme ad un infermiere di cui ero amico, rubammo alcune dosi di metadone dalla farmacia della struttura. Non era per guadagnarci qualcosa, almeno da parte mia, ma per divertimento. Un altro paziente me ne chiese una ed io gliela diedi, ma andò in overdose e morì.»

Don Alvaro avrebbe preferito non ricevere quella confessione. Non gli era mai capitato in precedenza e non sapeva cosa dire.

«Hai parlato con la polizia di questo incidente?» chiese.

«No, ero spaventato e anche la mia famiglia mi consigliò di non dire niente. Mio padre si preoccupò dell'impatto che un tale scandalo avrebbe avuto sulla sua carriera politica ed io fui d'accordo. Del resto, non era solamente un problema mio e della mia famiglia, ma anche della famiglia di...» Si interruppe, non voleva rivelare tutto, soprattutto i molti dettagli che la stampa non aveva menzionato. Temeva che, nonostante il sigillo sacramentale, il prete sarebbe andato a riferire tutto alla polizia.

Don Alvaro lo guardò perplesso. Aveva capito che Simone stava omettendo qualcosa. Come prete, per dargli l'assoluzione, aveva bisogno che il ragazzo raccontasse tutto quello che pesava sulla sua coscienza; ma, come uomo, comprendeva quanto fosse difficile.

«Qualsiasi cosa dirai in questa stanza non arriverà ad altre orecchie. Non andrò a raccontare niente alla polizia, se è questo che temi.»

«Facemmo passare la sua morte per un suicidio, e mio padre si assicurò che la famiglia ricevesse una generosa ricompensa per il suo silenzio. Inizialmente, la madre accettò; dopo pochi mesi, però, cambiò idea. Il dolore per la morte del figlio continuava a tormentarla, e raccontò di essere perseguitata dal suo fantasma che le chiedeva di avere giustizia; era determinata ad andare alla polizia...»

Don Alvaro si mise la testa tra le mani. «Chi uccise quella povera donna?»

«L'infermiere che mi aveva aiutato ad entrare nell'infermeria del centro per rubare il metadone, assieme al padre; non so se il personale si sia accorto che mancavano delle dosi quando mio padre mi obbligò a restituire quello che avevo rubato,» iniziò a raccontare, con le dita incrociate.

Quello che nelle loro intenzioni avrebbe dovuto essere nient'altro che una bravata, si era trasformato in una tragedia; ed il suo peso aveva iniziato ad opprimere le loro anime. Ogni giorno di più. «Furono loro ad uccidere la donna. Sapevo che lo avrebbero fatto ma non li fermai e nemmeno misi in guardia la signora. Credo di essere colpevole quanto loro.»

Simone tacque. Aveva rotto il patto del silenzio confessando tutto ad una persona che era certo non ne avrebbe parlato con alcuno. Né avrebbe potuto, essendo vincolato dal sigillo sacramentale. In quel momento, fu come se il peso che la sua anima sopportava, si fosse alleggerito.

Si voltò verso don Alvaro. «Padre, cosa devo fare? Tutte le persone che erano al corrente e hanno taciuto sono adesso nel mirino di quell'assassino misterioso. Sandro sapeva cosa era successo e promise di mantenere il segreto. Eravamo buoni amici, e capì che si trattava di una cosa che avremmo dovuto risolvere tra di noi. Ma adesso... lui è morto e, probabilmente, l'assassino è sulle nostre tracce.»

«Non pensi che potresti interrompere questa serie di omicidi raccontando tutto alla polizia? Quante altre persone dovranno morire per placare la sete di vendetta dell'assassino?» chiese don Alvaro, con tono severo.

Tutto era immobile, mentre la voce della coscienza di Simone diventava sempre più forte.

«Reverendo, se raccontassi tutto alla polizia, troppe persone ne pagherebbero le conseguenze. E se una di loro decidesse di uccidermi?»

«Credi che, invece, l'assassino non ci riuscirà? Ha già iniziato; quindi, è lecito aspettarsi che ci sia anche il tuo nome su quella lista.»

Don Alvaro stava tentando in ogni modo di convincere Simone a rivolgersi alla polizia. Non potendo riferire ad alcuno tutte le informazioni di cui era venuto a conoscenza, aveva il dovere di fare il possibile affinché non ci fossero altre vittime. Non sapeva proprio cosa fare.

«Capisco la sua preoccupazione, reverendo, e ci ho riflettuto a lungo... Purtroppo, mi trovo in una situazione della quale non ho il controllo. La mia vita è comunque rovinata, magari dovrei uccidermi...» disse.

«In questo momento, mi preoccupo soprattutto della tua anima; vorrei che smettessi di essere un complice e che aiutassi la polizia a fermare questo massacro. Potresti farlo in forma anonima, senza costituirti o rivelare chi ha fatto cosa. Ci sarà pure un modo per fermare questo spargimento di sangue che porterà vendetta invece che giustizia. Ti supplico di trovare un modo.»

Simone annuì. Non aveva idea come avrebbe potuto aiutare la polizia in quel compito; non aveva il minimo sospetto su chi potesse essere l'assassino. La madre di Antonio era morta ed il padre era costretto su di una sedia a rotelle. "Entrambi gli omicidi devono essere stati commessi da una persona forte, ma questo dettaglio non aiuta certo a restringere la ricerca," pensò. "Potrebbe trattarsi di qualcuno vicino alla famiglia o che ha còlto l'occasione per soddisfare la sua mente malata. Se fosse corretta quest'ultima, mi chiederei come possa essere venuto a conoscenza dell'accaduto, dal momento che nessuno di noi ha parlato," rifletté.

Simone era disperato. Aveva sentito la necessità di parlare con qualcuno non coinvolto in quella situazione, per poterla vedere da un diverso punto di vista, e don Alvaro aveva rappresentato la sua unica speranza. Ma, in quel momento, si chiese se fosse stato un errore.

Il sacerdote prese un profondo respiro. Aveva capito che Simone aveva bisogno di tempo e volendo in qualche modo alleviare il peso che gravava sul suo cuore, alzò la mano e fece il segno della Croce.

«Considerando la buona volontà che ti ha spinto a cercare conforto nella casa del Signore, ti assolvo da tutti i tuoi peccati con la promessa di non commetterne altri. Nel nome del Padre, del Figlio e dello Spirito Santo.»

«Grazie, reverendo,» rispose Simone quasi impercettibilmente. «Posso tornare di nuovo?»

«Questo è il posto dove sarai più che benvenuto. Sarò sempre qui per te. Ti prego, torna domani,» gli rispose.

Don Alvaro guardò Simone dirigersi verso l'uscita, camminando lentamente tra le file di panche, a testa bassa. I suoi passi sembravano quelli di una persona che stava andando al patibolo.

"Ti prego, torna ogni giorno. Forse non te ne rendi conto, ma la tua vita è in grave pericolo e non posso permettere che tu o chiunque altro moriate prematuramente. Devi raccontarmi di più riguardo i due omicidi, in modo che possa aiutare io stesso la polizia, senza rivelare la tua identità". Quindi volse lo sguardo al Crocefisso appeso sopra l'altare. «Ti prego, fa che torni, e dammi la possibilità di aiutare sia lui che gli altri.»

Rimase per alcuni istanti con gli occhi fissi sulla scultura lignea, come se stesse aspettando una risposta, che, purtroppo, non arrivò.

Don Alvaro prese un profondo e doloroso respiro e iniziò a prepararsi per la Messa che sarebbe iniziata di lì a un'ora.

CAPITOLO 14

Passarono delle settimane senza che il misterioso assassino desse segni di vita; sembrava che avesse raggiunto il suo scopo e non intendesse mandare altre persone al Creatore.

Quella pausa aveva concesso a Scala il tempo per indagare, ma non lo aveva tranquillizzato. La sua identità era ancora ignota e tutti gli indizi avevano portato ad un vicolo cieco.

«Come sta andando l'indagine?» gli chiese il commissario capo Angelini, quando si incontrarono nella sala comune.

Ammettere a sé stesso di stare ancora brancolando nel buio, con una crescente frustrazione ad attanagliargli lo stomaco, non era un problema, ma riconoscerlo con il suo superiore fu un notevole smacco per il suo orgoglio.

«Sono ad un punto morto. Tutta la squadra lavora incessantemente, ma ancora senza risultati. Ogni volta che troviamo un nuovo indizio, qualcosa che potrebbe consegnarci la soluzione su di un piatto d'argento, ci schiantiamo contro un muro di cemento,» rispose il commissario, tenendo lo sguardo basso ed evitando di guardare Angelini in faccia.

«Almeno non ci sono stati altri omicidi,» disse, cercando in qualche modo di sollevargli il morale. Era consapevole che non si trattasse di un caso di facile soluzione, ed entrambi sapevano che, in alcune indagini, l'indizio decisivo arriva dopo mesi, se non anni.

«Magra consolazione. Noi... io voglio consegnare questa persona alla giustizia, per rispetto delle vittime e dei loro congiunti. Non posso permettere che tutto scivoli via come se niente fosse accaduto, e che qualcuno uccida due persone per poi andarsene in giro indisturbato, senza subire alcuna conseguenza,» ribatté Scala, alzando la voce e battendo il palmo della mano sul tavolo. Quindi, uscì dalla stanza e andò a sfogare la sua frustrazione nel suo ufficio, anche se le cause del suo insuccesso erano proprio lì.

«Devo assolutamente scoprire chi è. Voglio conoscere il motivo per il quale ha ucciso quelle due persone; temo si tratti di una sorta di regolamento di conti,» mormorò, sedendosi alla scrivania.

Durante le tre ore seguenti rilesse i suoi appunti e li confrontò con i rapporti della scientifica, del medico legale e con le altre informazioni che lui e la sua squadra avevano raccolto. Era, indubbiamente, una discreta mole di dati, ma nessuno utile a condurlo a scoprire l'identità dell'assassino. L'unica certezza che Scala aveva era quella che tutto fosse nato dall'ormai famoso furto.

Anche la risposta alla sua richiesta di riesumazione delle salme di Antonio e della madre tardava ad arrivare.

Improvvisamente, squillò il telefono. Scala lo guardò, come se stesse aspettando una telefonata dall'assassino in persona.

«Scala,» rispose.

«Commissario, finalmente una buona notizia,» trillò felice Angelini. «Abbiamo l'autorizzazione per riesumare i corpi di Antonio Gasparri e Annamaria Gasparri. Può dare immediatamente l'ordine di procedere.»

Un ampio sorriso illuminò il volto di Scala. «Finalmente! Informo immediatamente la polizia mortuaria.»

Sentiva le farfalle nello stomaco, come un adolescente al primo appuntamento. "Antonio e sua madre ci perdoneranno per avere disturbato il loro riposo, purtroppo è indispensabile per dare loro giustizia," rifletté.

«Spero che attraverso le autopsie riusciremo a stabilire le reali cause delle morti,» disse Angelini, con un sorriso soddisfatto.

Appena terminata la telefonata con il commissario capo, Scala chiamò immediatamente la polizia mortuaria per ordinare le due esumazioni.

«Se l'autopsia di Antonio accertasse che non si trattò di suicidio, avremmo un ottimo motivo per indagare ufficialmente sul furto di metadone di due anni fa. Tutto è iniziato da lì e tutto si chiuderà al termine di questa indagine,» rifletté, dirigendosi verso la finestra.

Fuori era già buio ed i lampioni illuminavano la strada. Ci sarebbe voluto almeno un altro mese prima che le giornate iniziassero ad allungarsi visibilmente.

Decise di andare a fare due passi, per prendere un po' di aria fresca e schiarirsi le idee. Dentro l'ufficio gli sembrava di respirare a fatica, ed il cielo limpido di quella sera sembrava invitarlo ad uscire per approfittare della temperatura mite.

Quella tiepida serata primaverile anticipava la calda estate in arrivo; anche se a Roma le temperature nei mesi estivi raggiungevano spesso livelli insopportabili, Scala attendeva impaziente il fulgore dei pomeriggi agostani. Il grigiore ed il buio non erano certamente i migliori alleati del suo umore.

Era sicuro che ci sarebbe voluta almeno una settimana per avere i risultati delle autopsie, sperando che il medico legale le avrebbe trattate come prioritarie. Aveva bisogno dei risultati prima possibile; era una questione di vita o di morte.

Ancora una volta, ripensò alla promessa fatta più e più volte alla moglie di trovare un appartamento più vicino alla città ed ai loro posti di lavoro, dove trasferirsi. Purtroppo, c'era sempre stato qualche ostacolo ad impedirglielo. Una volta la mancanza di tempo, altre quella di buone offerte, poi c'era stata una stagnazione del mercato immobiliare, ma qualsiasi fosse stato il motivo, lui era ancora quotidianamente ostaggio della Tiburtina.

Continuò a passeggiare nei dintorni del commissariato; i negozi stavano chiudendo, mentre i bar ed i ristoranti iniziavano a riempirsi di persone che, appena uscite dal lavoro, si rilassavano prendendo un aperitivo prima di tornare a casa.

Scala si fermò a guardare il viavai delle auto lungo la strada. «Mi chiedo quale sia la ragione di questa pausa che l'assassino si è preso. Sta forse attendendo che capiamo il motivo per il quale uccide?» bisbigliò tra sé. «Sicuramente il suo modus operandi non è quello della maggior parte degli assassini seriali. Non riesco a capire se ci stia sfidando o guidando a scoprire la verità. Nel secondo caso, avrei preferito fosse venuto da noi con le prove che aveva in mano. Avremmo aperto delle indagini sulle morti di Antonio e di sua madre, e se avessimo trovato il benché minimo indizio ad indicare che queste non erano state accidentali, avremmo messo in prigione i responsabili. Del resto, abbiamo già una lista di possibili sospetti senza nemmeno aver aperto un'indagine ufficiale.»

Si guardò intorno e decise di andare a casa a godersi il calore della sua famiglia.

***

Non era abituato a tornare a casa prima dell'ora di cena, e anche la figlia ne fu sorpresa. Come se avesse capito che qualcosa stava per succedere, appena lo vide iniziò a piangere così disperatamente da far accorrere Anna dalla cucina.

«Non ti ho sentito entrare,» disse la moglie, correndo a consolare Giovanna.

«Ma sembra che l'allarme che hai installato funzioni bene,» scherzò Scala, raggiungendo la piccola in lacrime.

Appena lo riconobbe, il suo pianto cessò. «Sei addirittura in anticipo, ti hanno licenziato?» chiese Anna, scherzando, mentre il marito teneva la figlia in braccio.

«No,» rispose ridendo. «Ho solamente pensato che avrei potuto lavorare anche da qui. Dal momento che non erano previste novità in arrivo, ho còlto l'occasione per passare un po' di tempo con la mia famiglia.»

«Hai fatto bene. So che il tuo lavoro non ti permette di avere orari regolari, ma non è semplice spiegarlo a nostra figlia; addirittura, quando ti ha visto arrivare ad un'ora normale si è spaventata.»

La sua espressione divenne seria mentre Giovanna, finalmente tranquilla tra le sue braccia, giocava con la sua camicia.

Gli mancava vederla crescere e vivere con lei ed Anna i tanti piccoli apparentemente insignificanti momenti di vita quotidiana.

Scala temeva che il suo lavoro senza orari potesse portargli via tutto ciò che amava e che riteneva appartenergli di diritto; il senso di sicurezza rappresentato dalle luci accese quando tornava a casa la sera, il profumo di detergente, il pot-pourri che Anna sceglieva ogni due settimane, l'odore del cibo.

«Potrai mai perdonarmi per non essere presente come dovrei?» bisbigliò, stringendo Giovanna forte a sé.

«Ho un nuovo amico a scuola...» rispose la figlia. Non avendo evidentemente compreso il significato delle parole del padre, volle renderlo in qualche modo partecipe di quanto stesse accadendo nella sua vita.

«Veramente?» chiese, incuriosito. Si voltò verso Anna come a chiedere se sapesse qualcosa di questo nuovo bambino, ma lei alzò le spalle e continuò a raccogliere i giocattoli. «Chi è questo nuovo amico?»

«È un tipo simpatico e mi chiama Principessa» disse, ridendo.

Il poliziotto dentro di lui drizzò le antenne. Magari Giovanna non stava parlando di un nuovo bambino, ma di un nuovo dipendente che aveva manifestato un interesse sospetto nei suoi confronti.

«Che gentile, infatti tu sei la mia piccola principessa,» le rispose, rimettendola a terra. «E questo nuovo amico ha un nome?»

«Certo che ce l'ha,» disse, ridendo. «Lui è Lucio.»

«Che bel nome! E come è fatto Lucio?» Non poteva fare a meno di interrogare la sua piccolina; doveva assicurarsi che fosse un membro del personale e che non facesse niente di inappropriato.

«È alto e profuma di menta. Ha i capelli lunghi, ma li tiene legati come la mamma.»

Anche Anna iniziò ad interessarsi a quella descrizione; non aveva mai visto una persona con quelle caratteristiche tra i membri del personale.

«È un ragazzo nuovo?» chiese.

Giovanna li guardò, aggrottando la fronte stupìta per il loro interesse verso il suo nuovo amico. «Penso di sì,» disse, dopo una breve pausa. «Non l'avevo mai visto prima.»

«Nemmeno io,» mormorò Anna, sedendo sul tappeto difronte a Giovanna.

Scala la imitò e si appoggiò al tavolino difronte al divano per prendere l'album da disegno della figlia.

«Mi è venuta un'idea,» esclamò, con un ampio sorriso. «Perché non lo disegni?»

Sapeva che Giovanna adorava l'arte e avrebbe sicuramente accettato la sua richiesta.

Gli occhi della bambina brillarono all'idea. «Ma mi serviranno anche le mie matite colorate; non posso disegnarlo con una penna!»

«Certamente,» rispose Anna, prontamente, balzando in piedi, pronta a dare alla sua piccola artista tutto l'occorrente per creare un nuovo capolavoro.

Mentre Giovanna era intenta a scegliere i colori giusti e a disegnare il suo nuovo amico, Scala si voltò verso la moglie.

«Domani dovresti chiedere al direttore di questo nuovo impiegato. Non vorrei avere a che fare con un pedofilo che ha preso di mira i bambini nella sua scuola.»

«Ho pensato la stessa cosa. Io non ho notato nessun volto nuovo, ma ammetto di non averlo nemmeno cercato.»

«Forse siamo paranoici, ma non voglio correre alcun rischio. Si sentono troppe brutte notizie al riguardo, ed ogni giorno ne aggiungiamo una al commissariato.»

Giovanna non prestava attenzione ai discorsi dei suoi genitori; era talmente assorta dalla sua opera che le sembrava non ci fosse altro intorno a lei.

Raramente i suoi genitori le chiedevano di fare un ritratto, del resto le persone non erano i suoi soggetti preferiti; lei preferiva ritrarre strane creature con le ali.

Quindi, dopo alcuni minuti, si alzò ed ammirò il suo capolavoro dall'alto. Quando fu soddisfatta del risultato, prese il blocco da disegno e lo diede al padre. «Ecco Lucio, papà.»

Scala osservò il ritratto e lo passò ad Anna. «Lo hai visto da qualche parte?»

«Direi di no, commissario,» rispose, ridendo; quell'uomo avrebbe potuto essere chiunque.

Ciò nonostante, i lunghi capelli biondi stretti in una coda lo avrebbero fatto riconoscere in mezzo ad una folla, e, ancor di più, in un contesto ristretto come la scuola dell'infanzia frequentata dalla figlia non avrebbe avuto molti posti in cui nascondersi.

«Domani potresti cercarlo o chiedere di lui,» propose alla moglie.

Si voltò di nuovo verso la figlia, deciso a chiedere altri dettagli su come Lucio si comportava nei suoi confronti. Doveva capire se avesse avuto comportamenti sospetti. «Di cosa parli con il tuo nuovo amico? Fate qualche gioco?»

«Sì,» rispose Giovanna, alzandosi in piedi. «Adesso ti faccio vedere cosa ci ha insegnato a fare.»

Corse verso l'ingresso dove era il suo zainetto e tornò saltellando. Lo aprì e tirò fuori un blocco. «Ecco, guarda, so scrivere!» disse, orgogliosamente, porgendoglielo.

Scala lo prese. L'insegnate aveva scritto l'intero alfabeto e Giovanna aveva provato a copiare le lettere.

Sotto l'alfabeto, l'insegnante aveva fatto dei disegni scrivendo cosa fossero.

C'era un allegro cagnolino che sembrava Snoopy e la parola CANE.

Giovanna aveva copiato la parola e Scala dovette ammettere che aveva una bella calligrafia.

Quindi c'era un albero, una rosa ed una parola che gli mise i brividi: OMBRA.

Immediatamente, si ricordò del primo biglietto che aveva ricevuto, ed il cuore cominciò a battergli all'impazzata. Con le mani che gli tremavano voltò pagina e al centro lesse:

Chissà se delle Ombre
ti sei dimenticato?
In loro vivido
è il ricordo
dell'amico Commissario.
Non manca ancora molto
prima che di nuovo calino,
e, anche questa volta,
tutti se ne pentiranno

«Cos'hai papino?» chiese Giovanna, sperando di non avere fatto qualcosa di sbagliato.

Scala tenne faticosamente a bada la rabbia che stava salendo dentro di sé desiderosa solamente di esplodere come il Vesuvio quando distrusse Pompei. Il solo pensiero che l'assassino si fosse avvicinato alla figlia lo faceva tremare proprio come il terremoto che precedette l'eruzione.

Cercò di sorridere alla sua piccola, per non spaventarla.

«Tesoro, sono molto orgoglioso di te. Sai già scrivere e presto andrai all'università,» le disse, cercando di fornirle una spiegazione valida per giustificare il suo stupore e nascondere il suo conflitto interiore.

Porse il blocco ad Anna e si alzò. Doveva parlare con lei in privato e trovare una scusa per lasciare Giovanna a giocare da sola.

«Hai controllato l'assicurazione?» chiese alla moglie, con voce incerta, mentre si dirigeva verso lo studio.

«Facciamolo assieme,» rispose Anna. «Tesoro, tu continua a giocare,» aggiunse, rivolgendosi alla figlia.

Una volta che furono da soli nello studio, Anna chiuse la porta dietro di sé, mentre Scala crollò sulla poltroncina.

«Che succede?» gli chiese.

«È l'assassino. E sono terrorizzato all'idea che sappia come arrivare alla mia famiglia. Non ho idea di cosa voglia da me, ma domani andrò personalmente alla scuola di Giovanna a chiedere di questo tipo. Ho dei seri dubbi che sia un componente fisso del personale, ma a meno che non si tratti di un fantasma, qualcuno deve averlo visto.»

Le sue mani iniziarono a tremare. Il senso di colpa strinse la sua anima in una morsa, facendolo sentire responsabile del pericolo che si stava avvicinando alla sua famiglia ed annebbiando la sua capacità di giudizio.

«Possiamo avere qualcuno che scorti almeno Giovanna?» La voce di Anna fu come un coltello che lacerò la cortina di silenzio scesa nella stanza. «Non mi preoccupo per me, ma se succedesse qualcosa a nostra figlia, non vorrei vivere un attimo di più.»

La sua voce era rotta dalle lacrime che avevano preso a sgorgare dai suoi occhi. Si sentiva indifesa nei confronti di una minaccia che nemmeno il marito poteva fermare.

Scala strinse i pugni chiedendosi se avrebbe dovuto rispondere al messaggio. Quindi, prese il cellulare e organizzò la scorta di un paio di agenti per seguire sua moglie e sua figlia ovunque andassero.

Iniziò a riflettere come riuscire ad identificare quell'uomo.

«Hai il numero di uno degli insegnanti di Giovanna? So che la scuola è chiusa, ma ci dovrà pur essere un numero di emergenza da chiamare,» chiese alla moglie.

Anna scosse la testa. «Ho solamente i loro numeri di cellulare aziendali. Qualsiasi emergenza abbia, non li riguarda di certo se Giovanna è a casa, né durante le ore di chiusura.»

Prese il suo telefono dalla tasca dei pantaloni e cominciò a scorrere la lista dei contatti; dopo alcuni istanti, come folgorata da un'idea improvvisa, trovò un numero e fece partire la chiamata.

Laura era la madre di Simona, una delle amichette di scuola di Giovanna, ed Anna pensò di chiederle se anche sua figlia, le avesse parlato di un nuovo insegnante.

«Ciao, Laura,» la salutò, quando lei rispose. «Scusami se ti chiamo a quest'ora, ma Giovanna ci ha appena parlato di un nuovo amico, credo sia un nuovo insegnante. Simona ti ha detto qualcosa?» le chiese, cercando di mantenere la voce più neutra possibile, per non spaventare la sua amica.

«No. Sei sicura che non sia un amico immaginario? Simona ne ha tre, ed è una vera sfida convivere anche con loro,» rispose, ridendo.

«Non saprei, forse. Ho voluto controllare con te, prima di chiedere a Giovanna se è un amico reale o immaginario. Comunque mi sembra strano, dal momento che non ha mai avuto amici invisibili; ma, se così fosse, adesso saprei a chi rivolgermi.»

«Sai dove trovarmi, ormai sono diventata un'esperta in materia. Ma adesso devo lasciarti, ho il ragù sul fuoco ed i bambini, compresi quelli immaginari, stanno urlando,» le rispose.

«Abbi cura di te, ci vediamo domani,» la salutò sorridendo, Anna, terminando la chiamata. Quindi, rimise il cellulare in tasca e si voltò verso il marito.

«Simona e Giovanna stanno sempre insieme, ma sua madre mi ha detto che la figlia non le ha parlato di alcuna persona nuova a scuola. Cosa ne pensi?»

«Credo che abbiamo a che fare con un genio del male. Farò mettere la scuola sotto sorveglianza ed interrogherò ogni persona abbia qualcosa a che fare, fosse anche marginalmente, con essa.»

Scala strinse la moglie forte a sé.

«Non avrà un'altra possibilità di avvicinarsi a Giovanna,» bisbigliò.

«Pensi che intenda fare del male ad uno di noi?»

Scala scosse la testa, allontanandosi da lei. «Onestamente, no. Credo, piuttosto, che mi stia sfidando a scoprire il motivo per il quale ha ucciso quelle persone. È il suo modo malato di ottenere giustizia; se la polizia non ci riesce, allora si ritiene autorizzato ad occuparsene lui stesso.»

CAPITOLO 15

Quando Scala tornò in soggiorno, diede un'occhiata a Giovanna, intenta a creare un altro dei suoi capolavori da appendere alla parete della sua cameretta.

Sapeva che nessuno meglio di sua figlia avrebbe potuto svelare il mistero del nuovo insegnante; quindi, armato del suo miglior sorriso e comportandosi più normalmente possibile, tornò a sedersi sul tappeto con lei.

«Ma questo è un bellissimo drago,» le disse, ammirando il suo disegno. «Ma sai che sono molto curioso di sapere qualcosa in più di questo tuo nuovo amico. Lucio, giusto? Quando l'hai visto per la prima volta?»

Giovanna si voltò verso di lui. «Forse ieri...»

«Non l'avevi proprio mai visto prima?»

«No,» rispose, incerta. «È nei guai?»

«Certo che no. Ma perché me lo chiedi, tesoro?» Scala non si era aspettato quella domanda. In passato, le aveva chiesto di vari compagni di scuola, ma questa volta lei si comportava come se volesse proteggerlo.

«Non lo so. Me lo hai chiesto come se fosse stato nei guai...»

Scala sorrise per nascondere il dubbio che lo stava assillando: come ottenere informazioni utili da una bambina di cinque anni.

"Ci sono cose che i bambini non raccontano ai genitori, a prescindere da quanto sia stretto il rapporto con essi. Le cose riguardanti la scuola dell'infanzia, la loro cerchia di amicizie, sono quelle più difficili da tirare loro fuori senza destare sospetti," pensò.

«Te l'ho chiesto perché vorrei saperne di più su di lui. Ha fatto un lavoro fantastico insegnandoti a scrivere. Ad essere sincero, vorrei incontrarlo e ringraziarlo.»

«Sarà a scuola domani; puoi venire a parlarci,» disse, con naturalezza.

«È un'ottima idea, tesoro,» rispose. «Chi c'era con te ad imparare a scrivere?»

«Allora...» rifletté, picchiettando il mento con la mano. «Eravamo Giovanni, Sara, Luca ed io. Anche Simona di solito sta con noi, ma quando l'ho chiamata mi ha detto che preferiva andare sull'altalena perché era il suo turno.»

«E a te non interessava andare sull'altalena con la tua migliore amica?» le chiese. Trovava strano che Giovanna avesse scaricato la bambina che trattava come una sorella per imparare a scrivere con un nuovo insegnante.

«Questa è una cosa che non capiresti,» disse, ridendo.

«Perché?»

«Perché posso dirlo soltanto alla mamma,» disse, abbracciando il suo coniglietto di peluche e coprendosi il volto.

Scala alzò le mani, ridendo. «Oh, capisco, sono questioni da donne.»

Si alzò dal tappeto e raggiunse Anna, che stava preparando la cena.

«Parlerà solamente in presenza del suo avvocato,» scherzò.

Anna gli porse un coltello. «Vediamo cosa posso fare per aiutare la mia cliente. Se scoprirò che hai abusato del tuo potere, puoi essere certo che rimpiangerai di aver incrociato la mia strada, sbirro!»

Scala continuò a tagliare le cipolle, tenendo le orecchie tese su quanto stava accadendo in soggiorno, ma i soli rumori che riuscì a distinguere furono le loro risatine. Scosse la testa, sorridendo; nonostante la differenza di età, tra madre e figlia c'era un legame particolare che prescindeva dalle parole, una sorta di codice segreto.

Passò mezz'ora prima che Anna tornasse. «Vostro Onore, si tratta di un caso complicato,» esordì. «La mia cliente crede di avere trovato l'uomo della sua vita.»

«Devi spiegarmi perché le donne sono attratte dai ribelli.»

«Non guardare me, ho sposato uno sbirro!»

Scoppiarono a ridere e l'atmosfera si alleggerì. «Mi ha raccontato che questo Lucio è arrivato un paio di giorni fa e lei è rimasta affascinata dalla sua coda di cavallo. A quanto mi ha detto, questo tipo ha dei lucenti capelli biondo scuro e degli occhi blu da morirci dietro. È più alto di te e più in forma...»

Scala fece una smorfia a quella osservazione. «Aspetta che questo caso sia concluso e mi pregherai di mangiare un altro panino con la porchetta. A proposito, perché non c'è per cena?»

«Perché ancora non sei dimagrito abbastanza; quindi, stasera zuppa di verdure.»

***

Durante le ultime settimane, Simone aveva preso ad andare regolarmente a confessarsi da don Alvaro. Lo aveva fatto anche quel pomeriggio, ed avevano parlato per alcune ore.

Il sacerdote era ancora in sagrestia, anche se, data l'ora, avrebbe dovuto già essere a casa, ma la conversazione con il ragazzo lo aveva turbato.

L'unico posto in cui si sentiva al sicuro era la sua chiesa, e la sagrestia, dove era solito prepararsi per la messa, era l'unico posto al mondo dove riusciva a trovare pace.

Volse lo sguardo verso la statua di Gesù dietro la porta.

«Non andrà alla polizia, vero?» chiese, come se questi potesse rispondergli.

Ovviamente, non si aspettava che la statua parlasse, ma sperava, almeno, in un segno dall'alto a dimostrare che qualcuno lo stava ascoltando. Invece, l'intera chiesa era avvolta in un silenzio innaturale, ancora più profondo di quello a cui era abituato dopo aver chiuso gli ingressi.

Non si sentiva nemmeno il minimo scricchiolìo del legno. Tutto sembrava aspettare un segno ad indicare a don Alvaro come comportarsi in quella delicata situazione.

Il sacerdote si alzò dalla sedia, come se qualcuno gli avesse parlato. «No, non posso rompere il segreto della confessione,» disse, rispondendo alla presenza invisibile che sembrò avere avvertito. «D'altro canto, non posso nemmeno attendere e lasciare che l'assassino uccida un'altra persona, seppur, a sua volta, responsabile di un omicidio.»

Prese a camminare per la stanza, fermandosi davanti alla statua e guardandola negli occhi. «Cosa devo fare? Tu sei l'unico in grado di darmi il consiglio giusto. Io non sono infallibile...»

Don Alvaro rimase per alcuni momenti in silenzio, come a riflettere su un suggerimento che gli era appena giunto, in risposta alle sue preghiere.

«Hai ragione...»

Senza dire altro, spense la luce ed uscì dalla stanza, pronto a tornare a casa, dove avrebbe potuto mettere in atto il suggerimento che credeva gli fosse arrivato direttamente dall'alto.

L'alloggio assegnato a don Alvaro era annesso alla chiesa, ma per raggiungerlo doveva uscire e percorrere alcuni metri.

Il sole era tramontato da parecchio ed il sacerdote, una volta fuori, scrutò in entrambe le direzioni. Nonostante fosse già primavera, le temperature ancora fresche non incoraggiavano a rimanere fuori e fare una passeggiata.

Con un brivido, don Alvaro affrettò il passo, quando sentì una voce chiamarlo.

«Reverendo!»

Si voltò e vide un'ombra avvicinarsi nell'oscurità. Un'eventuale aggressione non lo spaventava di certo; la sua corporatura gli avrebbe permesso di difendersi da qualsiasi malintenzionato.

Stringendo i pugni ed irrigidendo il corpo, si mise sulla difensiva. «Sì,» rispose, cercando di distinguere il volto dell'uomo che si stava avvicinando.

L'uomo esitò per un attimo, come se la reazione di don Alvaro l'avesse preso di sorpresa. «Reverendo, vengo in pace,» gli disse.

«La pace sia con te, allora,» rispose il sacerdote, rilassando il suo corpo, rimanendo tuttavia pronto a difendersi all'occorrenza.

Lentamente, si diresse verso un lampione, in modo da poter vedere in faccia quell'uomo.

«Ho una cosa da dirle,» disse lo sconosciuto. «Mi dispiace arrivare dopo l'orario di chiusura, ma può fare un'eccezione?»

Don Alvaro sorrise. «Questo non è un negozio. Dio non ha orari di apertura e di chiusura e nemmeno va in vacanza.»

«Lo so, ma tra me e Lui, è lei il tramite, che è una persona come le altre...»

«Non ti preoccupare, vieni in chiesa,» disse don Alvaro, tornando sui suoi passi. Non ci vedeva dalla fame, ma quell'uomo aveva bisogno di confessarsi ed i fedeli venivano sempre prima di tutto il resto.

Lo sconosciuto si avvicinò al sacerdote, nascondendo il volto sotto un largo cappuccio.

«Non c'è bisogno di andare in chiesa, reverendo; quello che ho da dirle, può essere detto anche qui.»

«Penso che in un ambiente riservato ti potresti sentire più a tuo agio,» disse don Alvaro, con tono calmo.

Forse il prete aveva ragione, quindi, senza rispondere, l'uomo si incamminò verso la porta laterale della chiesa.

«Reverendo, oggi un uomo è venuto a farle visita, per parlarle di un crimine commesso due anni fa...» esordì lo sconosciuto, sedendosi su una panca, con le dita incrociate sul suo grembo e la testa bassa per non mostrare il suo volto.

Don Alvaro rimase senza parole; non volle, né avrebbe potuto, confermare o smentire.

«Sono venuto per informarla che non verrà più,» disse, senza mostrare la minima emozione.

Un silenzio di tomba cadde tra di loro.

«So che è sbagliato farsi giustizia da soli, ma non sono l'unica vittima; un'intera famiglia è stata distrutta dall'avidità e dall'indifferenza di alcuni.»

Don Alvaro si sentì mancare. "Può essere che quest'uomo è l'assassino che ha ucciso quelle due persone? Non può aver ucciso anche Simone," pensò, pregando Dio di dargli la forza necessaria per affrontare quel momento.

«Ti prego, dimmi che non l'hai ucciso,» lo implorò.

«Le sue ultime parole sono state don Alvaro; credo volesse un'altra occasione per chiedere perdono. Io non posso assolverlo da tutti i suoi peccati; quindi, chiedo a lei una preghiera per la sua anima.»

«E cosa mi dici della tua?» gli chiese il sacerdote, cercando di mantenere la voce ferma.

«Dio e lei non accettate l'omicidio. Forse non mi pento delle mie azioni, perché tutti meritavano di morire, in un modo o in un altro.»

«Non ti penti per un singolo secondo di aver tolto la vita a coloro che non avevano fatto...»

«No, reverendo, su questo ha torto. Loro mi avevano fatto fin troppo, ma non è questo il momento ed il luogo per spiegare tutto,» disse, alzandosi dalla panca e voltandogli le spalle.

«Aspetta un attimo, perché sei venuto a parlarmi se non stai cercando il perdono?» gli chiese questi, incespicando nei propri passi.

A tormentarlo maggiormente, era la consapevolezza di non essere riuscito a convincere Simone a confessare alla polizia quanto accaduto in passato. Se lo avesse fatto, adesso sarebbe stato ancora vivo.

L'uomo si fermò e, senza voltare le spalle, sospirò. «Sono venuto per riferirle le ultime parole di Simone. Il motivo per il quale non chiedo il perdono è semplice: non ho ancora finito.»

Senza ulteriore indugio, si affrettò a raggiungere la porta e, nello stesso modo in cui era apparso, scomparve nella notte.

Don Alvaro era allibito. Solamente pochi minuti prima il suo unico pensiero era stato quello di andare a casa per cenare, adesso, invece, aveva perso l'appetito ed era incerto sul da farsi.

Si sedette a riflettere. La conversazione appena avuta non poteva considerarsi una confessione nell'accezione sacramentale della parola; quindi, non era vincolato a rispettarne il sigillo. Decise, comunque, di parlarne prima con l'arcivescovo, in seguito sarebbe andato dalla polizia a riferire del suo incontro con l'assassino.

***

A casa del commissario Scala, l'unico argomento di conversazione durante quella cena fu il nuovo insegnante. "È evidente che è stato assunto recentemente, quindi, se fosse lui l'assassino, avrebbe commesso un grave errore. Qualcosa non quadra in questa storia. Mi rifiuto di credere che sia così ingenuo," pensò Scala, mentre Giovanna continuava a parlare di lui. Dopo un iniziale, comprensibile momento di timidezza, aveva preso ad illustrare con dovizia di particolari i suoi piani nuziali con il suo principe azzurro.

Lo squillo del telefono lo fece tornare bruscamente alla realtà, e lanciando un'occhiata di scusa alla moglie, si alzò dal tavolo e si diresse nel suo studio.

«Scala,» rispose.

«B-buonasera, commissario. Sono molto dispiaciuto di disturbarla a quest'ora. Sono don Alvaro, il sacerdote della chiesa di Santa Maria dell'Anima. Mi hanno dato il suo numero al commissariato...»

«Buonasera,» rispose Scala, incuriosito da quella telefonata. «Cosa posso fare per lei?»

«Ho appena saputo che Simone Bonacci, il figlio del sindaco, è stato assassinato. Sono ancora sconvolto dalla notizia, ma ho ritenuto giusto informare le forze dell'ordine.»

Scala rimase impietrito, sperando di aver capito male.

«Aspetti, mi sta dicendo che l'assassino...»

Don Alvaro era teso, ma doveva fare quello che era giusto.

«Un uomo è venuto in chiesa, e mi ha informato dell'omicidio del ragazzo. Purtroppo, aveva il volto completamente coperto, quindi non potrei descriverlo o identificarlo in alcun modo.»

"Ovviamente," pensò Scala, con una smorfia. «Reverendo, purtroppo finché il sindaco non ne denuncerà la scomparsa o non verrà ritrovato il corpo, non posso agire in alcun modo. A meno che non le abbia detto dove si trovi. L'uomo che è venuto da lei potrebbe essere un mitomane e Simone Bonacci essere vivo e vegeto, comunque chiamerò il commissariato per sapere se sia stato denunciato il ritrovamento di un cadavere.» Scala sapeva che casi come quello spingevano persone in cerca di un minuto di notorietà a fornire false testimonianze e confessioni.

«Capisco,» rispose don Alvaro. «Spero lei abbia ragione e che si tratti di un falso allarme, anche se quell'uomo mi è sembrato decisamente serio. Quando gli ho chiesto di confessarsi per alleggerire la sua anima, ha dichiarato di non essere ancora arrivato alla fine della sua lista.»

«Se l'omicidio di Simone Bonacci sarà confermato, mi metterò in contatto con lei; avrò sicuramente molte domande da farle. La ringrazio comunque della telefonata,» tagliò corto Scala, che fremeva per poter chiamare il commissariato o il sindaco.

«Grazie a lei, commissario. Le auguro una buona serata,» rispose don Alvaro, prima di terminare la chiamata.

Il commissario aveva ragione, senza il ritrovamento del cadavere le dichiarazioni di quell'uomo non potevano essere prese sul serio, anche se, per quanto lo riguardava, era certo di aver parlato con l'assassino.

Appena terminata la conversazione con il sacerdote, Scala non perse tempo e compose immediatamente il numero del commissariato; le possibilità che quell'uomo fosse un mitomane erano poche.

«Polizia,» rispose un agente.

«Buonasera, Mariani,» lo salutò, riconoscendo la voce del collega. «Sono Scala. Vorrei sapere se è stato denunciato un omicidio, o il ritrovamento di un corpo...»

«Buonasera, commissario. Ho iniziato il mio turno due ore fa; è una notte decisamente impegnativa per i criminali, ma nessuna denuncia di omicidio.»

«Grazie, ho voluto solamente verificare un'informazione che mi era arrivata. Tenetemi informato, per cortesia.»

«Come al solito, commissario. Si goda la serata in famiglia senza pensare al lavoro. Se la sua presenza sarà necessaria, la informeremo,» lo rassicurò.

«No, mi chiami anche se non è necessaria. Un uomo mi ha telefonato per dirmi che c'era stato un omicidio, ma non sapeva dove. Dal momento che potrebbe trattarsi di un mitomane, non posso ordinare di fare ricerche in tutta la città.»

«Come se avessimo bisogno di altri guai. Non si preoccupi, sarà il primo ad essere informato in merito a qualsiasi omicidio.»

«Grazie, lo apprezzo molto.»

Terminata la chiamata, Scala pensò di giocarsi un'altra carta. Accese il computer e cercò il numero del sindaco; lo avrebbe chiamato e chiesto di parlare con il figlio. Se Simone fosse stato a casa sano e salvo, avrebbe mandato una pattuglia a sorvegliare la casa, per far sì che l'informazione ricevuta da don Alvaro non diventasse realtà.

CAPITOLO 16

Quella sera, Armando Bonacci, il padre di Simone, non riusciva a trovare pace.

Non era insolito che il figlio non lo chiamasse per giorni; tuttavia, il fatto che non avesse risposto al messaggio che gli aveva inviato nel pomeriggio lo stava angosciando.

«Non capisco questa sua indifferenza, come se questo problema non lo riguardasse per niente,» bofonchiò, sbirciando l'orologio e rendendosi conto che erano passate le ventidue.

Sua moglie Carla stava guardando la televisione in soggiorno e non sembrava preoccupata dell'improvvisa sparizione del figlio.

«Non pensi che sia strano che non abbia nemmeno risposto al mio messaggio?» chiese Armando.

Con un movimento pigro, Carla si voltò verso di lui. «Sai come è fatto. Probabilmente è uscito con una nuova ragazza e si è completamente dimenticato di risponde al tuo messaggio. Perché non provi a chiamarlo?»

Armando prese il cellulare e compose nuovamente il numero del figlio.

Lo squillo a vuoto non lo rassicurò. "Per quanto non sia insolito che lui non risponda ad un messaggio o non richiami, a quest'ora, qualsiasi cosa stesse facendo, risponderebbe," pensò.

Con un gesto nervoso, sbatté il telefono sul tavolo. «Niente, non risponde!»

Armando non sapeva se essere arrabbiato o preoccupato. Continuava a guardare il telefono, sperando che il figlio lo chiamasse per rassicurarlo di stare bene.

Come a rispondere alle sue preghiere, il telefono squillò, ma non era il numero di Simone quello che apparve sul display. Armando afferrò il telefono, pronto a dirne quattro al seccatore che chiamava a quell'ora, distogliendolo dalla ricerca del figlio.

«Sì!» rispose, cercando inutilmente di mantenere la calma.

«Dottor Bonacci, mi perdoni se la disturbo a quest'ora. Sono il commissario Scala. Posso parlare con suo figlio Simone?» Scala non aveva controllato se vivesse ancora con i genitori, ma li avrebbe comunque chiamati, non avendo il numero di telefono del ragazzo.

«Commissario Scala, mi perdoni. Io... io non mi aspettavo una sua chiamata,» si scusò Armando per il modo poco gentile con il quale aveva risposto. «Lui non vive più con noi. Comunque, ho provato a contattarlo per tutto il giorno, ma non ha mai risposto. Ad essere sincero, inizio a preoccuparmi.»

«Capisco,» disse Scala con tono esitante; quella era la conferma che Simone fosse stato effettivamente ucciso. Adesso doveva trovare il modo per dirlo al padre.

«Dottor Bonacci, potrei avere delle brutte notizie...»

Fece una pausa, guardando in alto, come ad attendere un aiuto. «Alcuni minuti fa, ho ricevuto una telefonata dal parroco della chiesa di Santa Maria dell'Anima. Sembra che un uomo sia andato da lui questa sera affermando di aver ucciso Simone.»

A quelle parole, il telefono cadde dalle mani tremanti di Armando. "Non può essere vero," pensò, mentre le lacrime sgorgavano copiose dai suoi occhi.

Carla lo raggiunse e raccolse il telefono dal pavimento, il cuore che le batteva all'impazzata. Temendo il peggio se lo portò all'orecchio.

«Con chi parlo?» chiese, con la voce ridotta ad un bisbiglio.

«Sono il commissario Scala, signora. Suo marito sta bene?»

Come risvegliatosi da uno stato di trance, Armando scosse la testa e riprese il cellulare. «Commissario, mi perdoni. Spero di aver capito male, ha detto che...?»

«Dottore, non ne siamo certi; quell'uomo potrebbe essere un mitomane in cerca di cinque minuti di fama. Se lei è d'accordo, verrei a casa sua, ed insieme potremmo andare a casa di Simone per verificare che non gli sia successo niente.»

«Certo, dev'essere proprio così, è un pazzo che sta solamente cercando notorietà. Venga pure, la aspetto. Conosce il mio indirizzo?» chiese, tenendo la mano della moglie, non sapendo cosa dirle.

«Sì, ce l'ho. Sarò da lei tra circa quaranta minuti. Mi scusi di nuovo per averla disturbata a quest'ora.»

«No, non deve scusarsi. Sta facendo il suo lavoro e le sono molto grato per l'impegno con il quale lo svolge» rispose Armando.

Una volta terminata la telefonata, guardò la moglie. «Era il commissario che sta indagando sulle morti di Sandro e Loredana,» iniziò a raccontare, ma non riusciva a trovare le parole giuste per dire alla moglie che, probabilmente, il loro figlio era stato ucciso. Del resto, nemmeno lui era pronto ad accettare l'idea che Simone non ci fosse più, che fosse morto per mano di un pazzo che minacciava la sicurezza di tutta la sua famiglia.

«Cosa ha detto? Per favore...» gli chiese. La sua voce tremava mentre gli occhi le si riempivano di lacrime e le mani stringevano la camicia.

Le labbra di Armando tremavano. «Ha detto che c'è la possibilità che il nostro Simone...»

«NO!» urlò, coprendosi gli occhi.

Armando la strinse forte a sé. "È tutta colpa mia, non avrei mai dovuto coprire quel furto e la morte di Antonio. Anche se Simone fosse andato in prigione, sarebbe ancora vivo, come pure la madre di Antonio, Sandro e Loredana," pensò.

Mentre i singhiozzi della moglie riempivano la stanza, niente gli sembrò avere più senso. "Forse, raccontare tutta la verità alla polizia è l'unico modo per proteggere le vite delle altre persone coinvolte," pensò.

Si allontanò da Carla e la fissò negli occhi. «Cosa devo fare? Come posso riparare all'irreparabile?»

«N-non starai dicendo…» mormorò, cercando di riguadagnare un po' di forze. Presto la polizia sarebbe arrivata e tutto sarebbe andato perduto.

«L'unica cosa che so è che il commissario Scala sarà qui tra mezz'ora, e insieme andremo a casa di Simone, sperando di trovarlo là, magari in compagnia di una nuova ragazza o che dorme.»

Armando scosse la testa, raccogliendo i pensieri. «E se raccontassimo tutto? Magari salveremmo le vite degli altri, per non parlare delle nostre. Potremmo essere i prossimi della lista. Facciamo così,» disse, prendendola per le spalle e costringendola a guardarlo negli occhi. «Mentre andrò a casa di Simone con il commissario, tu chiamerai Giorgio per raccontargli quanto è successo e che potremmo raccontare tutto per evitare altre vittime. Pensi di poterlo fare? È importante,» la pregò.

Carla era sotto shock. Il suo corpo era lì, ma la sua mente era con il figlio.

Armando si rese conto di dover prendere la situazione in mano. Si allontanò da lei e compose il numero di Giorgio.

Dovette attendere sei squilli prima che rispondesse. «Armando, cosa diavolo succede? Hai idea di che ore sono?» mormorò, guardando la sveglia sul comodino.

Il sindaco gli raccontò della telefonata del commissario Scala e della possibilità che Simone fosse stato ucciso.

«Potrebbe trattarsi di un falso allarme, ma nel caso in cui non lo fosse, credo che per noi sarebbe più sicuro raccontare tutta la verità...»

«Aspetta un secondo,» disse Giorgio, alzandosi dal letto e cercando di capire qualcosa da quel racconto frenetico. Andò in soggiorno ed accese la luce per essere certo che quello non fosse un incubo e che lui fosse sveglio. «Mi stai dicendo che Simone è stato ucciso da quel pazzo?»

«Non ne ho ancora la certezza. Andrò a scoprirlo con il commissario. Sarà qui da un momento all'altro, quindi ho bisogno della tua attenzione.»

Prese una breve pausa per permettere a Giorgio di assimilare la notizia e comprendere la gravità della situazione.

«Stiamo tutti rischiando grosso e dobbiamo prendere la decisione giusta. Se tu sei pronto a rischiare la vita di tuo figlio e la tua, per me va bene. Ma se non agiamo adesso, anche mia moglie ed io saremo in pericolo e questa è una situazione che non intendo più accettare. SE, e ripeto SE, Simone fosse stato ucciso, la scelta migliore per noi sarebbe quella di confessare tutto alla polizia ed affrontare le conseguenze. So che rischiamo di finire in prigione, ma è sempre meglio che morire.» Aveva detto tutto velocemente, dal momento che non aveva molto tempo.

«Devo rifletterci...»

«NON ABBIAMO TEMPO, LO CAPISCI?» urlò, disperato, Armando.

«Dobbiamo pensarci. Incontriamoci domani pomeriggio dopo il lavoro. Chiamerò Giulio e gli dirò di stare attento e di guardarsi le spalle; domani troveremo una soluzione assieme,» cercò di ragionare.

Il suono del citofono fece trasalire Armando. «È arrivato Scala. Ti chiamo appena ho novità,» disse, terminando la conversazione ed affrettandosi ad andare a rispondere.

«Sì,» rispose con voce affannata.

«Sono il commissario Scala. L'aspetto qui sotto per andare all'appartamento di suo figlio?»

«Sì, scendo subito.»

Senza voltarsi verso la moglie, prese il suo giaccone e si affrettò a raggiungerlo al portone.

«Buonasera, commissario,» lo salutò Armando, rabbrividendo all'aria fredda della notte. «Andiamo con la sua auto?»

«Sì, lei mi indichi la strada, faremo prima,» tagliò corto Scala.

Durante il tragitto non si scambiarono nemmeno una parola oltre quelle necessarie ad Armando ad indicare la strada.

«Il suo appartamento è al quarto piano,» disse, con la voce ridotta ad un soffio, quando arrivarono.

Scala lo seguì, comprendendo il suo stato d'animo, ma osservandone ogni mossa per capire se in lui ci fosse qualcosa in più della paura di scoprire che il figlio era stato ucciso. Armando estrasse una chiave dalla tasca, aprì il portone e si diresse agli ascensori.

La porta si aprì con un leggero clic ed entrambi entrarono nell'appartamento avvolto nell'oscurità.

«Simone!» chiamò Armando, con voce tremante, accendendo la luce.

Non ci fu alcuna risposta, come se la casa fosse vuota.

Guardandosi attorno, l'attenzione di Scala fu attirata da un giaccone appeso ad un appendiabiti. «Questo è quello che indossa abitualmente?» chiese.

Armando annuì, coprendosi la bocca con la mano. Quello non era un buon segno, tuttavia, sperava ancora di trovare Simone che dormiva nella sua camera.

Con Scala dietro di lui, Armando si diresse verso la camera. Dopo una breve esitazione, bussò delicatamente. «Simone...» bisbigliò, con voce rotta dal pianto.

Non ricevendo alcuna risposta, aprì la porta, e alla vista della stanza vuota, emise un sospiro di sollievo.

«Forse non è tornato a casa, ha usato un altro giaccone, o...» disse, cercando freneticamente di elaborare tutti i motivi che potessero giustificare la sua assenza dall'appartamento, tranne quello della sua possibile morte. Ma una voce dentro di sé continuava a ripetergli di abbandonare qualsiasi speranza, Simone era morto.

L'attenzione di Scala fu catturata dalla luce che filtrava sotto la porta di un'altra stanza. Provò a bussare, ma non rispose nessuno. Si voltò verso Armando, come a chiedere il permesso di aprirla; quindi, abbassò la maniglia e si ritrovò in un bagno dove le luci erano accese.

Nella vasca c'era il corpo esanime di un ragazzo che Scala riconobbe essere Simone Bonacci. I suoi occhi erano chiusi e c'era una siringa sul pavimento, lì vicino.

Armando si precipitò verso di lui. Le lacrime scendevano copiose dai suoi occhi ed i suoi singhiozzi potevano essere uditi anche dagli appartamenti contigui. Quella notte, un padre aveva perso un figlio, ma non a causa della droga, come la presenza della siringa voleva fare intendere; piuttosto, perché qualcuno lo aveva riconosciuto colpevole di aver posto fine ad un'altra giovane vita e lo aveva condannato alla pena capitale, senza passare attraverso un processo, con giudice e avvocati. Era stata solamente una barbara vendetta.

Scala prese il cellulare dalla tasca dei suoi jeans e chiamò il commissariato, per chiedere l'invio della squadra della scientifica, della prima volante in zona per delimitare la scena del crimine, del medico legale e della polizia mortuaria per portare il corpo di Simone all'obitorio per l'autopsia.

"C'è chi dice che con il tempo ci si abitui a queste scene e non si provi più dolore alla vista di un uomo o di una donna che piange sul corpo di una persona cara," pensò Scala, certo che a lui non sarebbe mai successo.

Si allontanò, lasciando Armando a dare il suo ultimo addio a Simone prima dell'arrivo della scientifica, mentre una lacrima rigava il suo volto.

Uscì dall'edificio e si accese una sigaretta; era una cosa che gli capitava di fare raramente, solo quando aveva bisogno di riacquistare la lucidità e la freddezza richieste ad un rappresentante delle forze dell'ordine in servizio.

Romizi e la sua squadra arrivarono poco dopo l'arrivo della volante. «Qual è la situazione?» gli chiese, mentre raggiungevano gli ascensori.

«Abbiamo trovato Simone Bonacci, il figlio del sindaco, assassinato nella vasca da bagno,» rispose Scala, quasi meccanicamente. «A prima vista potrebbe sembrare che sia morto per un'overdose, ma sono certo che si tratti di una messinscena.»

«Interessante,» mormorò Romizi, ancora mezzo addormentato. «Hai anche trovato un messaggio dell'assassino?»

«Non ho controllato. Ero con il signor Bonacci, che è ancora lì con il figlio,» rispose Scala.

«Quindi, dovremo prelevare anche il suo DNA per isolarlo dagli altri che troveremo sulla scena del delitto, come pure le impronte delle sue scarpe e tutte le tracce che vi si trovano,» disse Romizi.

«Chissà se la polizia mortuaria ha già provveduto ad esumare i corpi di Antonio Gasparri e della madre,» chiese Scala.

«Immagino siano già stati portati all'obitorio, ma non credo che il medico legale abbia ancora fatto le autopsie; ho sentito che ha avuto molto lavoro straordinario, ultimamente,» rispose Romizi, quando raggiunsero l'appartamento.

«Vorrei chiederglielo, ma dubito si presenterà, dal momento che in questo caso la sua presenza sulla scena del crimine non è indispensabile,» rifletté Scala.

«Vorrei averlo potuto fare anche io...non è il massimo essere svegliati nel cuore della notte e dover raggiungere la scena del delitto all'altro capo della città...» mormorò Romizi.

«Avremmo dovuto scegliere professioni diverse...» aggiunse Scala, con un leggero sorriso.

Come previsto, la polizia mortuaria arrivò per prendere il cadavere del ragazzo e, dal momento che non era necessaria la presenza del medico legale, questi aveva preferito rimanere a casa.

Armando Bonacci si diresse verso la porta d'ingresso, barcollando come se fosse in trance, ancora incapace di credere a quanto successo. Era stato consapevole che, ad un certo punto, l'assassino avrebbe preso di mira Simone, ma aveva comunque sperato che sarebbe stato in grado di proteggerlo.

Adesso era troppo tardi e, l'unico modo per evitare ulteriori omicidi, era collaborare con la polizia.

Guardò Scala vicino alla porta, intento a scrivere qualcosa sul suo taccuino, e fu divorato dal dubbio; era meglio attendere il giorno successivo e trovare un comune accordo con gli altri oppure confessare subito tutto?

Mordendosi le labbra, optò per la prima ipotesi, del resto non era il solo ad essere coinvolto in quel pasticcio e non poteva decidere per tutti.

«Commissario,» esordì, avvicinandosi a Scala. «Devo andare a casa. Mia moglie mi sta aspettando e ancora non so come dirle di Simone.»

Scala alzò lo sguardo verso di lui. Avrebbe voluto fargli alcune domande sul figlio, dal momento che era ormai certo che tutto avesse avuto inizio dal furto al centro di recupero, ma decise che, forse, era meglio attendere il giorno seguente e di fargli subito solamente le più importanti.

«Certamente, vuole che la riaccompagni? Potrei aiutarla a raccontare quanto accaduto a sua moglie,» si offrì Scala.

Armando annuì, abbassando lo sguardo al pavimento. «Sì, grazie. Non sono certo di potercela fare.»

Senza aggiungere altro, Scala si mise il taccuino nella tasca del giaccone e si diresse verso gli ascensori. "Sarà una lunga notte," pensò.

«Vorrei farle alcune domande, se non le dispiace,» aggiunse.

«Commissario, non potremmo attendere domani? Verrò al commissariato domani pomeriggio, e prometto che sarò a sua completa disposizione,» lo pregò Armando.

«Non c'è problema,» rispose Scala; si era appena ricordato che la mattina seguente avrebbe dovuto andare alla scuola dell'infanzia per scoprire chi fosse il misterioso principe azzurro di Giovanna; quindi, il pomeriggio sarebbe stato il momento giusto per fare andare il sindaco al commissariato.

«Le sarebbe possibile venire alle quindici?» gli chiese.

Armando non era certo che a quell'ora avrebbe già finito di parlare con gli altri, ma volle dimostrarsi collaborativo.

«Certamente, commissario. Ci sarò.»

CAPITOLO 17

Al suono della sveglia, Scala aprì gli occhi. Gli sembrò di non avere dormito per una settimana, ed il suo aspetto ricordava quello di uno zombie. Si alzò e rimase a guardare la luce che filtrava attraverso le tapparelle.

«Porti tu Giovanna a scuola o ci andrai più tardi?» gli chiese Anna, stiracchiandosi.

«Avevo deciso di accompagnarla io, ma mi chiedo se sia in grado di guidare in sicurezza. Stanotte sono tornato alle due...» disse, sbadigliando.

«Allora, sarà meglio che guidi io,» propose Anna, dopodiché si alzò e andò a svegliare Giovanna.

«Ce la posso fare, ho solamente bisogno di una doccia gelata e di un caffè doppio,» disse Scala, tra sé, dirigendosi verso il bagno.

***

Al suo arrivo davanti alla scuola della figlia, prima di scendere dall'auto, si voltò verso di lei. «Sei pronta per un altro giorno con i tuoi amichetti?»

Giovanna rise, stringendo il suo coniglietto di peluche. «Spero di imparare a scrivere delle parole nuove.»

«Allora, andiamo!» la incoraggiò Scala, e mano nella mano, si dissero verso il cancello.

«Papino!» esclamò Giovanna, tirandogli la mano. «Posso andare a giocare con Simona?»

Dal momento che erano già all'interno, non c'era motivo per continuare a tenerla per mano. «Certo, tesoro! Io vado a parlare con i tuoi insegnanti, divertiti!»

«Ciao!» lo salutò Giovanna, correndo verso la sua migliore amica che l'attendeva vicino all'altalena.

Scala rimase a guardarla, invidiandone la spensieratezza.

«Dottor Scala, che sorpresa!» lo salutò la signorina Giannetti. «Di solito, è sua moglie ad accompagnare Giovanna; devo presumere che siamo nei guai?»

«No, non si preoccupi. Vorrei parlare con il direttore, è in ufficio?» chiese.

L'espressione sorridente della signorina Giannetti divenne improvvisamente seria; quando un genitore chiedeva di parlare con il signor Minati non era certo per augurargli il buongiorno. Si chiese se ci fossero stati problemi con qualcuno del personale o con altri bambini.

215

«Io... non lo so. Prego, mi segua, andiamo a vedere se è già arrivato.»

«Signorina Giannetti, non ha alcun motivo di preoccuparsi. Come le ho detto, nessuno è nei guai; voglio solo fargli un paio di domande su mia figlia,» cercò di rassicurarla Scala.

Una volta giunti davanti alla porta della direzione, l'insegnante esitò un attimo, prima di bussare.

«Sì,» rispose una voce decisa.

«Signor Minati, il dottor Scala chiede di parlarle,» disse, sporgendosi nella stanza.

Il direttore si alzò in piedi, sorridendo. «Prego, lo faccia accomodare.»

«Buongiorno, signor Minati. Mi scuso per essere venuto all'improvviso e così di buon'ora, ma per risparmiare tempo, ho accompagnato mia figlia sperando che lei fosse già arrivato; ho assoluto bisogno di farle un paio di domande.»

Il direttore lo invitò ad accomodarsi, quindi si sedette fissandolo negli occhi.

«Ieri Giovanna è tornata a casa, felice di aver imparato a scrivere. Inutile dire che sono stato piacevolmente sorpreso nel vedere il nuovo metodo che i vostri insegnanti utilizzano. Giovanna mi ha parlato di un nuovo insegnante, può dirmi chi è?»

Il direttore lo guardò come se non capisse di cosa stava parlando.

216

«Dottor Scala, non la seguo. Non abbiamo un nuovo insegnante, l'ultimo ad essere stato assunto è il signor Lorenzi, un anno fa.»

«È quello che temevo. A questo punto ho bisogno del suo aiuto, perché è evidente che qualcuno è entrato nell'edificio fingendo di essere un insegnante e ha lasciato un messaggio per me nel quaderno di Giovanna. Mia figlia mi ha detto che si chiama Lucio; le è familiare questo nome?»

Scuotendo lentamente la testa, il signor Minati comprese la gravità della situazione. «Intende dire che un pazzo che poteva far del male ai bambini si è introdotto nell'edificio? Come è stato possibile?»

«Non credo che avesse delle cattive intenzioni verso i bambini o qualcuno del personale. Voleva solamente farmi avere un messaggio e deve aver pensato che quello fosse il modo migliore per farlo.»

«Giovanna le ha detto qualcosa di più su questo misterioso insegnante?»

«Sì, ha parlato di un uomo giovane, alto, con capelli biondo scuro legati in una coda di cavallo e con gli occhi blu; sembra che mia figlia abbia già pianificato il suo matrimonio con lui. Oltre ciò, non ho altre informazioni, tranne il fatto che non era da sola quando questo ragazzo le ha insegnato a scrivere,» gli raccontò Scala.

«Aspetti, potrebbe essere il sostituto del nostro bidello? Abbiamo dovuto assumerne uno temporaneamente, dal momento che il nostro si era ammalato; ha ripreso il servizio questa mattina,»
217

disse, voltandosi verso il computer per cercare altre informazioni.

«Eccolo qui,» esclamò. «Ma non si chiamava Lucio. Secondo l'agenzia interinale della quale ci serviamo per le nostre ricerche di personale, si chiamava Ruggero Neri e nemmeno la descrizione coincide. Giovanna potrebbe aver confuso il nome ed il suo aspetto?»

Scala aggrottò leggermente la fronte. Dovette ammettere che i bambini hanno una fervida immaginazione e a volte può capitare che quando non ricordano un nome, colmino la lacuna inventandone uno. "Del resto, un nome è solamente un nome" pensò, divertito.

«Potrebbe avere ragione. Chiederò anche agli insegnanti se lo abbiano visto. Intanto, potrebbe darmi il nome e l'indirizzo di questa agenzia? Magari loro potranno aiutarmi a fare luce su questo mistero,» disse, alzandosi in piedi.

Una volta uscito dall'ufficio del direttore, Scala scorse di nuovo la signorina Giannetti.

«Dottor Scala, spero che abbia risolto il problema che l'ha portata qui,» disse, sorridendo.

«Sì, ma ha un momento per rispondere ad una domanda?» le chiese.

Alla sua risposta affermativa, lui le descrisse l'uomo misterioso che aveva insegnato a scrivere a Giovanna.

La donna ci pensò alcuni istanti, dopodiché il suo volto si illuminò. «Certo che lo ricordo. Era un uomo affascinante e ha sostituito il nostro bidello solamente ieri ed il giorno precedente. Non è un fatto inusuale che quando abbiamo bisogno di un sostituto, l'agenzia interinale ce ne mandi più di uno per coprire l'intero periodo.»

A quel punto a Scala non rimase altro che andare a chiedere informazioni all'agenzia interinale. La soluzione di quel mistero avrebbero potuto fornirgliela solamente loro e, eventualmente, il signor Ruggero Neri; quindi, salutò la signorina Giannetti ed uscì dall'edificio.

***

Una volta nella sua auto, Scala guardò il biglietto da visita dell'agenzia interinale e calcolò mentalmente il tempo che gli sarebbe occorso per raggiungerla. Esitò, riflettendo se dovesse chiamare per avvertire del suo arrivo. «Se loro avessero qualcosa a che vedere con l'assassino, darei loro un vantaggio... meglio fare una sorpresa,» disse, con un sorriso.

L'agenzia aveva la propria sede in un edificio commerciale e, prima di raggiungerne gli uffici, i visitatori dovevano rivolgersi alla receptionist. La cosa non piacque al commissario, ma fece buon viso a cattivo gioco e si diresse verso il bancone.

«Buongiorno,» salutò. «Devo andare all'agenzia Job/Placed.»

«Con chi ha appuntamento?» chiese la receptionist, scrutandolo.

«Non ne ho bisogno. Devo parlare con il direttore o con chiunque si occupi delle ricerche di personale per la scuola d'infanzia L'Allegro Anatroccolo,» rispose, mostrando il distintivo.

La receptionist ebbe un sussulto e chiamò all'interfono il direttore dell'agenzia; dopo un veloce scambio di battute, terminò la conversazione e volse nuovamente lo sguardo al commissario. «Il dottor Russo la attende. Prenda l'ascensore fino al quinto piano. Glielo sblocco da qui.»

«La ringrazio,» la salutò Scala, con un ampio sorriso prima di allontanarsi.

Quando le porte dell'ascensore si aprirono al quinto piano, trovò ad accoglierlo un uomo di circa cinquant'anni con indosso un completo grigio ed un sorriso smagliante.

«Buongiorno,» lo salutò, porgendogli la mano.

«Buongiorno, dottor Russo. Sono il commissario Scala. Spero mi possa dedicare alcuni minuti, ho bisogno di farle delle domande su uno dei vostri dipendenti. Si chiama Ruggero Neri e ha sostituito uno dei bidelli alla scuola d'infanzia L'Allegro Anatroccolo.»

«Certamente. Prego, mi segua nel mio ufficio, saremo più comodi,» rispose, precedendolo.

Scala annuì e, mentre camminavano si guardò intorno. Le grandi vetrate davano una sensazione di spazio che, nel suo caso, si trasformò immediatamente in vertigini; per alcuni istanti ebbe la sensazione non ci fosse niente a cui appoggiarsi.

Il dottor Russo fece accomodare Scala nel suo ufficio e lo invitò a sedersi ad un lungo tavolo al centro, molto simile a quello che il commissario aveva nella sua stanza; il suo ufficio, però, non beneficiava di tutta la luce che quelle vetrate facevano entrare.

Senza perdere tempo, il dottor Russo aprì un portatile ed inserì il nome che gli aveva detto Scala all'ingresso. «Eccolo qui. Cosa ha bisogno di sapere su di lui?»

«Ha una sua fotografia?» chiese.

Sebbene il direttore della scuola gli avesse detto che il sostituto bidello non corrispondeva alla descrizione fatta da Giovanna, Scala aveva bisogno di avere la certezza matematica che Ruggero Neri e Lucio non fossero la stessa persona.

Il dottor Russo voltò il notebook verso di lui. «Eccola, ma se posso chiedere, come mai è così interessato a lui? È successo qualcosa alla scuola dell'infanzia? Non abbiamo ricevuto alcuna lamentela da parte del direttore.»

Scala guardò l'uomo di mezza età con i capelli neri che appariva nella foto sullo schermo; era decisamente lontano dalla descrizione fatta da Giovanna. "Qualcosa non va" pensò.

«Devo parlare con lui, può darmi il suo numero telefonico o il suo indirizzo?» chiese il commissario, eludendo le domande del dirigente.

«Certamente, se crede posso chiamarlo immediatamente in modo da chiarire i suoi dubbi.»

«Preferirei che la conversazione con il signor Neri rimanesse riservata,» rispose Scala, scuotendo la testa con un tic nervoso.

Il dottor Russo inviò la stampa dei contatti del signor Neri alla stampante all'altro lato della stanza; quindi, si alzò e andò a prendere il foglio. «Ecco a lei, commissario,» gli disse con un'espressione imperscrutabile, porgendoglielo.

Scala si alzò e dopo aver piegato il foglio, lo ripose nella tasca.

«Per il momento non ho altre domande per lei, ma voglio assicurarle che il signor Neri si è comportato correttamente e non ci sono stati problemi relativamente al suo lavoro. Ho solamente bisogno di una sua testimonianza per un caso che sto seguendo.»

Sebbene il caso non fosse secretato, vista l'attenzione che la stampa gli stava dedicando, gli sviluppi delle indagini, invece, lo erano; nessuno doveva saperne più del necessario.

***

Una volta fuori dall'edificio, Scala prese il suo taccuino ed iniziò a fare un elenco delle persone con le quali avrebbe dovuto parlare; si rese presto conto che da solo non ci sarebbe riuscito.

«Devo delegare qualcosa, non posso occuparmi di tutto,» pensò ad alta voce; quindi, prima di chiamare il signor Neri, telefonò a Milani raccontandole tutti gli sviluppi del caso dalla sera precedente fino a quel momento. Le chiese di recarsi da don Alvaro per interrogarlo sull'uomo che era andato da lui a confessargli l'omicidio.

Quindi, prese un respiro profondo e compose il numero del signor Neri.

«Buongiorno, sono il commissario Scala,» si presentò. «Ho bisogno di incontrarla per farle alcune domande.»

All'uomo si gelò il sangue nelle vene. Sapeva di non avere niente da temere, ma la polizia mica chiamava numeri a caso per chiedere alle persone come stessero. «S-sì, certo...» rispose con la voce ridotta a poco più di un sussurro.

L'emozione serrò la gola del signor Neri; mentalmente ripercorse tutti gli avvenimenti delle ultime settimane, cercandone uno che avesse potuto destare l'interesse della polizia nei suoi confronti, ma non ne trovò. Cercò di tenere le sue emozioni sotto controllo e si guardò intorno. «Guardi sto per finire il mio turno, poi andrò a casa per dormire. Vivo in via Collatina, 231, al terzo piano; possiamo incontrarci a casa mia.»

Scala calcolò il tempo che gli sarebbe occorso per tornare in ufficio, discutere con i suoi collaboratori circa i nuovi sviluppi e preparare il rapporto per il commissario capo Angelini.

«Se per lei va bene, verrò alle sedici.»

«Certo, a quell'ora sarò sveglio. Ma...sono accusato di qualcosa?» Aveva bisogno di essere rassicurato di non stare per finire in prigione.

«Mi deve perdonare se non sono stato chiaro sul motivo della mia chiamata. Lei non è accusato di niente e quanto ho da chiederle non è finalizzato a determinare la sua implicazione in alcun reato.»

«Meglio così, allora a dopo, commissario.»

Alla fine della chiamata, Scala guardò il cielo, dove delle piccole nuvole si stavano rincorrendo. Sebbene l'aria fosse ancora fresca, la stagione calda stava chiaramente arrivando e quel pensiero fu sufficiente a far apparire un sorriso sul volto del commissario, distendendone i tratti.

***

Dopo l'incontro con Scala, il dottor Russo si lasciò cadere sulla sua sedia, sospirando come se la sua anima volesse uscire dal corpo. Premette l'interfono e compose l'interno del dottor Giuliani.

«Pronto,» rispose Lucio, con voce trepidante.

«Questa è l'ultima volta che ti copro!» ringhiò, arrabbiato.

«Il commissario se ne è andato?»

«Sì, ma sono certo che andrà ad interrogare il signor Neri sulla sostituzione che tu hai fatto alla scuola Allegro Anatroccolo. Capisci che stai mettendo l'intera azienda e me in una posizione decisamente pericolosa? E se la polizia scoprisse quello che è successo e che tu ti sei intrufolato là?»

Lucio chiuse gli occhi, sprofondando sulla sua poltroncina. «Ogni cosa a suo tempo. Non terrò tutto segreto...»

«Aspetta un attimo, mi stai dicendo che confesserai tutto alla polizia? Se è così, fallo adesso, in modo da evitare più problemi del necessario,» lo sollecitò il dottor Russo.

«Non ancora; mancano dei dettagli da sistemare. Tu non devi preoccuparti di niente, qui io sono l'amministratore delegato e tu devi eseguire i miei ordini. Mi assicurerò che nessuno oltre me, subisca le conseguenze del mio comportamento. Ti prego di fidarti di me.»

Con gli occhi chiusi, Lucio rimase in ascolto del suo cuore che batteva furiosamente nel suo petto. Stava giocando un gioco pericoloso; sarebbe finito in prigione per molto tempo, ma quello non lo spaventava. "Le persone devono prendersi la responsabilità delle loro azioni. Coloro che senza alcun riguardo hanno preso la vita di mio cugino e di mia zia dovranno pagare. Poi, arriverà il mio turno, come è giusto che sia," pensò.

«Lucio, sei sicuro?» chiese il dottor Russo; per un momento aveva pensato che avesse interrotto la comunicazione.

L'uomo aprì gli occhi ed annuì. «Sì, sono sicuro; del resto, non c'è una via d'uscita, no?»

«Potresti avere ragione. Ma, per favore, da adesso in poi, tieni gli affari lontani dai tuoi problemi personali.»

«Certo,» rispose Lucio ed interruppe la conversazione. Si diresse alla finestra; da lì poteva godere di una vista mozzafiato su Roma e da quell'altezza, tutto sembrava troppo lontano per doversene preoccupare. Guardò il cielo blu, con qualche nuvola a punteggiarlo, e, tutto d'un tratto, un senso di sollievo pervase la sua anima.

Ancora una volta, i suoi pensieri tornarono alla sua famiglia. "Quando le cose avevano iniziato a girare per il verso giusto ed i miei zii avevano detto addio alla loro vita da senzatetto, l'insensibilità di coloro che si ritengono padroni del mondo aveva distrutto le loro vite..." rifletté.

I suoi occhi si riempirono di lacrime. Cercò di ricacciarle indietro e stringendo i pugni, voltò le spalle alla finestra e tornò al suo lavoro.

***

Scala non aveva avuto tempo per pranzare ed era determinato ad ignorare la protesta scoppiata nel suo stomaco; sperava, comunque, di riuscire a tornare a casa per cena, cosa che gli avrebbe permesso di ottenere almeno un armistizio.

Era quasi l'una, mancavano ancora tre ore all'incontro con Ruggero Neri. Era alla sua scrivania e stava scrivendo il rapporto preliminare per il commissario capo Angelini, quando il suo telefono squillò.

Scala rispose, senza distogliere gli occhi dallo schermo del computer.

«Ehilà,» lo salutò Romizi, con la sua solita voce allegra. «Ho delle buone notizie per te. Il medico legale ha inviato i risultati delle autopsie sui corpi di Antonio e di sua madre. Sei pronto?»

«Fammi indovinare, sono stati uccisi tutti e due, vero?»

«Dovresti cambiare mestiere e fare l'indovino. Ti invio il rapporto completo, ma per darti un assaggio, Antonio non è morto per dissanguamento, ma per un'overdose; qualcuno gli tagliò i polsi *post mortem* per nascondere la vera causa. Ovviamente, non è possibile risalire alla provenienza o al tipo di droga, ma possiamo immaginarlo.»

Scala si grattò il mento. «Tutto inizia a chiarirsi. Non possiamo dire con certezza che sia morto a causa del metadone ricevuto da Simone, ma è un'ipotesi plausibile. Ancor più se la morte della madre per attacco cardiaco non fu causata da condizioni di salute preesistenti, ma indotta.»

«Ed anche qui c'è una sorpresa. A differenza di quanto dichiarato dal marito, la signora non soffriva di alcuna patologia cardiaca. Le sue arterie erano sane e non era presente alcun indizio a suggerire una morte per arresto cardiaco. Invece, sono state trovate tracce di insulina, cosa decisamente strana, dal momento che la signora non soffriva di diabete,» continuò a raccontare Romizi.

«Quindi, il marito potrebbe avere qualcosa da spiegarci, anche se non credo sia coinvolto nell'omicidio, non aveva motivo per farlo. Magari fu proprio Simone ad ucciderla o il misterioso complice che lo aveva aiutato ad entrare in infermeria per rubare il metadone.»

La sua mente vagliava tutte le possibilità e, senza aver letto il rapporto completo del medico legale, aveva già numerose piste da seguire. «Mandami il rapporto, e raggiungimi dopo le diciassette. Ci riuniremo con la mia squadra per ragionare su questi ultimi sviluppi.»

Scala completò il rapporto per Angelini ed attese i referti delle due autopsie per inserirli nel fascicolo prima di farlo consegnare al commissario capo.

Lo squillo del promemoria che aveva impostato sul cellulare, gli ricordò che il dottor Bonacci sarebbe arrivato al commissariato entro un'ora e mezza. Scala sapeva che per interrogare personalmente sia il sindaco sia il signor Ruggero Neri, avrebbe dovuto affrettare l'incontro con il primo per poi correre ad incontrare il secondo; così, anche se malvolentieri, decise di delegare alcuni compiti ai suoi collaboratori.

Preso un profondo respiro, chiamò l'agente Silvani nel suo ufficio e lo incaricò dell'interrogatorio del signor Neri. Gli consegnò un foglio con le domande da porre ed i punti sui quali insistere per ottenere tutte le informazioni di cui avevano bisogno. Il signor Neri era un testimone fondamentale, ma altrettanto lo era il sindaco, il cui figlio, era probabilmente la vittima chiave del caso.

Improvvisamente, si ricordò di aver portato con sé il quaderno di Giovanna per farlo analizzare dalla scientifica e dal criminologo. Si precipitò fuori dal suo ufficio e, con un amabile sorriso, raggiunse l'agente Siri. «Agente, ho bisogno che consegni questo quaderno al dottor Lemmi. Gli chieda di analizzare il messaggio che l'assassino ha lasciato sull'ultima pagina scritta per avvisarci dell'omicidio; voglio sapere se è compatibile con gli altri che abbiamo ricevuto.»

L'agente prese la busta in cui era stato sigillato il quaderno per evitare contaminazioni e lo osservò per alcuni istanti. «Ma è quello di sua figlia?» chiese, sorpresa.

«Sì, e si assicuri che dopo l'esame del criminologo, sia consegnato a Romizi, in modo da verificare se l'assassino abbia lasciato qualche traccia di DNA; probabilmente non indossava guanti, quindi potremmo ottenere un altro indizio utile per identificarlo.»

«Certamente, vado subito!» rispose, e, girando sui tacchi, si avviò verso l'uscita.

CAPITOLO 18

Armando era immerso nei suoi pensieri. Lanciò un'occhiata all'orologio che segnava le quattordici e si chiese cosa aspettasse Giorgio per chiamarlo.

Lo squillo del cellulare che rieccheggiò nel silenzio della stanza, lo fece sobbalzare. Guardò il display e quando capì che era proprio la telefonata che stava aspettando, si affrettò a chiudere la porta della stanza per evitare che qualcuno ascoltasse quella conversazione.

«Giorgio, ho aspettato la tua chiamata per tutta la mattina; perché ci hai messo tanto?» gli chiese, ormai quasi senza fiato.

«Scusami, ma ho dovuto parlare con gli altri e c'è voluto tempo,» cercò di giustificarsi.

«Non importa. Ho un appuntamento con il commissario Scala tra un'ora, e so già che mi subisserà di domande su Simone. Spero tu concordi con me che non è più possibile tenere nascosto il legame tra il furto e l'overdose di Antonio. La polizia centellina le informazioni da dare alla stampa, ma cosa succederebbe se riesumassero i corpi di Antonio e di sua madre e scoprissero le vere cause delle loro morti? In particolare, di quella della madre,» disse, cercando di mantenere la voce bassa, consapevole della posta in gioco.

«Se confessassimo, Giulio ed io andremmo in prigione per omicidio mentre tu e le nostre mogli ne uscireste senza grossi problemi,» esclamò.

«E cosa mi dici delle nostre vite? Preferisci che ci uccida tutti? Pensi sia stato divertente per me vedere Simone morto? Mia moglie ed io passeremo il resto delle nostre vite sentendoci responsabili del suo omicidio. A questo punto, la mia carriera non mi interessa più, la mia vita non mi interessa più; Simone se ne è andato e, con lui, la sola cosa ad avere avuto importanza!» disse, misurando la stanza con lunghi passi, da una parete all'altra.

Un profondo silenzio cadde tra di loro. "È ovvio che nessuno di noi vuole essere ucciso, ma non vogliamo nemmeno avere guai con la giustizia; è ormai inutile recriminare e continuare a ripetere che Giulio avrebbe dovuto riflettere ed evitare di essere coinvolto. Adesso, è troppo tardi," rifletté Giorgio.

«Ora devo andare, a seconda di come si metteranno le cose valuterò se sarà il caso di confessare o meno. Non voglio mettere in pericolo la vita mia o di mia moglie,» disse Armando, afferrando la giacca ed incamminandosi verso l'uscita.

«Sii ragionevole; non possiamo attendere e vedere come si evolve la situazione?» cercò di farlo ragionare Giorgio. «Ad esempio, quando incontrerai il commissario, non potresti raccogliere qualche informazione sugli sviluppi dell'indagine, in modo da farci avere un vantaggio sull'assassino?»

Mentre apriva la portiera, Armando esitò per un secondo; effettivamente, quella opzione aveva senso. «Farò come dici tu, ma se mi renderò conto che non porta a niente, racconterò tutto alla polizia, magari nascondendo i dettagli relativi al coinvolgimento tuo e di Giulio. Credo, comunque, che già sospettino l'esistenza di un legame tra il furto e gli omicidi.»

«Bene,» annuì Giorgio. «Chiamami appena esci dal commissariato.»

Armando salì nella sua auto e cercò di spazzare via i suoi dubbi, certo che la morte di Simone non sarebbe rimasta impunita.

***

Scala preferì attendere l'arrivo del dottor Bonacci all'ingresso. Nel suo ufficio si era sentito soffocare e quell'attesa lo stava letteralmente uccidendo. Nella sua mente, aveva chiara la lista delle domande da porgli e sperava che nessuna sarebbe rimasta senza risposta.

Armando arrivò in perfetto orario.

«Buon pomeriggio, signor sindaco,» lo salutò Scala, con un ampio sorriso stampato in faccia.

«Buon pomeriggio a lei, commissario,» rispose, stringendogli la mano.

«So che lei è una persona impegnata, quindi non le ruberò troppo tempo,» lo rassicurò Scala, accompagnandolo nel suo ufficio.

«Sono a sua completa disposizione; se c'è qualcosa che possa fare per scoprire l'identità di questo assassino, sarò più che felice di collaborare.»

«Mi fa piacere sapere di avere la sua piena collaborazione, perché per questo caso ci serve tutto l'aiuto possibile,» disse Scala, chiudendo la porta ed invitando con un cenno il sindaco ad accomodarsi. «Le spiace se registro la conversazione?»

Armando annuì, contraendo le labbra; un suo rifiuto sarebbe stato sospetto. «Certo che no. Proceda pure.»

«Ieri abbiamo trovato Simone morto nel suo appartamento; tuttavia, non possiamo dire se si sia trattato di suicidio o di un assassinio,» riepilogò Scala, a beneficio della registrazione.

«Commissario, Simone aveva superato la sua dipendenza dalla droga. Stava cercando di riprendere il controllo della sua vita e di trovare la propria strada. Non aveva ancora deciso se continuare gli studi o trovare subito un lavoro, ma so per certo che, in nessun caso, sarebbe caduto nuovamente in quella trappola,» tenne a puntualizzare Armando.

«Sicuramente il medico legale saprà sciogliere definitivamente questo dubbio. Se risulterà essersi trattato di un omicidio, a quel punto, sarà chiaro che a commetterlo sia stato lo stesso assassino che aveva ucciso Sandro e la signora Masti. Per caso, aveva notato qualche cambiamento nel suo comportamento, negli ultimi tempi?»

«Effettivamente, gli ultimi eventi lo avevano messo in agitazione.»

«Come era il vostro rapporto?»

«Molto stretto. La sua dipendenza mi aveva fatto riflettere circa la possibilità di averlo deluso: temo che abbia ritenuto che io considerassi la mia carriera più importante di lui.»

«E lo era?» lo provocò Scala.

«Mi scusi?» chiese Armando, con una smorfia.

«Suo figlio aveva ragione? Lei lo aveva trascurato a favore della sua carriera?»

«No...forse... la politica è un impegno a tempo pieno, e a volte si deve sacrificare qualcosa; ma speravo comprendesse che quanto stavo costruendo era finalizzato a dargli un futuro,» rispose il dottor Bonacci, distogliendo lo sguardo dal commissario.

«Potrebbe raccontarmi cosa accadde due anni fa al centro di recupero? Ho sentito dire che suo figlio fu coinvolto in un furto.»

Il sindaco sbiancò. Temeva fosse arrivato il momento di dire la verità. Nonostante tutti gli sforzi per nascondere quella storia, la polizia ne era venuta a conoscenza e, di conseguenza, avrebbe potuto facilmente collegare suo figlio con la morte di Antonio.

«Quella fu una mossa stupida da parte sua. Non ho idea del perché lo abbia fatto; immagino sia stata una bravata per dimostrare a tutti di essere più furbo della sorveglianza del centro,» raccontò, con le labbra che gli tremavano.

Scala osservava ogni suo minimo movimento. «Come mai la polizia non ne fu informata?»

«Perché tutte le dosi furono recuperate; inoltre, non lo aveva fatto per passarle a qualcuno, quanto per dimostrare cosa fosse in grado di fare. Il direttore mi informò dell'accaduto e concordammo che se io avessi allontanato Simone dal centro, lui non avrebbe sporto alcuna denuncia.» Armando abbassò lo sguardo sulle sue dita intrecciate, cercando le parole giuste per descrivere l'accaduto, in modo da farlo sembrare un fatto di nessuna importanza. «Lo feci allontanare dal centro per un certo periodo e gli parlai seriamente di quanto fosse importante per lui comportarsi da persona matura. In seguito, pregai il direttore di riammetterlo affinché completasse il suo percorso terapeutico; gli erano rimasti solamente un paio di mesi e sarebbe stato difficile iniziarne uno nuovo in un'altra struttura. Lui accettò, a patto che si facesse vedere poco in giro e mantenesse un profilo basso.»

«Lei è certo che tutte le dosi furono trovate e restituite?» lo incalzò, Scala.

«Non lo so. L'infermiere addetto al controllo delle scorte dei medicinali confermò che non ne mancava alcuna. Perché avrebbe dovuto mentire?»

«Magari perché era coinvolto nella distribuzione di metadone agli altri pazienti. Potrebbe essere?»

Armando non seppe cosa rispondere. «Non sapevo e, ancor meno, ero responsabile di quanto accadesse all'interno della struttura. Se qualcun altro trasse vantaggio dalla situazione facendo il furbo con quelle dosi e distribuendole ai pazienti, non fu certo per colpa mia o di Simone. Feci il mio dovere riprendendo mio figlio con me e facendogli capire quali avrebbero potuto essere le conseguenze di un tale comportamento incosciente.»

Scala annuì. Doveva saperne di più sul ragazzo che aveva aiutato Simone a rubare quelle dosi e se lo appuntò.

«Simone le parlò mai di un'altra persona coinvolta?»

«No, preferimmo non parlare più di quanto accaduto. Mi assicurai che avesse chiaro in mente che, se non avesse seguito le regole, l'avrei diseredato.» A quelle parole, un sorriso fece una brevissima comparsa sul suo volto. «Forse lo avevo viziato, ma la paura di perdere quanto, fino a quel momento, aveva dato per scontato, fu abbastanza forte da fargli riconsiderare il proprio comportamento.» Armando si chiese se il commissario fosse a conoscenza del legame tra il furto di metadone e la morte di Antonio.

«Sa che un paziente di quello stesso centro morì due giorni dopo il furto?» lo provocò Scala.

«Credo di aver sentito qualcosa al telegiornale…ma non ricordo; in quel periodo la mia priorità era passare più tempo con Simone.»

Scala si morse le labbra; il modo in cui il sindaco continuava a guardarsi intorno, evitando il suo sguardo, tradiva il suo nervosismo e lo convinse che stesse nascondendo qualcosa. Ogni movimento del suo corpo contraddiceva le sue parole e Scala ne prendeva scrupolosamente nota. "Sarà una cosa importante di cui discutere durante la riunione con la mia squadra e con Romizi, più tardi. Credo che riusciremo a ricavare maggiori informazioni dai suoi gesti piuttosto che dalle sue parole" pensò.

«Ha fretta?» chiese improvvisamente Scala, per far sì che il sindaco sapesse che il suo disagio era decisamente evidente.

«N-no, perché me l'ha chiesto?»

«Perché si comporta come se la sua sedia fosse in fiamme. Se ha un impegno urgente o una riunione alla quale presenziare, me lo dica pure, possiamo fissare un altro appuntamento.»

«Non ho fretta, è solo che…» Armando si mise la testa tra le mani. «Sono ancora scosso dalla morte di Simone. Non riesco ancora a credere che qualcuno lo abbia ucciso, e non riesco ad immaginare il motivo che possa aver spinto qualcuno a fare una cosa simile. Simone era una persona tranquilla e non avrebbe mai fatto del male ad alcuno.»

«Forse lei non conosceva bene suo figlio e chissà, magari qualcuno lo ha considerato responsabile della morte di quel paziente.»

Armando raggelò, sbalordito. "Lui sa tutto, e sta solo aspettando che io confessi," pensò.

«Come?» bisbigliò.

«Non so, sto solamente facendo delle ipotesi, valutando delle possibilità. Sembra chiaro che questi tre omicidi abbiano un comune denominatore, che potrebbe essere il centro di recupero. Dal momento che il furto di metadone lo collega ad esso, temo ci sia qualcosa di più dietro. Lei è l'unico a poterci aiutare in questa indagine, e se ha qualcosa da dire, qualsiasi ricordo che possa aggiungere una tessera alla nostra indagine, le sarei estremamente grato se lo condividesse con me. Stiamo parlando di una persona che presumibilmente intende uccidere tutti coloro che, in un modo o in un altro, sono stati coinvolti in quel furto, lei incluso.» Scala teneva gli occhi fissi in quelli di Armando, sperando comprendesse la gravità della situazione.

"Non è il momento di nascondere qualcosa perché potrebbe causare uno scandalo; deve collaborare con me," lo pregò silenziosamente.

Il sindaco sembrò soffocare, mentre la sua fronte si imperlò di sudore. «Deve credermi, non ne ho idea. Simone è morto e adesso lei mi dice che anch'io potrei essere nel mirino del suo assassino, non so cosa dirle.»

«Le credo, e non la sto accusando di niente. Comprendo come si sente; volevo solamente spiegarle che, in casi come questo, anche il dettaglio più insignificante può fare la differenza tra avere questo assassino in cella e avere altri corpi da seppellire.»

Armando chiuse gli occhi, cercando di riprendere il controllo del battito del suo cuore, doveva assolutamente trovare una via d'uscita.

«Ha ancora molte domande?» bisbigliò.

«No, signor sindaco, per il momento credo di avere abbastanza dati sui quali lavorare. Comunque, spero di avere la sua piena collaborazione nell'eventualità avessi altre domande,» disse il commissario, interrompendo la registrazione.

«Certamente. La prego di perdonare il mio comportamento, ma purtroppo avrò bisogno di tempo per superare questa disgrazia.» Si alzò dalla sedia, pronto ad andarsene. Aveva bisogno di parlare da solo con la moglie, adesso che c'erano in gioco le loro vite.

Rimasto solo nell'ufficio, Scala chiuse gli occhi. «Chi è l'assassino?» si chiese per l'ennesima volta.

Quando controllò l'ora, si rese conto che l'incontro con il sindaco era durato più del previsto e presto Milani, Silvani e Romizi sarebbero arrivati per la riunione.

Si alzò e andò a controllare al computer se ci fossero notizie dal criminologo relativamente alla calligrafia dello sconosciuto che aveva scritto il messaggio nel quaderno di sua figlia.

Deluso dalla mancanza di notizie, si lasciò cadere sulla sedia e, proprio in quel momento, la porta si aprì e Romizi fece capolino da dietro di essa.

«È tutto così silenzioso qui che ho voluto accertarmi che fossi ancora vivo,» scherzò, entrando, seguito da Milani e Silvani.

«Stavo riflettendo,» rispose Scala, distogliendo lo sguardo dallo schermo del computer. «Sediamoci all'altro tavolo, non vedo l'ora di conoscere le novità.»

«Chi inizia?» chiese Milani, una volta che furono tutti seduti.

«Puoi iniziare tu, se lo desideri» disse Scala, aprendo il proprio taccuino per prendere appunti.

«Ho avuto un'interessante discussione con don Alvaro, sebbene l'unica cosa che sono riuscita ad ottenere sia stata una scarna descrizione dell'uomo misterioso; età indefinita, ma probabilmente non più di cinquant'anni,» iniziò, prendendo il proprio taccuino. «Aveva una voce profonda, era alto circa un metro e ottanta ed aveva le spalle larghe. Non è riuscito a dirmi con certezza se fosse muscoloso o semplicemente grasso, ma propende per la prima. Indossava un cappuccio nero senza alcun logo o simbolo particolare, ma ha ammesso di non avere prestato attenzione ad eventuali marchi o simboli.»

«Interessante. Mi ricorda le registrazioni delle telecamere di sicurezza sulla seconda scena del delitto, in Corso Francia. Anche loro registrarono un uomo con un cappuccio nero,» mormorò Scala. «Ha saputo dirti qualcosa relativamente ai pantaloni, se fossero jeans o un altro tipo particolare? E le scarpe?»

«Non aveva prestato attenzione alle scarpe, ma è sicuro che abbia indossato un paio di jeans neri, ed anche in questo caso, non ha fatto caso alla marca; ovviamente, era più interessato ad ascoltare quanto aveva da dirgli. Quando chiese all'uomo il motivo per il quale non volesse confessarsi, lui disse che ancora non aveva finito di uccidere e che, probabilmente, non era nemmeno pentito delle proprie azioni. Quindi si era alzato e se ne era andato.»

Scala annuì, pensieroso. «Evidentemente, abbiamo un assassino a sangue freddo a piede libero, e dobbiamo assolutamente fermarlo, dal momento che sembra intenzionato ad inviarmi altre lettere d'amore. Hai controllato se nei registri delle chiamate di Sandro e della signora Masti fossero presenti telefonate da e verso le stesse utenze?»

Milani sfogliò le pagine del suo taccuino e scosse la testa. «No, niente di sospetto. Tutte le chiamate erano dirette o provenivano dai loro contatti abituali, sia a livello professionale che privato.»

«Magari potrebbe interessarti sapere le conclusioni cui è arrivato il nostro criminologo, relativamente all'ultimo messaggio dell'assassino,» disse Romizi, aprendo una cartellina. «L'uomo ha provato a modificare la propria calligrafia; forse per scrivere più chiaramente per i bambini, oppure per fingere di essere qualcun altro. Un altro dettaglio importante è che era decisamente nervoso. Il dottor Lemmi ha ipotizzato che lo fosse perché sapeva che non avrebbe dovuto essere lì con i bambini e temeva che qualcuno lo scoprisse. Diversamente, per scrivere il messaggio per te nell'ultima pagina, ha utilizzato il solito normografo; quindi, non c'è modo di stabilire se chi ha scritto le parole per i bambini per insegnare loro a scrivere e l'autore del messaggio per te siano la stessa persona, sebbene sia un'ipotesi concreta,» disse Romizi, chiudendo la cartellina ed allungandola verso il commissario.

«Questo ci porta al sostituto bidello. Cosa hai scoperto dall'incontro con il signor Neri?» chiese Scala, voltandosi verso Silvani.

«Non è lui l'assassino. Il signor Neri è un uomo minuto, sicuramente energico, ma niente a che vedere con l'individuo alto e robusto descritto da sua figlia e dal prete o l'uomo ripreso dalle telecamere di sorveglianza della palazzina dove viveva la signora Masti. C'è, però, un dettaglio decisamente strano; gli era stato detto dall'agenzia interinale che avrebbe dovuto lavorare per una settimana, ma, all'ultimo minuto, gli ultimi due giorni furono cancellati."

Scala rimase in silenzio, riflettendo su quell'ultimo dettaglio.

«Quindi, possiamo dedurre che l'assassino abbia preso il posto del signor Neri per un paio di giorni per avvicinarsi a mia figlia e fare in modo che ricevessi il suo messaggio. A questo punto, l'assassino potrebbe essere un dipendente dell'agenzia interinale, o un uomo con uno stretto legame con uno di loro,» concluse Scala; quindi, si alzò e andò alla finestra, dove rimase a lungo a guardare fuori, mentre il resto della squadra, in religioso silenzio, mantenne gli occhi fissi su di lui, in attesa che dicesse qualcosa.

«Silvani, il signor Neri ti ha detto chi lo aveva informato della variazione del suo ingaggio?» chiese, infine, senza distogliere lo sguardo dalla strada.

«Mi ha riferito che l'agenzia ha un sistema automatizzato che provvede ad inviare mail in questi casi. Secondo il suo racconto, del quale non ho motivo di dubitare, mercoledì sera ha ricevuto un messaggio in cui gli si comunicava che la sua sostituzione alla scuola d'infanzia era terminata. Dal momento che la mail non indicava il motivo ed il dirigente non lo aveva chiamato, ritenne che non fosse riconducibile ad una sua mancanza, quanto, magari, al rientro anticipato del loro bidello,» rispose Silvani.

«Uhm,» mugugnò Scala, tornando a sedersi. «Dobbiamo intanto verificare se l'assassino è qualcuno che lavora lì.»

«Un'ultima cosa,» disse Milani. «Come mi aveva chiesto, ho anche controllato il registro dei medicinali, confrontando le dosi in entrata e quelle effettivamente utilizzate, per vedere se ci fosse stato qualche ammanco. Purtroppo, ci è voluto del tempo per ottenere il mandato, quindi, nel frattempo, i registri potrebbero essere stati falsificati.»

Scala appoggiò i gomiti sul tavolo, intrecciò le mani e vi appoggiò il mento. «E quale è stato il risultato?»

«Tutto era in regola ed in ordine, quindi, apparentemente, tutte le dosi rubate furono recuperate.»

«Ma?»

«Ma l'istinto mi dice che qualcosa si nasconde dietro i documenti attestanti la restituzione di tutte le dosi. So che il mio istinto non costituisce una prova...ma non so come spiegarlo. Ho la sensazione che lì ci sia qualcosa, ma che mi sia sfuggita,» si rammaricò Sandra. «Non so nemmeno se il mio ragionamento abbia un senso.»

«Direi proprio di sì; in quella struttura è successo qualcosa di estremamente sospetto.»

«Sembra che ci stiamo avvicinando...» esclamò, sorridendo, Romizi.

«Hai ragione. Credo che il nostro assassino possa avere intenzione di arrendersi, una volta portata a termine la sua vendetta, oppure ci sta fornendo degli indizi casuali per vedere se e come scopriremo la sua identità; magari spera che riusciremo a fermarlo,» rifletté Scala, con aria pensierosa. «Farò mettere la chiesa di Santa Maria dell'Anima sotto sorveglianza, nel caso in cui l'uomo del mistero decida di tornare a trovare don Alvaro; poi tornerò a far visita al dottor Russo, all'agenzia interinale, per chiedere la lista dei loro dipendenti, nonché di chiunque abbia accesso agli uffici; tutti sono sospettati. Adesso potete tornare ai vostri compiti, anzi, vista l'ora, alle vostre case.»

CAPITOLO 19

La notte era calata sulla città, e dopo una giornata particolarmente impegnativa, don Alvaro stava tornando a casa per il meritato riposo.

Nonostante fosse passato del tempo dal giorno dell'incontro con l'assassino di Simone, il sacerdote era ancora addolorato per quella morte. Soprattutto, per non essere riuscito a salvarlo convincendolo a confessare tutto alla polizia.

In quella storia complicata, Simone era stato sia colpevole che vittima, ma il suo pentimento era stato sincero e non si era dato pace per le conseguenze catastrofiche di quella che era nata come una bravata. Purtroppo, l'assassino aveva ritenuto di doversi vendicare anche di lui.

Da parte sua, don Alvaro era consapevole di ignorare ancora molti dettagli di quella tragedia per poter dire chi avesse avuto più o meno colpe, e, del resto, la sua missione non era quella di giudicare.

Non riusciva, però, ad evitare di preoccuparsi per le altre persone ancora verosimilmente nel mirino dell'assassino.

Quando accese la luce, si ritrovò nell'accogliente ambiente, a lui ormai familiare, che aveva imparato a chiamare casa; era un semplice appartamento di due stanze con una piccola cucina, niente di ricercato o ampio, ma era più che sufficiente per le sue necessità.

Improvvisamente, un rumore ruppe il silenzio che regnava in casa. Non era arrivato dall'appartamento dei vicini ma dalla cucina, ancora avvolta nell'oscurità. Don Alvaro pensò che probabilmente, un topo, un gatto randagio o un piccione fosse entrato dalla finestra; sapeva bene che gli animali diventano molto creativi quando si tratta di entrare da qualche parte per cercare del cibo.

Ridacchiando tra sé, si diresse verso la cucina. Quando fece per accendere la luce, una voce conosciuta risuonò nella stanza.

«Non l'accenda, reverendo!»

Sorpreso, don Alvaro si bloccò sulla porta, rimanendo in silenzio per alcuni istanti. Non ebbe bisogno di chiedere chi fosse, avrebbe riconosciuto quella voce in mezzo a mille altre; da quando Simone era stato ucciso, l'aveva sentita in sogno ogni notte.

«Perché sei qui?» chiese don Alvaro, certo di non essere sulla sua lista di persone di cui vendicarsi.

«Voglio confessarmi, ma ho visto che la chiesa è sotto stretta sorveglianza e non posso rischiare di essere preso, non ancora.»

«Di solito, le persone vengono a confessarsi quando si rendono conto di aver fatto qualcosa di sbagliato e sono intenzionate a non ripetere lo stesso errore. Una confessione...»

«Lo so, reverendo, lo so,» rispose l'ombra seduta vicino alla finestra. «Non mi diverte uccidere le persone, ma ogni mezzo diventa lecito quando si tratta di procurare giustizia a coloro che a chiesero invano. Se Simone non avesse rubato quelle dosi, Antonio non sarebbe morto. Se suo padre non avesse provato ad insabbiare quel gesto irresponsabile, terrorizzando i genitori di Antonio e minacciandoli di portare loro via tutto se non avessero tenuto la bocca chiusa, mia zia non avrebbe avuto alcun motivo di ribellarsi a quell'ingiustizia, e non sarebbe stata uccisa...Come vede, loro sono degli assassini decisamente peggiori di me. La giustizia non sarebbe stata in grado di dare pace alle anime di Antonio e di mia zia; quindi, ho dovuto intervenire e dare loro un assaggio dell'orrore che avevano causato.»

Don Alvaro chiuse gli occhi. «Figliolo, la vendetta non riporterà alcuna delle vittime in vita ed è un concetto che non appartiene più ad esse. Non stai uccidendo per vendicare loro, quanto, piuttosto, per sedare il dolore che la loro perdita ti ha causato.»

«E qual è la differenza? A prescindere dal motivo, alla fine, tutti moriranno, ed io non ho intenzione di fuggire le conseguenze delle mie azioni, né davanti alla legge, né a Dio. Sarò sempre responsabile di quello che ho fatto, e ora è troppo tardi per ritirarmi. Un omicidio non è meglio di dieci,» disse, prendendo un profondo respiro.

«Spero solamente che tu interrompa questa follia e ti consegni alla polizia. Stanno investigando sulle morti di Antonio e di sua madre, e questo grazie alle informazioni che hai fatto pervenire loro, così il responsabile avrà la giusta punizione. Un giorno moriranno e dovranno affrontare la giustizia divina, ma non dipende da te.»

L'uomo rifletté su quelle parole e dovette ammettere che avevano un senso; tuttavia, non aveva più il controllo della rabbia e dell'amarezza che continuavano a crescere dentro di lui e, forse, Dio non lo avrebbe mai perdonato, come non lo avrebbero mai fatto gli uomini. "Quindi, qual è la differenza?" si chiese, di nuovo.

«Reverendo, è troppo tardi, per interrompere il mio piano. Ma se lei riuscisse, anche solamente in parte, a comprendere il mio dolore, la pregherei di dire una preghiera per la mia anima ogni notte, affinché un giorno anche Dio riuscirà a perdonarmi.» Quindi, aprì la finestra e saltò fuori, fuggendo attraverso i tetti delle altre case.

«Aspetta!» lo chiamò don Alvaro, ma era troppo tardi, l'uomo misterioso era già sparito nella notte.

«Pregherò per la tua anima,» bisbigliò.

***

Più tardi, quella stessa sera, Armando Bonacci e sua moglie Carla arrivarono a casa di Giorgio ed Antonella, dove era già arrivato il loro figlio Giulio; dovevano riflettere su quale fosse la soluzione migliore per evitare altri omicidi.

«Mi dispiace per quanto accaduto a Simone,» disse Giulio. «È stato un errore mantenere tutto segreto, non avremmo dovuto nascondere la vera causa della morte di Antonio. Adesso, però, mi angoscia dover scegliere tra l'andare in prigione per aver partecipato all'uccisione di sua madre e l'essere ucciso da questo pazzo; onestamente, non mi piace alcuna delle due.»

«Nessuno di noi vuole morire, ma in questo momento, rimuginare e pentirsi dei nostri errori non ci sarà di alcun aiuto. Dobbiamo trovare una soluzione che ci metta al sicuro da qualsiasi incriminazione e dall'assassino,» disse Giorgio.

Carla scosse la testa. «Le uniche persone a non rischiare niente siamo Antonella ed io, anche se abbiamo mantenuto il vostro segreto. Siete voi tre a rischiare molto; assieme decideste di uccidere la signora Giuliani per evitare che raccontasse la verità, anche se l'omicidio lo commisero solamente Giorgio e Giulio.»

«Siamo tutti a rischio, dal momento che ognuno di noi è nel mirino dell'assassino. Io preferisco andare in prigione, piuttosto che essere ucciso,» mormorò Giorgio.

«Quindi, cosa facciamo? Andiamo alla polizia e confessiamo tutto in modo da evitare di essere le prossime vittime, oppure continuiamo a giocare a questa roulette russa?» chiese Armando.

«Magari se ci costituissimo, l'assassino potrebbe ritenere che abbiamo avuto ciò che meritavamo e smetterebbe di darci la caccia. Alla fine, si costituirà...» ipotizzò Giulio.

«E ci ucciderà tutti in prigione...Perfetto!» esclamò Giorgio, sbattendo il pugno sul tavolo. «E cosa mi dite di Luana?»

Antonella lo guardò, socchiudendo gli occhi. «Cosa c'entra Luana in tutto questo?»

«Non ci arrivi? Se questa storia venisse fuori, quale futuro l'aspetterebbe?» gridò Giorgio, mentre la sua voce riecheggiò, raggiungendo ogni angolo della stanza. «Sta uscendo da una situazione difficile; una volta fuori dal centro di recupero, avrà bisogno di stabilità, di una famiglia presente per lei, di buoni esempi da seguire...»

«Sicuramente, ottimi...» esclamò Antonella, sarcasticamente.

«Nessuno di noi può essere definito un buon esempio, ma dobbiamo pensare alla sua stabilità mentale; cosa ne sarebbe di lei?» chiese Giorgio, con voce disperata.

Armando annuì. «Giorgio, sarà Antonella ad occuparsi di lei e a darle tutto ciò di cui avrà bisogno. Ho perso mio figlio, non voglio che altri si trovino in questa situazione.»

Giulio dovette convenire che, probabilmente, quella era la soluzione migliore, anche se ne era terrorizzato. La sua vita non sarebbe stata la stessa dopo che avessero confessato. Nemmeno il migliore degli avvocati avrebbe potuto salvarli da quindici anni di carcere. "Ho venticinque anni, uscirei che ne avrei quaranta; perderei tutto…" pensò, mentre una lacrima scese lungo il suo viso.

Rimasero in silenzio per un po', quindi Armando guardò Carla ed Antonella. «Fareste bene ad andarvene. Così che, quando tutto questo sarà finito, voi potrete occuparvi delle famiglie. Non c'è bisogno di distruggere tutto quello che abbiamo costruito fino adesso, e non ci sono mani migliori delle vostre per tenere insieme i pezzi di ciò che rimarrà di noi.»

Antonella rifletté, giungendo alla conclusione che, probabilmente, fosse la soluzione migliore per ognuno di essi. "Tutti noi vogliamo il meglio per i nostri figli, ma la realtà è che la maggior parte delle volte, nemmeno noi sappiamo come vivere le nostre vite, non abbiamo tutte le risposte e non siamo infallibili," rifletté.

«Credo abbia ragione,» disse, voltandosi verso Carla. «Luana… avrà bisogno di tutta la mia forza e del mio amore per affrontare questa situazione. Probabilmente riusciremo a chiarire tutti gli equivoci del passato e ricostruire una vita familiare serena. Abbiamo permesso che la situazione ci scivolasse di mano, e ci vergogniamo profondamente per come abbiamo agito, ma lei non dovrà pagare per i nostri errori.»

Carla non rispose, limitandosi a prendere un profondo respiro; si chiese se quella fosse la soluzione migliore per mettere la parola fine a quella situazione ormai insostenibile. Si alzò in piedi, guardando tutti gli altri seduti al tavolo. «Spero che sappiate cosa state facendo e quali saranno le conseguenze. Ma avete ragione, la situazione sta diventando decisamente pericolosa, ed è sempre meglio finire in prigione, piuttosto che al cimitero.»

«Dalla prigione potremo almeno sperare di uscire, un giorno, mentre una volta sotto terra...» disse Giorgio.

«Quanto siete bravi con le parole, ma io non voglio rischiare di finire in prigione per il resto della vita. Ho partecipato all'omicidio della madre di Antonio,» esclamò Giulio con voce tremante. «So che non possiamo continuare a mettere a rischio le nostre vite, e che, dopo tutto, meritiamo la giusta punizione per quanto abbiamo fatto...È solo che...»

Giorgio prese la mano di Giulio, stringendola forte a sé. Non aveva parole per consolare il figlio, tutto stava crollando e non c'era niente che potesse fare per evitare la catastrofe.

«Quindi, come facciamo?» chiese, voltandosi verso Armando. «Parlerai al commissario e gli racconterai tutto?»

«Sì, lo chiamerò domani. Da questo momento in poi, dobbiamo stare attenti. Chiunque sia l'assassino, è ancora là fuori ad aspettarci.»

Antonella rifletteva. Avevano bisogno di un posto in cui essere al sicuro, così fece una proposta. «Questa notte dovremmo stare insieme, senza che alcuno di noi esca di casa, e se proprio dovremo andare da qualche parte, non lo faremo da soli.

Capisco che sembri paranoico, ma finché saremo in gruppo, questo pazzo dovrà riconsiderare le proprie mosse. In questo modo, domani potremo contattare la polizia senza che ci siano state altre vittime.»

In silenzio, gli altri rifletterono su quella proposta; anche se era un'idea estrema e paranoica, poteva avere un senso.

«Allora, siamo d'accordo,» disse Antonella, allontanandosi. «Vado a prepararvi la camera degli ospiti.»

Carla si precipitò verso di lei. «Lascia che ti aiuti, nessuno di noi deve restare solo e sto iniziando ad avere paura.»

CAPITOLO 20

Quella sera, miracolosamente, Scala era riuscito a tornare a casa ad un orario civile, così, in attesa della cena, era andato nel suo studio per fare il punto della situazione su quell'indagine.

Un'idea balenò improvvisamente nella sua mente e si voltò verso il computer per verificarla. In precedenza, aveva scaricato le informazioni relative ai parenti del signor Gasparri e di sua moglie, ma decise di controllarli nuovamente, nel caso avesse tralasciato qualche dettaglio importante.

Un nome catturò la sua attenzione, Lucio Giuliani; quel nome non gli era nuovo, era certo di averlo già sentito, ma non riusciva a ricordarsi quando o dove. Mordendosi il labbro inferiore, Scala aprì la sua scheda dove erano le copie dei suoi documenti, comprese le fotografie.

«Ma certo!» esclamò, battendosi una mano in fronte, «è l'uomo che incontrai al cimitero, il nipote di Annamaria Giuliani, la madre di Antonio.» Giovanna gli aveva detto che il suo principe azzurro portava i capelli lunghi legati in una coda di cavallo, mentre in quella fotografia erano corti; gli occhi, però, erano blu scuro, capaci di far breccia nel cuore di una donna e farla innamorare, esattamente come li aveva descritti la figlia.

Stampò il fascicolo dove era anche la fotografia e deciso a farla vedere subito alla figlia, si diresse nel soggiorno, dove Giovanna era intenta a guardare uno dei suoi cartoni animati preferiti. Si sedette vicino a lei e prese un profondo respiro. «Ho una domanda per te, guarda,» disse, mettendole il foglio sotto agli occhi. «Lo riconosci?»

Giovanna lo prese e lo esaminò a lungo, poi, quando fu sicura, lo restituì al padre, scuotendo la testa. «No, non so chi sia.»

«Non somiglia all'insegnante che ti ha insegnato a scrivere?» insistette Scala.

«Ha gli occhi blu, ma non ha gli stessi capelli, ed in questa fotografia questo tizio ha un aspetto buffo, mentre Lucio è bello.»

«Quindi l'unica cosa che hanno in comune sono solamente gli occhi blu? Nient'altro?» la incalzò.

«No,» rispose con aria convinta.

Scala si alzò e si diresse in cucina dove Anna era intenta a preparare la cena.

«La nostra principessa non ha riconosciuto il suo principe azzurro?» chiese la moglie, con un sorriso.

«Sono sicuro che l'uomo nella fotografia ed il suo insegnante siano la stessa persona, ma sembra che lei stia in qualche modo cercando di proteggerlo. Puoi accertartene quando l'accompagnerai a scuola, domani mattina? Quest'uomo potrebbe essere l'assassino, ed io voglio proteggere non solamente lei, ma anche tutte le altre persone sulla sua lista,» la pregò, sapendo che una madre conosce gli argomenti giusti per convincere una figlia a parlare.

«Certo, farò del mio meglio, ma non ti prometto niente. Se puoi lasciarmi la fotografia chiederò anche al personale; saranno più che contenti di aiutarmi,» rispose, con espressione preoccupata. «Ti chiamerò appena saprò qualcosa.»

Scala tornò nel suo ufficio; c'era la possibilità che avesse appena scoperto l'identità del misterioso assassino.

«Cosa fai nella vita?» chiese alla fotografia di Lucio sullo schermo del computer. «Non sei mai stato sposato e l'unico scopo della tua vita è stato quello di diventare una persona di successo…Oh, questo è interessante…» disse, quando arrivò allo storico della sua carriera lavorativa. «Lavori nella stessa agenzia interinale che fornisce il personale alla scuola di Giovanna; la tua posizione sta diventando decisamente scomoda, amico mio.»

Si ricordò di avere ricevuto il rapporto con la lista dei poligoni di tiro della città e dei loro frequentatori assieme a quella dei cittadini in possesso di porto d'armi; ma, in mancanza di un sospettato, non le aveva controllate approfonditamente. A Roma c'era un gran numero di armi da fuoco e cercare l'assassino solamente in base a quei dati, sarebbe stato più difficile che cercare un ago in un pagliaio. Adesso, però, aveva un sospettato, così decise di controllare se il suo nome fosse presente in quelle liste, partendo da quella dei frequentatori dei poligoni di tiro.

Con disappunto, Scala scoprì che il suo nome non appariva.

«Quella del voler frequentare un poligono di tiro è la scusa più utilizzata per ottenere il porto d'armi in breve tempo e, conseguentemente, acquistare un'arma. Magari, si è esercitato in un campo isolato di qualche amico,» pensò, senza distogliere gli occhi dallo schermo.

Quindi, aprì la lista più promettente, quella dei possessori di porto d'armi; scorse lentamente l'elenco, fino quando il suo sguardo individuò il nome che aveva sperato di trovare. Lo lesse due volte e, quando fu certo di aver letto correttamente, un ampio sorriso gli illuminò il volto; Lucio Giuliani. Temendo di essersi imbattuto in un omonimo, aprì la sua scheda per controllare la fotografia.

«T'ho beccato!» esclamò, mandando in stampa le due pagine.

Si alzò dalla sedia e prese a camminare per la stanza, riflettendo. «Dunque, abbiamo un parente delle due vittime che cinque anni fa ha ottenuto il porto d'armi. Sebbene questi due indizi non siano sufficienti per incriminarlo di omicidio, non si può negare che Lucio Giuliani abbia avuto sia il movente sia l'accesso alle armi da fuoco,» continuò, misurando con larghi passi la stanza da una parete all'altra.

«Aspetta!» disse, fermandosi bruscamente. «Che tipo e quante armi possiede?» si chiese, correndo al computer.

«L'arma del primo delitto era una calibro 9, quindi...» rifletté, mentre controllava nelle liste che gli aveva fornito Milani. «Bingo! Abbiamo una Glock 17 ed un Beretta 694. Sicuramente entrambe furono acquistate per divertirsi durante i fine settimana, ma, in seguito, deve aver pensato che potevano essere utili anche per altri scopi.»

Prese un profondo respiro. Gli indizi che aveva in mano non erano ancora sufficienti per accusarlo formalmente, ma avevano fatto fare un importante passo avanti all'indagine.

«Lucio Giuliani possiede un'arma compatibile con quella utilizzata dall'assassino per uccidere Sandro,» rifletté Scala, riprendendo a camminare per la stanza. «È stato appurato che Antonio Gasparri, cugino di Lucio, fu ucciso da una dose letale di metadone vendutagli da Simone Bonacci, quindi, Lucio potrebbe avere ucciso quest'ultimo per vendicare la morte di Antonio. Se così fosse, non si spiegherebbero, però, gli altri due omicidi. Sandro era un volontario al centro di recupero dove Simone era in cura; forse Lucio lo ha ucciso perché era stato a conoscenza dell'accaduto, ma aveva preferito restare in silenzio?» si chiese. «Potrebbe essere, ma l'altra vittima? La signora Masti si era data molto da fare per la famiglia di Antonio; li aveva salvati dalla vita da senzatetto, trovando loro una casa, e un lavoro regolare al padre, garantendo così un'entrata fissa alla famiglia, perché Lucio avrebbe dovuto ucciderla?»

Aveva la sensazione che qualcosa di importante gli stesse sfuggendo; forse un segreto custodito da tutte le persone coinvolte, in un modo o in un altro, nel furto di metadone. «Ricapitolando, Lucio Giuliani lavora alla società interinale che fornisce il personale alla scuola dell'infanzia L'Allegro Anatroccolo. Il direttore della scuola chiese un sostituto bidello per una settimana perché il loro era a casa malato. L'uomo che avrebbe dovuto effettuare la sostituzione era il signor Neri che, dopo aver regolarmente iniziato a prestare servizio, fu improvvisamente ed inspiegabilmente sostituito da qualcuno somigliante a Lucio Giuliani. Questo sconosciuto avvicinò mia figlia e ne conquistò la fiducia con il fine di farmi avere l'ennesimo messaggio da parte dell'assassino. Credo che il cerchio si stia chiudendo, e se domani mattina Giovanna mi confermerà che Lucio Giuliani è la persona che le ha insegnato a scrivere, avremo fondati motivi per interrogarlo. Credo di essere molto vicino alla soluzione di questo mistero. Ho solamente bisogno di alcune conferme ai miei sospetti, dopodiché presumo che molte teste cadranno."

CAPITOLO 21

Carla fu la prima a svegliarsi. Erano da poco passate le tre e le ci vollero alcuni istanti per ricordarsi dove si trovasse e cosa fosse successo la sera precedente, quando avevano deciso di rimanere insieme.

Sedette sul letto, guardando il marito che stava ancora dormendo. Le sembrò di vivere un incubo; mai in vita sua avrebbe pensato di diventare il bersaglio del pazzo che aveva ucciso suo figlio.

Gli occhi le si riempirono di lacrime ricordando il volto di Simone. Tutti loro erano stati consapevoli che fosse sbagliato nascondere quel furto, ma nessuno avrebbe potuto prevedere che la situazione sarebbe precipitata in modo tale da diventare una trappola mortale per tutti.

Prese il suo portafoglio dal comodino, dove teneva una foto del figlio assieme ad un'immagine sacra di San Francesco.

«Perdonami,» bisbigliò, piangendo in silenzio. «Non sarebbe dovuta finire così; volevamo solamente dimenticare quella stupidaggine ed andare avanti con le nostre vite.»

Cercò di smorzare i singhiozzi, per non svegliare nessuno; quelle lacrime erano solamente per Simone e per lei, non intendeva condividerle con alcuno.

Il leggero tocco della mano del marito sulla sua spalla la confortò, e quando le si avvicinò per abbracciarla, la sua solitudine e disperazione finalmente si placarono. «Mi dispiace di aver preso la decisione sbagliata; non avrei potuto immaginare...» bisbigliò teneramente.

«Come potrò vivere senza di lui?» chiese Carla, stringendosi al marito.

Armando non aveva una risposta a quella domanda. Sapeva che il dolore non li avrebbe mai abbandonati; e, soprattutto per lei, sarebbe stato penoso vivere senza il figlio. "È difficile andare avanti con la propria vita quando non ne hai più una," pensò.

Continuarono a stringersi a lungo, finché non ebbero più lacrime da versare ed i rumori nelle altre stanze ricordarono loro di non essere soli.

Carla si alzò e andò in bagno per rinfrescarsi. Doveva andare a casa prima possibile, per fare una doccia e cambiarsi d'abito. Inoltre, doveva riorganizzare la propria vita, e chiedere quando le sarebbe stato restituito il corpo del figlio per organizzare il funerale. Non era il momento delle lacrime, ma di proteggere quanto rimasto della sua famiglia e della sua vita.

Andarono in soggiorno, dove trovarono anche gli altri; nessuno sembrava avere niente da dire. Ognuno si sentiva egualmente responsabile per quanto accaduto ed era consapevole di meritare la vendetta di chiunque volesse giustizia per le morti di Antonio e di sua madre, ma speravano che ci fosse un altro modo oltre la morte. A causa dell'omicidio di due persone, altre tre avevano perso le loro vite, quelle meno coinvolte nel caso.

"Sandro è stata la prima vittima," pensò Giulio. "È stato ucciso perché sapeva la verità ma aveva mantenuto la sua promessa di non parlarne con alcuno. Poi è arrivato il turno di Loredana. Fu lei a convincere Annamaria e suo marito a rimanere in silenzio ed a sostenere Armando quando lui li minacciò di togliere loro tutto quello che avevano ricevuto dal fondo, lavoro incluso. Fu una mossa meschina, e avremmo dovuto contestarla. Poi, è stata la volta di Simone... Dal momento che lui era direttamente coinvolto nella morte di Antonio, devo presumere che la prossima persona della lista sia io."

«A cosa stai pensando?» chiese Giorgio, vedendo Giulio immobile al centro della stanza, immerso nei propri pensieri.

«Sono il prossimo...» disse, con voce tremante, voltandosi verso il padre.

«Nessuno sarà il prossimo,» disse Giorgio, prendendolo per le spalle. «Questa storia finisce adesso.»

Quindi, si voltò verso gli altri. «Armando ha ragione, siamo finiti in un vicolo cieco e dobbiamo fare il possibile per rimanere vivi. A questo punto, niente è più importante delle nostre vite, ed avremmo dovuto pensarci prima.»

«È inutile recriminare sul passato; dobbiamo pensare al nostro presente ed al futuro,» disse Antonella. «L'assassino crede che non andremo a confessare alla polizia quello che abbiamo fatto, e questa cosa ci dà un chiaro vantaggio su di lui, vantaggio che dobbiamo usare. Lui è probabilmente qui intorno, pianificando come arrivare a Giulio; dobbiamo fare in modo che non ci riesca.»

Carla annuì. «Antonella ha ragione, Armando. Per favore, chiama il commissario e digli di venire qui subito. Non c'è tempo da perdere, ogni secondo che attendiamo, è un secondo di vantaggio che diamo all'assassino... La morte di Simone è stata troppo per me, non riuscirei ad affrontarne un'altra.»

Il suono di un applauso li fece voltare in direzione del corridoio che portava alle camere. Tutti sussultarono alla vista di una figura vestita di nero. La sua testa era coperta dal cappuccio di una felpa, il suo volto da una maschera del tipo di quelle usate dai motociclisti ed un paio di jeans neri completavano il suo abbigliamento.

L'uomo, continuando ad applaudire, si diresse verso di loro. «Era una buona idea, peccato che io fossi un passo avanti a voi,» disse, estraendo una pistola dalla tasca della felpa. «Giulio ha ragione, è lui il prossimo, ma dal momento che sono qui, con tutti gli assassini davanti a me, non posso lasciarmi sfuggire l'occasione di uccidervi tutti.»

I cinque erano paralizzati dalla paura. «Lascia Carla ed Antonella fuori da questo. Loro non c'entrano con quanto accaduto. Se stai cercando i veri colpevoli, siamo Giulio, Giorgio ed io,» disse Armando, sapendo che, ormai, non c'era modo per avere salva la vita.

L'assassino guardò i tre uomini, immobili come statue di sale.

Carla si strinse ad Antonella, cercando in quell'abbraccio di trovare la lucidità che le permettesse di escogitare un modo per salvare le vite di tutti i presenti.

Serrando la mascella, l'uomo nascosto sotto al cappuccio sapeva che tutti si aspettavano che si sarebbe preso del tempo per tormentare le sue vittime. "Sfortunatamente, questo non è un film di Hollywood, dove il criminale perde tempo spiegando le proprie ragioni, dando così l'opportunità a qualcun altro di intervenire e salvare la situazione. Ho altre cose a cui pensare e devo andarmene prima possibile da qui, per evitare di essere preso," pensò.

«Spero che abbiate recitato le vostre preghiere,» disse, alzando la pistola. Il primo ad essere colpito fu Giulio, seguito da Armando; entrambi morirono all'istante. Quindi, puntando la pistola verso Giorgio, sparò, colpendolo ad una gamba. «Ti lascio vivo affinché confessi tutto,» disse e, senza attendere un secondo in più, scomparve nello stesso modo in cui era arrivato.

Il chiarore dell'alba che fece timidamente capolino all'orizzonte, sorprese l'assassino mentre scendeva dalla scala esterna, per poi dileguarsi nella foschia.

Nel soggiorno, le grida di Carla e Antonella si innalzarono disperate, rompendo il silenzio che aveva regnato fino a pochi istanti prima nel condominio, e svegliando gli altri residenti.

Cercando di ignorare il dolore lancinante alla gamba, Giorgio si trascinò a fatica verso il suo cellulare caduto a terra vicino al tavolo per chiamare un'ambulanza e la polizia. "È finito," pensò, "tutto è ormai finito".

Con le mani che gli tremavano e ancora negli occhi l'orrore per aver visto uccidere il figlio Giulio e Armando a sangue freddo, dovette faticare a lungo prima di riuscire a comporre il 112.

***

Lo squillo del cellulare che Scala teneva sempre vicino a sé, lo svegliò di soprassalto, come se fossero state le campane del giudizio universale.

«Ma che...» mormorò afferrandolo, ed uscendo dalla camera.

«Scala... o almeno credo,» rispose, ancora mezzo addormentato.

«Commissario, c'è un'emergenza,» lo informò un agente. «Il signor Rasi ci ha chiamato da casa sua; un uomo non meglio identificato si è introdotto nell'abitazione e ha ucciso suo figlio Giulio e il sindaco Bonacci, mentre il signor Rasi è stato ferito ad una gamba. La scientifica, il 118 e la polizia mortuaria sono già state avvisate e si stanno dirigendo sul luogo.»

«Non identificato, ma non sconosciuto,» borbottò Scala, vestendosi frettolosamente. «È lo stesso uomo che ha ucciso Sandro Marini, Loredana Masti e Simone Bonacci. Sarò lì prima possibile.»

Terminata la chiamata, a tempo di record fu fuori dal suo appartamento e corse verso l'auto; mise in moto e, incurante dei limiti di velocità e della sicurezza stradale, sfrecciò verso la scena del crimine.

Dopo aver parcheggiato l'auto difronte alla palazzina dove viveva la famiglia Rasi, prese un profondo respiro e si diresse verso l'ingresso, dove incrociò gli infermieri che stavano portando via Giorgio Rasi in barella.

«Aspettate un attimo,» ordinò. «Quali sono le sue condizioni?»

«Gli hanno sparato ad una gamba, ma la ferita non è profonda; considerata la precisione con la quale l'assassino ha esploso gli altri colpi verso le altre due vittime, credo che il suo intento fosse quello di ferirlo solamente, una sorta di avvertimento o qualcosa del genere,» rispose uno degli infermieri.

Scala si voltò verso l'uomo sulla barella. «Signor Rasi, non voglio trattenerla ulteriormente, ma le chiedo di ricordare quanto possibile, perché la sua testimonianza sarà fondamentale per identificare il sospetto.»

«Commissario, nemmeno in un milione di anni potrei dimenticare un tale orrore,» rispose Giorgio, con voce tremante per il dolore e la stanchezza.

Proprio in quel momento, arrivò anche la polizia mortuaria e si dispose in attesa del via libera della squadra della scientifica per portare i corpi all'obitorio.

Quando Scala raggiunse l'appartamento, vide due donne fuori dalla porta che bisbigliavano tra loro. Riconobbe subito la signora Antonella Rasi, la madre di Luana ed immaginò che l'altra fosse la signora Bonacci, la vedova del sindaco.

«Commissario!» esclamò piangendo Antonella, appena vide Scala.

«La prego di accettare le mie condoglianze,» disse. Avere a che fare con i testimoni di un omicidio era la parte più difficile del suo lavoro. «Immagino lei sia la vedova del dottor Bonacci, giusto?» chiese, voltandosi verso Carla.

«Sì, commissario. Tutto è successo così repentinamente... Non abbiamo fatto in tempo a spiegare a...» si interruppe; il nodo che aveva alla gola le impedì di continuare, permettendole solamente di piangere.

«Io non sapevo...» continuò Antonella; in quel momento non era la signora elegante e sicura di sé che il commissario aveva incontrato assieme a Luana, al suo posto c'era una persona sconfitta, che aveva perso tutto e non riusciva a trovare una ragione per andare avanti.

«So che mi riterrete una persona insensibile in questo momento di dolore, ma devo farvi alcune domande; devo scoprire se ci sia anche un minimo indizio che potrebbe condurci ad identificare l'assassino,» disse, estraendo il taccuino dalla tasca. «Cosa potete raccontarmi di questa mattina?»

Antonella, con l'emozione a serrarle la gola, fece del suo meglio per riprendere il controllo di sé.

«È una lunga storia, commissario, e ci vorrà un po' di tempo per raccontargliela, mi limiterò agli ultimi sviluppi,» disse, prendendo un profondo respiro. «Ieri Carla e Armando sono venuti qui per parlare di come affrontare questo assassino. Armando, Giorgio e Giulio sapevano che era sulle nostre tracce, quindi abbiamo pensato che, se fossimo rimasti assieme, avremmo avuto maggiori possibilità di restare vivi.» Fece una breve pausa, stringendo la mano di Carla.

Scala sapeva che le due donne avevano molto di più da raccontare; quindi, provò a grattare la punta di quell'iceberg. «Non avete tempo per parlarne adesso?» chiese.

Antonella si guardò intorno; i componenti della squadra della scientifica si muovevano in un continuo viavai, mentre gli altri residenti del condominio, sebbene tenuti a debita distanza per non contaminare la scena del crimine, rappresentavano una presenza invadente.

«Ha ragione,» mormorò Scala. «Che ne dice se chiedo alla scientifica se c'è un posto in casa dove poter parlare?»

Incerta su come comportarsi, Antonella guardò Carla, come a chiedere consiglio; quindi, volgendo nuovamente lo sguardo verso il commissario, annuì. «Immagino sia l'opzione migliore.»

Senza attendere un attimo in più, Scala entrò nell'appartamento. «Romizi!» gridò.

Il collega si affacciò dalla porta del soggiorno, dove ancora erano i due corpi. «Hai, per caso, bisbigliato il mio nome?»

«Mi serve un posto dove poter parlare con le due testimoni; pensi ci sia un angolo dove metterci?» chiese, guardandosi intorno.

Romizi fece una smorfia. «Tutto l'appartamento è da considerare scena del crimine, dal momento che non sappiamo da dove sia entrato e uscito l'assassino. Sarebbe meglio se le portassi al commissariato.»

Carla lanciò un'occhiata ad Antonella, allontanandosi ulteriormente dal commissario. «Faremmo bene a non raccontare l'intera storia. Per quanto ne sappiamo, l'assassino considera terminata la sua vendetta; quindi, non siamo obbligate a raccontare tutto, dal momento che le nostre vite non sono in pericolo,» le bisbigliò all'orecchio.

«Hai ragione; poi parleremo con Giorgio e con un avvocato che ci dirà come sia meglio comportarci,» le rispose, sempre bisbigliando, Antonella.

Scala aveva bisogno di qualcuno al commissariato per poter interrogare contemporaneamente entrambe le testimoni; quindi, chiamò Sandra.

«Milani,» rispose, ancora addormentata.

«Milani, so che è presto, ma ho bisogno di lei al commissariato per un interrogatorio,» disse Scala. «Alcune ore fa, il dottor Bonacci e Giulio Rasi sono stati uccisi dal nostro assassino, mentre Giorgio Rasi è stato ferito ad una gamba e al momento si trova in ospedale. Bisogna interrogare le due mogli, le uniche testimoni; quindi, ho bisogno di lei in commissariato,» le spiegò.

«Tra un'ora sarò lì,» rispose Sandra, scattando fuori dal letto e correndo in bagno per prepararsi.

Quindi, Scala si voltò nuovamente verso le due donne. «A questo punto, non ci resta altro che andare in commissariato per raccogliere le vostre testimonianze, se non vi dispiace.»

Entrambe annuirono e lo seguirono.

Una volta arrivati, Scala raggiunse la stanza degli interrogatori, dove Milani li stava già aspettando.

Scala si voltò verso Antonella. «Signora Rasi, lei può seguire l'agente Milani, sarà lei a raccogliere la sua testimonianza, mentre io prenderò quella della signora Bonacci.»

Antonella annuì e seguì l'agente fuori dalla stanza.

Scala prese il taccuino e, con un sorriso, si voltò verso Carla. «Almeno qui non saremo interrotti e non ci sono orecchie indiscrete,» esordì. «Adesso, mi racconti cosa è successo ieri sera e questa mattina.»

Carla prese un profondo respiro. «Armando ed io siamo andati a casa di Giorgio e Antonella, dove era anche Giulio. Dopo gli omicidi, avevamo iniziato a temere che un pazzo avesse preso di mira le nostre famiglie; soprattutto dopo la morte di Simone...» la sua voce tremava e dovette interrompersi.

Scala non disse niente, continuando a prendere appunti.

«Decidemmo che sarebbe stato meglio rimanere tutti insieme e Antonella si offrì di ospitarci; speravamo che in questo modo saremmo stati al sicuro...»

«Cosa vi aveva fatto credere di essere tutti nel mirino dell'assassino?» chiese Scala. Quei dettagli dell'indagine non erano stati passati alla stampa, quindi quella convinzione doveva aver avuto necessariamente origine da qualcosa di cui loro erano a conoscenza.

Per un attimo, Carla si bloccò.

«La prima vittima dell'assassino fu Sandro, un ragazzo che aveva fatto il volontario al centro di recupero. Simone ci aveva spesso parlato di lui, dal momento che si conoscevano. La seconda fu la signora Masti, una donna che aveva collaborato con organizzazioni benefiche e che aveva conosciuto mio marito. Quindi, fu la volta di Simone che, nello stupido tentativo di mettersi in mostra e con l'aiuto di Giulio Rasi, aveva rubato delle dosi di metadone dall'infermeria del centro,» spiegò Carla. «Non era necessario un genio per giungere alla conclusione che l'assassino avesse preso di mira le nostre famiglie.» Il suo cuore batteva freneticamente nel petto e la piccola vena sul suo collo aveva iniziato a pulsare visibilmente. Durante le sue prolungate pause, Maurizio la scrutava non potendo fare a meno di notare il suo evidente disagio.

Dopo alcuni istanti in cui aveva fatto finta di prendere appunti, alzò gli occhi verso di lei. «Quindi, tornando ad oggi, a che ora l'assassino ha ucciso suo marito e Giulio?»

«Era poco prima del sorgere del sole, ma non ricordo l'ora precisa,» disse la signora Bonacci. «Mi ero svegliata che erano circa le tre e, non riuscendo a riprendere sonno, con Armando decidemmo di andare in soggiorno, dove trovammo anche Giulio, Giorgio e Antonella. Parlammo a lungo della situazione e, intorno alle cinque del mattino, un uomo con indosso una felpa nera con cappuccio e dei jeans scuri è apparso nel corridoio che porta alle camere. Indossava anche una maschera da motociclista che rendeva impossibile vedere il suo volto.» Carla fece una pausa, ricordando quei momenti di terrore, chiedendosi se si sarebbero potuti mai considerare al sicuro dalla furia dell'assassino. «Non ha parlato molto, oltre a dirsi contento di aver trovato tutte le vittime in un unico posto…»

Si strinse la testa tra le mani, incapace di trattenere oltre le lacrime.

Scala annuì, continuando a scrivere sul taccuino, per darle modo di ricomporsi.

Respirando profondamente, riprese il racconto. «Fu allora che iniziò a sparare: prima a Giulio, poi ad Armando. Quindi, voltandosi verso Giorgio, gli sparò alla gamba, dicendogli che lo stava risparmiando affinché raccontasse la storia.»

«Quale storia avrebbe dovuto raccontare?» chiese Scala.

«Non lo so,» rispose la signora Bonacci, con un filo di voce. Sperò che lasciando a Giorgio il compito di rispondere, avrebbero trovato un modo per uscire da quella situazione.

«Uhm… Immagino debba chiederlo a lui direttamente; ci andrò appena avremo finito.»

Scala sapeva che c'era qualcosa che la signora Bonacci non gli aveva detto e che l'unico modo per scoprire cosa fosse era quello di fare in modo che i due testimoni non potessero parlare e mettersi d'accordo. "Bisogna battere il ferro finché è caldo," rifletté.

Carla ebbe un sussulto. Non era quello che aveva sperato, ma magari potevano ancora parlare con il loro avvocato e riuscire ad uscirne senza conseguenze.

«Ha notato qualcosa in particolare che potrebbe aiutarci ad identificare l'assassino? Ad esempio, impugnava la pistola con la mano destra?»

La donna rifletté alcuni istanti. «Sì, e la teneva nella tasca della felpa.»

«Quindi, deve aver usato un'arma di dimensioni ridotte; potrebbe riconoscerla?»

Carla scosse la testa. «No, non sono pratica di armi da fuoco.»

«E cosa può dirmi del suo aspetto fisico? Era alto, magro...» continuò a chiedere Scala.

«Era alto, circa un metro e ottanta, ed era in forma, né esile, né grasso. Era agile, perché è scomparso in un attimo.»

Scala smise di prendere appunti. «Ha idea da dove sia entrato nell'appartamento?»

«Non saprei. Forse dalla finestra del bagno nella camera da letto principale. Antonella aveva detto che non si chiudeva bene,» riferì Carla. «L'abbiamo visto arrivare dal corridoio che conduce alle camere, quindi suppongo sia entrato da una di quelle stanze.»

Scala era certo che Romizi avrebbe potuto fornirgli migliori informazioni in merito; quindi, decise di andare ad interrogare il signor Rasi, l'unico rimasto a custodire il segreto.

«Non ho altre domande da farle, per il momento,» disse Scala, alzandosi. «Se ricorderà qualsiasi altro dettaglio, le chiedo di informarmi immediatamente.»

Una volta fuori dalla stanza degli interrogatori, Scala si incontrò con l'agente Milani. «Come è andata con la signora Rasi?» le chiese.

«Ho avuto l'impressione che nascondesse qualcosa, ma è una persona traumatizzata che ha appena visto uccidere a sangue freddo il figlio ed il sindaco; immagino che chiunque, al posto suo, possa avere reazioni che si prestano ad essere male interpretate,» rispose Sandra.

«Uhm…» mormorò Scala. «Anche io ho avuto la stessa sensazione con la signora Bonacci, ma hai ragione; chiunque sarebbe scosso in una situazione simile. Comunque, adesso dobbiamo andare all'Umberto I, dove è stato portato il signor Rasi. Dobbiamo accertarci delle sue condizioni e chiedere ai medici quando sarà in grado di rilasciare una dichiarazione. Inoltre, voglio parlare con gli agenti del posto di polizia dell'ospedale; finché non lo avremo interrogato, nessuno, oltre il suo avvocato, dovrà accedere alla stanza.»

CAPITOLO 22

Come ogni giorno, Lucio arrivò in ufficio alle otto e trenta e, chiudendo la porta dietro di sé, emise un profondo sospiro. Si sedette alla scrivania, allungò la schiena sulla poltrona e chiuse gli occhi.

Si era assicurato che nessuno lo vedesse entrare ed uscire dal suo appartamento durante la notte e, sebbene quel dettaglio non potesse essere considerato un ottimo alibi, era comunque qualcosa.

«Come mai mi preoccupo così tanto, dal momento che ho intenzione di costituirmi?» bisbigliò, accendendo il computer, pronto ad affrontare un altro giorno lavorativo.

Per molto tempo aveva desiderato uccidere tutti i responsabili. Aveva pianificato, preparato ed eseguito tutto con estrema cura. Adesso, finalmente, la sua missione era stata completata, ed essere riuscito a rendere giustizia a sua zia e suo cugino, gli procurava un profondo senso di pace.

Raccogliere informazioni sul commissario Scala non era stato facile, ma lo aveva scelto perché convinto che lui fosse l'unico in grado di comprendere i motivi alla base delle sue azioni.

«Il giorno in cui ti incontrai al cimitero, ebbi la conferma di aver scelto la persona giusta. Impieghi tutte le forze perseguendo la giustizia e questo ci rende simili. Tuttavia, non so ancora quale sarà il mio prossimo passo. Potrei costituirmi, oppure, adesso che coloro che meritavano di morire sono stati uccisi, potrei andare avanti con la mia vita.»

Appoggiò un gomito sulla scrivania ed accostò il volto alla mano chiusa. Nonostante il suo successo, gli sembrava ci fosse qualcosa a rendere amaro il dolce sapore della vendetta. Riflettendoci non era una cosa, piuttosto qualcuno, don Alvaro.

Inizialmente, lo aveva contattato solamente per riportargli le ultime parole di Simone Bonacci, in seguito, però, la personalità di quel sacerdote lo aveva intrigato. Si chiese se avesse ragione nell'affermare che l'unica giustizia è quella che il colpevole trova per mano di Dio.

«No,» disse ad alta voce, sbattendo la mano sulla scrivania. «Quella giustizia sarebbe arrivata troppo tardi, ed io avevo bisogno di assicurarmi che nel momento della loro morte, comprendessero il dolore che il loro comportamento sconsiderato aveva causato.» Girò la sedia e guardò fuori la finestra. Non era sicuro di riuscire a concentrarsi sul lavoro. «Dovrei prendermi qualche giorno, magari fare una vacanza lontano da qui.»

Prese l'agenda per controllare se avrebbe potuto prendersi una vacanza, dopo quel periodo stressante. Aveva bisogno di andare via da Roma, e, magari, anche dall'Italia.

***

Scala e l'agente Milani arrivarono all'ospedale che erano quasi le undici e andarono direttamente al posto di polizia interno.

«Buongiorno, sono il commissario Scala,» si presentò, entrando nell'ufficio. «Questa mattina presto è stato portato qui un uomo con una ferita da arma da fuoco ad una gamba. Si chiama Giorgio Rasi.»

«Buongiorno, commissario,» lo salutò l'agente. «Ci hanno comunicato che è appena stato portato in sala operatoria. Abbiamo saputo che il figlio ed il sindaco Bonacci sono stati uccisi a casa sua.»

«Già. Sospetto che il signor Rasi sia coinvolto in altri due omicidi è quindi importante che non abbia contatti con altre persone, che non siano i medici ed il suo legale. Organizzerò dei turni con i miei agenti, in modo da avere sempre qualcuno che sorvegli la porta della sua stanza.»

«Perfetto, commissario. In caso di necessità, può contare su di noi,» rispose l'agente, con un sorriso.

Una volta fuori dal posto di polizia, Scala e Milani si diressero verso il reparto di chirurgia, per chiedere informazioni relative alle condizioni del paziente.

Mentre erano in attesa davanti agli ascensori, il cellulare di Scala prese a squillare.

«Scala,» rispose.

«Ciao, tesoro,» lo salutò Anna. «Ho alcune notizie per te. Ho chiesto nuovamente a Giovanna circa l'uomo della fotografia, ma lei ha ripetuto di essere sicura che non è l'insegnante di cui si è innamorata; in effetti, quella fotografia non è il massimo, ed inoltre, tutti noi sembriamo diversi nelle foto sui documenti. Ho anche chiesto alla signorina Giannetti, che lo ha riconosciuto come uno dei due uomini mandati dall'agenzia interinale per sostituire il bidello, e ha aggiunto che in quella foto, effettivamente, l'uomo è diverso, dal momento che i suoi capelli non sono lunghi e sono leggermente più scuri.

Scala annuì. «Grazie, tesoro. Ci vediamo stasera, ti manderò un messaggio se farò tardi.»

«Prego, buona giornata!» rispose Anna.

"Immagino che non mi resti altro che andare a parlare con quest'uomo. È il collegamento più stretto che abbiamo con l'assassino... sempre che non lo sia lui stesso..." pensò Scala. Quindi, si voltò verso Milani.

«Il signor Rasi al momento è in sala operatoria. Tu vai a parlare con il caposala, spiegagli la situazione e fai in modo che venga messo in una stanza singola. Poi organizza i turni con gli altri agenti al commissariato in modo che ci sia sempre qualcuno davanti alla sua porta. Io vado a prendere Silvani e con lui andrò a parlare con il dottor Giuliani, la sua posizione si fa sempre più scottante.»

«Non si preoccupi, commissario. Qui penserò a tutto io. Sembra che il cerchio si stia stringendo intorno all'unico sospetto.»

«Esattamente, con un pizzico di fortuna potremmo anche chiudere il caso oggi stesso. Mi sembra di sentire il profumo di un panino con la porchetta,» disse, ridendo e, senza attendere oltre, si diresse verso la sua auto.

***

Dopo essere uscite dal commissariato, Carla ed Antonella presero un taxi per tornare a casa di quest'ultima. La squadra della scientifica l'aveva autorizzata ad entrare nell'appartamento solamente per prendere indumenti ed accessori; era stata una benedizione che Carla si fosse offerta di ospitarla fino a quando non avrebbe potuto farci ritorno.

«A dire la verità, non mi sento del tutto al sicuro dall'assassino,» disse Antonella, mentre si stavano dirigendo verso casa di Carla. «La polizia può dire quello che vuole, ma non abbiamo la certezza che non decida di uccidere anche noi.»

Mantenendo lo sguardo sulla strada, Carla annuì.

«Immagino che non ci sarà permesso parlare con Giorgio, quindi è bene che chiami il nostro avvocato; credo di avere ancora il numero di quello che contattammo quando Simone rubò il metadone.

Ovviamente, non è al corrente di quanto è accaduto in seguito, ma è l'unico a poterci tirare fuori da questa situazione intricata.»

Quando finalmente le due donne arrivarono a casa, con un profondo sospiro, Carla si lasciò cadere sul divano, sollevata di essere in un posto familiare, dove si sentiva al sicuro. In quel momento, la priorità era sistemare tutto ed elaborare un piano a cui attenersi. Solamente in seguito sarebbe arrivato il tempo del lutto e del dolore.

Prese il cellulare e, una volta trovato il numero dello studio legale, lo compose.

«Studio Legale Bianchi e Associati, buongiorno,» rispose la centralinista, con voce monotona.

«Buongiorno, sono la signora Carla Bonacci. Mio marito Armando è un cliente dell'avvocato Giancarlo Bianchi. Me lo può passare, per cortesia?» chiese, con voce insicura, rendendosi conto di aver parlato del marito come se fosse stato ancora vivo. Non aveva ancora preso pienamente coscienza di essere rimasta sola.

«Certamente, attenda prego,» rispose la centralinista.

«Bianchi,» rispose una voce maschile.

«Buongiorno, avvocato Bianchi. Sono Carla Bonacci, la moglie di Armando. Dovrei incontrarla prima possibile per una questione delicata ed urgente.»

283

«Buongiorno, signora Bonacci. Ho saputo di suo figlio e suo marito; le faccio le mie più sincere condoglianze.»

«La ringrazio, avvocato.»

«Posso fissarle un appuntamento per oggi pomeriggio, ma può dirmi a grandi linee di cosa si tratta?»

Antonella arrivò dalla cucina ed appoggiò sul tavolino davanti al divano un vassoio con due tazzine di caffè e dello zucchero, quindi si sedette a fianco dell'amica, tenendole la mano per incoraggiarla.

«I due omicidi sono collegati al furto di metadone commesso da Simone, quando era al centro di recupero,» riassunse brevemente.

L'avvocato Bianchi aprì l'agenda; sicuramente un caso del genere avrebbe richiesto almeno due ore per essere analizzato nei minimi dettagli.

«Signora Bonacci, le andrebbe bene alle quattordici?»

«Certamente, verrò con la signora Rasi. Grazie, avvocato, ci vediamo più tardi.»

Una volta terminata la chiamata, Carla lentamente appoggiò il cellulare sul tavolino, sospirando.

«L'avvocato di mio marito ci ha fissato un appuntamento per le quattordici; spero che per il momento la polizia ci lasci in pace. Non sono sicura che..." non riuscì a terminare la frase, mettendosi la testa tra le mani.

Bevettero il loro caffè in silenzio, cercando di riordinare i propri pensieri e preparandosi all'appuntamento con l'avvocato.

***

«Signore, pensa che il signor Giuliani sia coinvolto negli omicidi?» Silvani chiese a Scala, mentre si dirigevano verso l'agenzia interinale.

«Non c'è niente di certo finché non avremo prove inconfutabili a suo carico, ma è un dato di fatto che lui è l'unico ad avere avuto un motivo per ucciderli tutti,» rispose Scala. «Il suo ultimo messaggio mi condusse all'agenzia e ho avuto l'impressione che fosse esattamente ciò che aveva sperato; del resto, sarebbe stato più semplice per lui farmelo avere usando un canale diverso, piuttosto che scriverlo sul quaderno di mia figlia.»

«Direi che è verosimile,» mormorò Silvani.

CAPITOLO 23

Alle quattordici Antonella e Carla raggiunsero lo studio legale Bianchi e Associati. La segretaria all'ingresso, dopo aver informato l'avvocato del loro arrivo, le accompagnò nel suo studio.

«Buon pomeriggio,» le salutò l'uomo, stringendo le loro mani ed invitandole a sedere.

«Ho ripreso in mano il mio fascicolo relativo al furto e non c'è alcun dettaglio ad indicare un vostro coinvolgimento fattivo. Voi due, come la maggior parte delle persone coinvolte, eravate a conoscenza del furto e della successiva restituzione di tutte le dosi,» disse l'avvocato.

«Lei, però, non è al corrente degli sviluppi successivi. La madre di Antonio Gasparri decise di rendere giustizia al figlio raccontando tutto alla polizia. Il signor Rasi ed il figlio Giulio, la uccisero, e fecero passare la sua morte come conseguenza di un attacco cardiaco. Potremmo affermare di non essere state a conoscenza di questo?» chiese Carla.

L'avvocato socchiuse gli occhi, rimanendo per alcuni istanti in silenzio.

«Sì. I vostri mariti ed i vostri figli agirono alle vostre spalle, proprio per proteggervi nell'eventualità in cui fossero scoperti. Adesso, però, bisogna agire velocemente. Come prima cosa, andrò all'ospedale per comunicare alla polizia di essere l'avvocato del signor Rasi. Immagino che appena il chirurgo darà il via libera ad interrogarlo, il commissario lo farà immediatamente, e se in quel momento il signor Rasi non avrà nominato un legale di sua fiducia, gliene assegneranno uno d'ufficio che, ovviamente, non sarà al corrente dell'intera situazione,» disse, alzandosi in piedi.

«Bene, avvocato, a questo punto non ci resta che andare in ospedale,» rispose Antonella, voltandosi verso Carla che annuì; quindi, si alzarono entrambe e lo seguirono fuori dall'ufficio.

***

Lucio stava lavorando nel suo ufficio quando lo chiamarono dalla reception.

«Sì,» rispose, con tono impegnato.

«Signore, il commissario Scala ed un agente sono qui per incontrarla,» lo informò la centralinista, con voce incerta.

Lucio li stava aspettando, e sebbene non fosse ancora pronto a costituirsi, sapeva che il commissario non ci avrebbe messo molto per arrivare alla verità. "Vediamo quanto riesco ad andare avanti" pensò tra sé.

«Li faccia salire, non sono impegnato,» le rispose.

Con un sorriso gentile, la centralinista si voltò verso i due uomini.

«Il dottor Giuliani vi attende; l'ufficio è al quinto piano.»

Dopo averla ringraziata, Scala si incamminò verso gli ascensori con Silvani, pensando a come affrontare l'uomo che riteneva essere l'assassino.

Nello stesso istante, al quinto piano, Lucio lo andò ad attendere davanti agli ascensori. Le sue mani iniziarono a sudare, ed il cuore batteva all'impazzata; chiuse gli occhi per riprendere il controllo delle proprie emozioni.

Se da una parte era sua intenzione costituirsi ed affrontare la punizione che meritava per aver ucciso quelle persone, dall'altra, la convinzione che nessuno avrebbe capito i motivi alla base delle sue azioni lo tratteneva dal farlo, creando un conflitto che gli lacerava l'anima.

Quando le porte dell'ascensore si aprirono, Lucio accolse Scala e l'agente Silvani con un sorriso stampato in faccia. «Ci incontriamo di nuovo, commissario,» lo salutò, allungando la mano.

«Mi ero quasi dimenticato di quell'incontro, dottor Giuliani. Spero di non essere arrivato in un brutto momento,» gli rispose.

«Assolutamente, lei è sempre il benvenuto. Sono estremamente grato a chi, come lei, si preoccupa di dare giustizia alle persone che l'attendono,» rispose Lucio, guidandolo verso il proprio ufficio.

Quando si furono tutti accomodati, Lucio guardò il commissario. «Allora, come posso esserle d'aiuto?»

«La scuola dell'infanzia L'Allegro Anatroccolo vi chiese una persona per sostituire il loro bidello ammalato,» iniziò.

«Sì, e se non sbaglio, mandammo il signor Neri.»

Fu come il lampo di un fulmine. Improvvisamente, molti pezzi che Scala aveva cercato invano di mettere insieme cominciarono ad incastrarsi perfettamente davanti ai suoi occhi.

«Esatto, ma il signor Neri ci andò solamente per tre giorni, invece della settimana prevista ed il giovedì ed il venerdì si presentò un altro uomo, che fu così gentile da offrire lezioni gratuite ai bambini per insegnare loro a scrivere. Tra l'altro ha fatto colpo su una bambina che lo considera il candidato perfetto per diventare suo marito,» disse Scala, con un sorriso divertito, pensando all'infatuazione di Giovanna.

Silvani seguiva quella conversazione tra i due senza battere ciglio, cercando di imparare il più possibile dal modo in cui Scala metteva davanti al sospettato le prove che aveva in mano contro di esso.

«Quell'uomo lasciò un messaggio per me sul quaderno di mia figlia, per annunciare l'omicidio che stava per commettere. C'è qualcosa di quanto le sto dicendo che le suona familiare?» chiese Scala.

Un sorriso illuminò il volto di Lucio. «Confesso di aver preso il posto del signor Neri. Purtroppo, si sono accavallate due richieste e, all'ultimo minuto, ci siamo trovati con una persona in meno, quindi data la situazione di emergenza, sono andato io a sostituire il bidello alla scuola d'infanzia. Nonostante ciò, le posso assicurare di non avere parlato con alcun bambino, dal momento che sarebbe andato contro la nostra etica; non vedo perché avrei voluto danneggiare l'azienda della quale sono responsabile.»

«Lei ha sostituito un bidello? Per quel lavoro non serve una laurea in economia,» esclamò Scala, trovando decisamente strano che il dirigente di un'agenzia interinale sostituisse uno dei suoi dipendenti.

«Commissario, non ho ereditato questa posizione da mio padre. Durante gli anni dell'università ho dovuto lavorare e ho fatto vari mestieri, incluso il bidello,» disse Lucio, con un velo di amarezza.

«Quindi, non fu lei a scrivere un messaggio sul quaderno di mia figlia, bensì qualcun altro che riuscì ad introdursi nella scuola?» lo incalzò. Era chiaro che stesse mentendo, la versione del signor Neri era completamente diversa.

Scala prese un foglietto scritto a mano dalla sua scrivania. «Pensa che se facessi analizzare questo biglietto, la calligrafia risulterebbe essere uguale a quella dello sconosciuto?»

«Può provare...» disse Lucio, fiducioso.

Scala lo osservò per alcuni istanti. "Sta cercando di fare il furbo, ma potrei avere altri assi nella manica," pensò. «Lo farò sicuramente. Può dirmi dove si trovava questa mattina tra le quattro e le sei?»

«Ero a casa e stavo dormendo. E dal momento che vivo da solo, non sono in grado di fornirle alcuna prova o testimone che possa confermarlo. Sono arrivato in ufficio alle otto e trenta, come ogni giorno e non mi sono mosso da qui fino al suo arrivo. C'è qualche altro posto dove avrei dovuto essere?» chiese, sorridendo.

«Questa mattina qualcuno si è introdotto in casa del signor Giorgio Rasi ferendolo con un colpo di arma da fuoco ed uccidendo suo figlio Giulio ed il sindaco Bonacci. Ho il sospetto che queste persone fossero coinvolte nelle morti di suo cugino e di sua zia,» lo informò Scala, piegando il foglietto che aveva preso dalla sua scrivania e riponendolo nella tasca della giacca.

«Spero non pensi che io possa avere qualcosa a che fare con gli omicidi,» esclamò Giulio, guardando Scala, esterrefatto.

«Forse sì, forse no. Vorrei che venisse al commissariato per essere interrogato e che non lasciasse la città finché questo caso non sarà risolto.»

Lucio rimase alcuni istanti in silenzio per raccogliere i propri pensieri e predisporre un piano d'azione. «Chiamerò il mio avvocato e la farò contattare per fissare un appuntamento. Nel frattempo, se non ha nient'altro da dirmi, l'accompagno all'ascensore.»

Il commissario si alzò, lanciando un'occhiata a Silvani che imitandolo, lo seguì fuori dall'ufficio.

«Non so come interpretare il suo comportamento,» disse l'agente, una volta nell'ascensore. «A tratti sembrava preoccupato di essere sospettato per gli omicidi, ma un attimo dopo, sembrava prendersi gioco di lei, come se sapesse che prima o poi finirà in prigione. Non riesco a spiegare le sensazioni che ho provato guardandolo parlare con lei.»

«Ho avuto la stessa impressione, inizio a credere seriamente che sia lui l'assassino. Non riesco, però, a capire cosa colleghi il signor Rasi e suo figlio alla morte di Antonio Gasparri e della madre ed i motivi per i quali l'assassino abbia ucciso Sandro e la signora Masti. Immagino che l'unica persona in grado di rispondere a queste domande sia il signor Rasi.»

***

Lucio non riusciva a smettere di pensare alla visita del commissario. Migliaia di pensieri si accavallavano nella sua mente, confondendolo; aveva bisogno di parlare con don Alvaro, l'unica persona che era riuscita ad insinuare dentro di lui il dubbio di non essere nel giusto.

Si guardò intorno, cercando un oggetto sul quale concentrare la propria attenzione per fare chiarezza nella propria mente. Poi, scattò in piedi. «Ho bisogno di parlare con lui e temo di non riuscire ad attendere fino a questa sera. Inoltre, dovrei stare molto attento, dal momento che la chiesa è sorvegliata.» Portò una mano alla bocca, cercando di escogitare un modo per parlarci che non fosse rischioso come andare a trovarlo.

Tornò alla sua scrivania, e cercò il numero di telefono della sua chiesa. Una volta trovato, lo compose subito, cercando di placare l'agitazione dentro di sé.

«Chiesa di Santa Maria dell'Anima, buongiorno,» rispose una voce sconosciuta.

«Ehm... buongiorno. Posso parlare con don Alvaro?» chiese, con voce incerta.

«Sì, attenda un momento,» rispose l'uomo.

Lucio attese a lungo, fino a chiedersi se l'uomo avesse dimenticato di riferire a don Alvaro della sua chiamata. Stava quasi per riagganciare quando, finalmente, il sacerdote prese il ricevitore. «Pronto, sono don Alvaro.»

«Buongiorno, reverendo. Ho bisogno di parlare con lei,» disse Lucio, sorridendo.

«Tu!» esclamò don Alvaro, abbassando la voce.

«Mi ha riconosciuto...»

«Come avrei potuto dimenticare la tua voce? È l'unica cosa di te che conosco. Non ti ho mai visto in volto, sei sempre stato un'ombra nell'oscurità,» disse don Alvaro. «Ho saputo degli omicidi, e nel mio cuore non c'è alcun dubbio su chi sia il colpevole,» proseguì, sedendosi su di una sedia vicino al telefono, sapeva che sarebbe stata una telefonata lunga. «Perché mi hai chiamato?»

«Perché venire di persona sarebbe stato troppo pericoloso.» Lucio fece una lunga pausa. Non poteva dire con esattezza il motivo che l'aveva spinto a chiamare don Alvaro, né cosa volesse ottenere da quella telefonata. La sua intenzione di costituirsi, una volta vendicati gli omicidi di sua zia e di suo cugino, aveva iniziato a vacillare e gli sembrava di non avere più alcuna certezza. «Ho ucciso quelle persone, e adesso il cerchio si è chiuso. Coloro che portarono la morte nella mia famiglia, adesso hanno avuto quello che meritavano...»

«Però tu non mi sembri in pace con te stesso,» disse don Alvaro.

«No, ma questo non riguarda me, quanto cosa sia giusto e cosa sbagliato. Sono certo che lei non potrà mai perdonare le mie azioni, e forse, nemmeno Dio stesso lo farà. Comunque, non è il rimorso ad opprimere la mia coscienza, non mi pento di avere ucciso coloro che hanno portato così tanto dolore nella mia famiglia, ma qualcosa è cambiato. Le voci di mia zia e di mio cugino si sono zittite quando i loro assassini sono morti, ma...»

Don Alvaro non sapeva se Lucio stesse parlando a lui oppure a sé stesso e decise di rimanere in silenzio, in attesa di comprendere cosa lo aveva spinto a fare quella telefonata.

«Vede, il piano originale era di fare in modo che il commissario Scala investigasse più a fondo in merito al furto che aveva provocato la morte di due persone innocenti. Volevo che consegnasse alla giustizia tutti i responsabili, dal direttore del centro a Giulio e Giorgio Rasi che uccisero mia zia, passando per tutti i familiari ed amici che avevano mantenuto il silenzio sulla vicenda, diventando di fatto complici.»

«Non dovresti raccontarlo a me, ma al commissario Scala. Io non posso dire da dove abbia origine l'inquietudine nella tua anima, ma posso percepirla dalla tua voce. Non sta a me giudicarti, solo Dio può farlo, e se la tua anima sta cercando il perdono, in Lui lo troverai.»

«Reverendo, non è così semplice. Devo decidere se chiamare il commissario e raccontare tutto, oppure sparire, finché sono in tempo.»

«Figliolo, pensi veramente che fuggire dalle tue responsabilità le farà scomparire? Ti assicuro che saranno sempre al tuo fianco, ovunque andrai. Consegnati, paga il tuo debito con la giustizia degli uomini...»

«E che mi dice della giustizia di Dio?» chiese, con la voce ridotta ad un bisbiglio.

«Lui ascolterà il tuo cuore. Dio non punisce, Lui è il Salvatore,» rispose don Alvaro, con voce calma.

Gli occhi di Lucio si riempirono di lacrime. Don Alvaro aveva ragione; ovunque andasse, il tormento nel suo cuore lo avrebbe seguìto.

Tuttavia, non era ancora pronto per costituirsi; voleva vedere quali sarebbero stati i risultati delle indagini e se l'altro colpevole sarebbe stato consegnato alla giustizia. Forse, era anche curioso di sapere come il commissario Scala avrebbe risolto il caso.

«Io...io...devo pensarci sopra, non credo di essere ancora pronto. Mi serve solamente un po' di tempo, le farò sapere,» rispose Lucio ed interruppe la conversazione, senza dare a don Alvaro la possibilità di provare a fargli cambiare idea.

Un grugnito deluso sfuggì al sacerdote. Sapeva che avrebbe dovuto chiamare la polizia per informarli della telefonata dell'assassino, ma non lo fece. Sebbene quella conversazione non fosse vincolata dal sigillo sacramentale, il sacerdote decise di non farne parola con alcuno, in modo che l'assassino sarebbe tornato a parlare con lui.

"Sono sicuro che si costituirà, ha solo bisogno di tempo per riflettere. Inoltre, non ha intenzione di uccidere altre persone, quindi che fretta c'è di metterlo in prigione? Spero che riesca a prendere questa decisione da solo prima che si arrivi al punto in cui il commissario Scala lo arresti," pensò tra sé.

Si diresse in sacrestia, dove la statua di Gesù gli suggeriva sempre la decisione giusta da prendere; si sedette difronte e, nel perfetto silenzio che avvolgeva la chiesa, cominciò a pregare.

***

Una volta tornati all'ospedale, Scala e Silvani si divisero. «Visto che Milani resterà qui, è meglio che tu torni al commissariato, immagino tu abbia ancora del lavoro da svolgere. Lungo la strada, fermati dal dottor Lemmi e consegnagli il foglio che ho preso nell'ufficio del dottor Giuliani. Chiedigli di confrontarlo con le altre note per vedere se può individuare eventuali somiglianze con le parole che l'assassino ha scritto sul quaderno di mia figlia per insegnarle a scrivere,» disse Scala.

«Sì, signore,» rispose, avviandosi verso l'uscita.

Quando arrivò al reparto di chirurgia, Scala chiese alla caposala informazioni sulle condizioni del signor Rasi.

«Come aveva chiesto, il paziente è stato messo in una stanza singola e ho visto che c'è un agente alla porta ad assicurarsi che nessuno entri. Il signor Rasi ha bisogno di riposo dopo l'operazione a cui è stato sottoposto e deve evitare qualsiasi stress. Si è trattato di un intervento eseguito in anestesia locale, ma ci vorranno un paio di giorni prima che lei lo possa interrogare,» lo aggiornò la caposala.

«Capisco,» rispose il commissario, annuendo. «Può portarmi alla sua stanza? Devo parlare con l'agente in servizio.»

«Certamente, commissario, mi segua,» rispose, incamminandosi. «Lei non è l'unico in attesa di parlare con il signor Rasi. Alcuni minuti fa è arrivato anche il suo avvocato, credo la stia aspettando.»

Scala aveva previsto di trovarlo lì.

Imboccando l'ennesimo corridoio, Scala vide l'agente Milani davanti ad una porta chiusa. Vicino a lei c'erano tre persone, Carla Bonacci, Antonella Rasi ed un altro uomo che non poteva essere altri che l'avvocato.

«Buon pomeriggio,» salutò Scala.

«Buon pomeriggio, commissario,» rispose l'avvocato Bianchi, stringendogli la mano. «Sono l'avvocato Giancarlo Bianchi e sono il legale del signor Rasi. Nel primo pomeriggio la moglie e la signora Bonacci sono venute nel mio studio per chiedermi di rappresentarlo nel caso si rendesse necessario.»

«Benissimo, questo ci farà risparmiare tempo. È chiaro che tutto ha avuto inizio dal furto delle dosi di metadone al centro di recupero e ho già dei sospetti circa l'identità della persona che ha ucciso Sandro Marini, Loredana Masti, Simone Bonacci, Giulio Rasi, Armando Bonacci e ferito il suo cliente.»

L'avvocato Bianchi estrasse dalla tasca un biglietto da visita e lo porse al commissario. «Qui ci sono il mio indirizzo ed i miei recapiti telefonici, le sarei grato se mi chiamasse quando le sarà permesso di interrogare il mio cliente.»

«Certamente,» rispose Scala, mettendolo nel suo taccuino per averlo sempre a portata di mano. «Comunque, secondo la caposala, potremo parlare al signor Rasi solamente tra un paio di giorni. Appena i medici mi concederanno di parlarci, la chiamerò per fissare un appuntamento.»

«La ringrazio,» disse, sorridendo, l'avvocato, e dopo aver lanciato uno sguardo agli altri presenti, si preparò ad andarsene.

«Grazie a lei, avvocato, arrivederci,» lo salutò la signora Rasi. Quindi si voltò verso Scala. «Bene, commissario, se la nostra presenza non è più necessaria, noi ce ne andremmo a casa.»

«Certamente, vi auguro una buona serata,» le rispose.

Quando le due donne se ne furono andate, Scala volse nuovamente lo sguardo verso Milani. «Ci sono novità?»

«Nessuna, questo non è un posto dove puoi aspettarti che succeda qualcosa. E lei?»

«Non ancora; sto aspettando il rapporto preliminare dalla scientifica, e a questo punto non mi rimane altro che ritornare al commissariato. A che ora finisce il turno?»

«Tra un paio di ore. Devo tornare in commissariato quando arriverà il cambio?»

«Credo sarà utile fare una breve riunione prima della fine della giornata; dobbiamo fare il punto della situazione,» disse, sapendo che questo avrebbe significato stare in ufficio fino a tardi.

«Ci sarò, ci vediamo dopo.»

CAPITOLO 24

Scala tornò al commissariato, temendo che gli sarebbe servita l'intera notte per analizzare i nuovi sviluppi dell'indagine. Quella giornata era iniziata troppo presto e non riusciva a vederne la fine.

Accese il suo computer e rimase piacevolmente sorpreso nel trovare una mail del dottor Lemmi, il criminologo della scientifica; era stato decisamente veloce ad esaminare il foglietto scritto a mano dal dottor Giuliani.

Rimase, però, deluso nell'apprendere che, secondo lui, quel foglietto non poteva assolutamente essere stato scritto dall'assassino. «Ma come può esserne così sicuro?» mormorò.

Prese il telefono e digitò il numero del criminologo.

«Lemmi,» rispose.

«Ciao, sono Scala. Ho appena letto il tuo rapporto. Capisco che sia impossibile confrontare tra loro due testi di cui uno scritto con un normografo, però l'assassino aveva scritto a mano libera delle parole sul quaderno di mia figlia per insegnarle a scrivere; hai confrontato anche quelle con la calligrafia sul foglietto?»

«Sì. Le due calligrafie sono decisamente diverse. Forse quel foglietto non era stato scritto dal signor Giuliani, ma da uno dei suoi collaboratori.»

Scala aprì il rapporto di Lemmi relativo alle analisi eseguite sul quaderno della figlia. Un dettaglio attirò la sua attenzione, quindi ingrandì il testo. «Cosa puoi dirmi della piccola irregolarità della lettera "o"? Sembra che il normografo utilizzato dall'assassino abbia un piccolo difetto.»

Il dottor Lemmi indossò gli occhiali ed aprì il rapporto sul suo computer, mettendo a confronto i vari messaggi. «Interessante. Devo ammettere che non ricordavo questo dettaglio. Congratulazioni, commissario, ben fatto!»

«A questo punto, mi chiedo quante possibilità ci siano che due normografi abbiano lo stesso piccolo difetto,» chiese Scala.

«Nessuna. Inoltre, se riuscissimo a trovare quello usato dall'assassino, tramite una scansione ottica, sono certo che troveremmo molte altre imperfezioni microscopiche, impercettibili ad occhio nudo, che sono presenti anche nei messaggi,» disse Lemmi, appoggiando gli occhiali sulla scrivania e distogliendo lo sguardo dallo schermo del computer.

«Quindi, il normografo ci condurrebbe all'assassino. Anche se potrebbe sembrare come cercare un ago in un pagliaio, penso di avere un magnete che mi possa aiutare,» mormorò Scala tra sé.

«Sembra che tu sappia dove sia,» disse Lemmi, ridendo.

«È possibile. Credo che andrò a trovare di nuovo il dottor Giuliani, in compagnia di un mandato di perquisizione. Se sarò fortunato troverò il normografo, altrimenti dovrò accontentarmi di un altro campione della sua scrittura in modo da poterlo confrontare con quella sul quaderno di Giovanna, e del suo DNA, in modo da compararlo con quello che abbiamo trovato sulla prima scena del delitto.»

«Allora, buona fortuna, commissario Scala,» disse Lemmi.

«Grazie, ne avrò bisogno.»

Dopo circa un'ora, tutti i partecipanti alla riunione si ritrovarono nell'ufficio di Scala.

«Oggi potremmo essere arrivati ad un importante punto di svolta,» esordì. «A quanto pare, l'assassino ha ucciso le sue vittime in base al loro coinvolgimento nella storia del furto di metadone e nei suoi sviluppi, cominciando da coloro che lo erano state solo marginalmente,» disse, aprendo il fascicolo relativo all'indagine. «La prima vittima fu Sandro Marini. Abbiamo trovato il suo numero di telefono memorizzato nel cellulare di Simone Bonacci, quindi immagino siano stati amici. Probabilmente, Sandro era a conoscenza del furto e dell'incidente che aveva causato la morte di Antonio Gasparri, ma mantenne il silenzio, forse perché convinto si fosse trattato di una fatalità.»

«Che mi dici della seconda?» chiese Romizi.

«Loredana Masti era un'amica del sindaco e, tramite il suo aiuto, era riuscita a togliere dalla strada e restituire una vita dignitosa ad Antonio e alla sua famiglia. Posso supporre che, forte di quanto il sindaco aveva fatto per loro, lei li abbia convinti a tacere la vera causa della morte del figlio. La terza vittima fu Simone Bonacci, e con lui arriviamo alle persone coinvolte direttamente; Antonio morì a causa sua. Poi, il sindaco, che, evidentemente, fu ucciso per lo stesso motivo della signora Masti. Arriviamo infine a Giulio Rasi. Nel periodo in cui si verificò il furto, lui lavorava come infermiere al centro di recupero. La madre mi ha confermato che era stato lui a far entrare Simone in infermeria.»

«Non mi spiego, però, perché lo abbia fatto; era consapevole che, se fosse stato scoperto, la sua carriera sarebbe finita e sarebbe andato in prigione,» pensò ad alta voce Milani.

«Immagino che l'unico che possa rispondere a queste domande sia il signor Rasi. Non vedo l'ora di potergli parlare.»

«Le ha fatto sapere qualcosa il criminologo relativamente al foglietto che gli avevo consegnato nel pomeriggio?» chiese Silvani.

«Sì, l'autore e l'assassino non sono la stessa persona. Quindi, evidentemente, quell'appunto non è stato scritto dal dottor Giuliani. Abbiamo anche notato una quasi impercettibile imperfezione nella lettera 'o' del normografo utilizzato dall'assassino; me ne sono accorto solamente dopo aver ingrandito il testo. Dal momento che è impossibile avere due normografi con la stessa imperfezione, richiederò un mandato di perquisizione sia per l'ufficio che per l'abitazione del dottor Giuliani, nonché per prelevare il suo DNA. Sono sicuro che è lui l'assassino.»

«Non sarà facile, ma è una pista promettente,» osservò Romizi.

«Milani, chi farà il primo turno all'ospedale, domani mattina?»

«L'agente Esposito prenderà servizio alle sei e mezza. Gli ho detto di chiedere un aggiornamento sulle condizioni del paziente al suo arrivo e di informarla subito,» rispose.

«Perfetto. Adesso, però, andiamo tutti a casa,» disse, con un sospiro.

I tre colleghi si alzarono e, dopo averlo salutato, si diressero verso l'uscita.

Scala rimase in ufficio per raccogliere le prove da allegare alla richiesta per i mandati di perquisizione, inclusa l'ammissione del dottor Giuliani di aver sostituito per due giorni il bidello alla scuola dell'infanzia.

«Questo dovrebbe essere sufficiente a fare di lui l'indagato principale, o meglio, l'unico, dal momento che non ne abbiamo altri,» disse, ridacchiando.

***

La mattina seguente, alle sette e un quarto, mentre Scala si stava dirigendo verso l'auto, il suo telefono squillò.

«Buongiorno, signore,» lo salutò l'agente Esposito. «Ho incrociato il dottore del signor Rasi proprio mentre stava uscendo dalla sua camera. Le sue condizioni sono discrete, questa mattina faranno ulteriori controlli, ma nel pomeriggio potrà ricevere visite ed essere interrogato.»

«Ottimo! Chiamo subito il suo avvocato per fissare un appuntamento. La ringrazio. Com'è la situazione da quelle parti?»

«Noiosa, come previsto. Non è come fare la guardia ad un capo del crimine organizzato,» rispose Esposito.

Scala sorrise. «Le porterò un caffè.»

«Commissa', qua ci vuole una macchinetta intera,» gli suggerì, ridendo, l'agente.

Scala arrivò al commissariato stranamente di buonumore, la notizia di Esposito aveva rallegrato la sua giornata. Accese il suo computer con impazienza, sperando di trovarci buone notizie anche da parte del commissario capo Angelini. Non si aspettava di trovare il mandato che aveva richiesto la sera precedente, sapeva benissimo che serviva del tempo per ottenerlo, ma in quella giornata illuminata dal sole tutto sarebbe potuto succedere. La sua speranza ebbe vita breve, dal momento che non c'erano comunicazioni da parte di Angelini.

Scala decise di attendere un po' prima di andare a chiedergli notizie in merito, e di concentrarsi sull'interrogatorio del signor Rasi.

Come prima cosa, chiamò il suo avvocato.

«Pronto,» rispose questi, con voce affannata.

«Buongiorno, sono il commissario Scala. La disturbo?»

«No, stavo cercando di uscire dall'auto. Qualcuno ha parcheggiato male, occupando anche una parte del mio posto auto. Spero che per quando la riprenderò se ne sarà andato, o dovrò fare di nuovo il contorsionista.»

«La chiamo perché il medico che ha visitato il signor Rasi questa mattina ha deciso che già da oggi pomeriggio potrà ricevere visite ed essere interrogato. A che ora potrà essere in ospedale?»

L'avvocato si affrettò a raggiungere il proprio ufficio per controllare la sua agenda. «Tra le quindici e le diciotto non ho appuntamenti, potrebbe andare bene per lei?»

«Certamente, la ringrazio. Allora, a dopo. Buona giornata.»

«Grazie a lei, arrivederci,» rispose l'avvocato.

Scala sapeva di essere vicino alla conclusione del caso e non vedeva l'ora di consegnare i colpevoli alla giustizia. Era, altresì, certo di sapere cosa avesse scatenato la sete di vendetta dell'assassino, ma aveva bisogno di averne conferma.

Improvvisamente, il bip di una mail in arrivo da Angelini con oggetto "La sua richiesta di mandato", lo riscosse dai suoi pensieri.

Dopo aver esaminato le prove a sostegno della sua richiesta, con il Pubblico Ministero le abbiamo ritenute sufficienti per concedere i mandati richiesti, al fine di ottenere un campione di testo scritto a mano libera e un campione di DNA del dottor Lucio Giuliani; nonché di perquisire il suo ufficio e la sua abitazione per cercare il normografo utilizzato dall'assassino e prelevare tutte le sue calzature. Le saranno inviati entro fine giornata.

Quella fu, senza dubbio, la migliore notizia che avesse mai ricevuto. Adesso non gli restava altro che interrogare il signor Rasi e programmare le perquisizioni per il giorno successivo.

CAPITOLO 25

Alle quattordici e trenta, Scala arrivò all'ospedale. Davanti alla porta della stanza del signor Rasi trovò l'agente scelto Milani con l'agente Masi, che aveva appena sostituito Esposito.

«Buon pomeriggio a tutti,» salutò con tono allegro.

«Vedo che è di buonumore; ci sono buone notizie?» chiese Milani.

«Può scommetterci,» le rispose Scala. «Abbiamo ottenuto il mandato per prelevare un campione del DNA del dottor Giuliani, nonché per perquisire il suo ufficio e l'appartamento. Se vi troveremo il normografo utilizzato dall'assassino, potremo chiudere il caso e consegnarlo alla giustizia.»

«Allora terremo le dita incrociate,» disse, con un sorriso, Milani.

Proprio in quel momento, intravidero l'avvocato Bianchi camminare con passo svelto verso di loro.

«Buon pomeriggio,» li salutò.

«Buon pomeriggio a lei,» rispose Scala, stringendogli la mano.

«Se permette, prima che lei lo interroghi, vorrei parlare da solo con il mio cliente,» disse l'avvocato.

«Certamente,» rispose Scala, alzando le spalle. Quindi, gli aprì la porta e, una volta che fu entrato, la richiuse alle sue spalle.

«Buon pomeriggio, signor Rasi,» lo salutò, avvicinandosi al letto. «Sono Giancarlo Bianchi, l'avvocato del dottor Bonacci. Sua moglie mi ha incaricato di rappresentarla durante l'interrogatorio del commissario.»

«Buon pomeriggio,» rispose il signor Rasi, con voce flebile.

L'avvocato prese una sedia, la portò vicino al letto e si sedette.

«Due anni fa, il dottor Bonacci mi chiamò per il furto al centro di recupero. Fui io a mediare con il direttore della struttura, chiedendogli di non informare la polizia e di risolvere il tutto nel modo più discreto possibile. Sua moglie e la signora Bonacci mi hanno spiegato cosa è successo in seguito.»

Giorgio prese un profondo respiro. «A questo punto, andare o meno in carcere non ha più importanza per me. La sciagurata decisione di mettere tutto a tacere per non distruggere la carriera politica di Armando e salvare i nostri figli dalla prigione, mise la firma sulle loro condanne a morte, oltre che su quelle della signora Masti e di Sandro

Marini. Se Armando ed io li avessimo costretti ad affrontare le conseguenze delle loro azioni, loro sarebbero ancora vivi, anche se probabilmente in carcere.»

«Non intendevo dire che lei non debba prendersi le sue responsabilità, ma spero, almeno, di farle ottenere una condanna lieve. Lei ha ancora una figlia che è in terapia; non pensa che avrà bisogno di lei, pur con le sue colpe ed i suoi difetti? Nessuno è perfetto, e a tutti capita di prendere decisioni sbagliate. Alcune possono essere peggiori di altre, ma lei deve essere forte per sua figlia e per sé stesso.»

«Ha ragione, devo guardare al futuro, Ciò nonostante, non ho intenzione di nascondere alcun dettaglio alla polizia,» disse Giorgio.

«Va bene. Posso fare entrare il commissario per interrogarla?»

Giorgio sorrise debolmente ed annuì. Senza aggiungere altro, l'avvocato si alzò e andò a chiamare Scala.

«Buon pomeriggio, signor Rasi,» lo salutò il commissario, entrando nella stanza. «Come si sente?»

«Come un uomo a cui è stato sparato ad una gamba,» riuscì a scherzare Giorgio.

«Ho bisogno di farle alcune domande,» disse Scala, estraendo dalla tasca un piccolo registratore ed accendendolo. «Immagino che tutto abbia avuto inizio con il furto di metadone al centro di recupero, giusto?»

«Non si sbaglia, commissario. Tutto iniziò quel giorno maledetto, quando un errore portò ad un altro e ad un altro ancora, innescando una reazione a catena,» prese a raccontare Giorgio. «Mio figlio Giulio lavorava al centro come infermiere, fu lui a fare entrare Simone in infermeria. Non ho mai saputo cosa gli fosse passato per la mente ed il motivo per il quale avesse accettato. Immagino, tuttavia, che Simone lo abbia pagato bene. Quando il direttore della struttura venne a sapere del furto, chiamò Armando informandolo dell'accaduto e di volere denunciare Simone alla polizia. Armando era appena stato nominato sindaco, e quel fatto avrebbe avuto un effetto disastroso sulla sua carriera. Si recò, quindi, alla struttura e pregò il direttore di non sporgere denuncia, promettendogli che tutte le dosi sarebbero state restituite. Sfortunatamente, dopo la restituzione, il direttore si accorse che ne mancavano due; nonostante ciò, Armando lo pregò nuovamente di non sporgere denuncia e donò al centro una somma generosa per l'installazione di un sistema di telecamere a circuito chiuso.»

«In poche parole, corruppe il direttore,» riassunse Scala.

«Al mondo non ci sono solamente il bianco ed il nero. Ci sono molte tonalità di grigio, ed in esse Armando trovò la salvezza da uno scandalo. Sfortunatamente, le due dosi mancanti Simone le aveva date ad Antonio Gasparri che lasciò il centro con una scusa.»

«E, dopo essersene andato, Antonio assunse la droga e andò in overdose, giusto?» chiese Scala.

«Sì. Quando Antonio morì, i genitori sconvolti decisero di chiamare l'unica persona di cui si fidavano perché aveva fatto molto per loro, la signora Loredana Masti, la seconda vittima. Lei informò subito Armando e, assieme a mio figlio Giulio, andarono a casa dei signori Marini. Spiegarono loro la situazione e che era necessario che la morte del figlio sembrasse un suicidio, per non fare finire in prigione Simone e rovinare la carriera del sindaco. I due non erano d'accordo, volevano che il responsabile pagasse, non riuscivano ad accettare che il figlio avesse trovato la droga che l'aveva ucciso proprio nel posto in cui avrebbe dovuto guarire dalla sua dipendenza da essa. A quel punto, Loredana li minacciò che, se non avessero accettato, lei e Armando avrebbero fatto in modo che tornassero alla loro vita da senzatetto. Con quell'avvertimento a pendere sulle loro teste come una spada di Damocle, ai due non restò altro che soccombere. Così, Armando, Loredana e Giulio allestirono la scena del suicidio e, grazie alle conoscenze della signora Masti, chiamarono un'impresa di pompe funebri che si occupò di tutte le pratiche, evitando l'autopsia di routine, così quella storia fu sepolta assieme al corpo di Antonio.»

«Abbiamo scoperto che la morte della signora Marini, la madre di Antonio, non avvenne a causa di un attacco cardiaco, bensì di un'iniezione di insulina; cosa mi può dire in proposito?» chiese Scala.

«Inizialmente lei aveva accettato di far passare la morte del figlio per un suicidio, ma con il passare del tempo il suo dolore per quella perdita, anziché diminuire, aumentava. Voleva che Simone si prendesse la responsabilità delle sue azioni, insieme a chi aveva contribuito a coprirle e aveva costretto lei e suo marito a tacere. Era arrivata a minacciare che, se nessuno avesse confessato, avrebbe detto tutto alla polizia. Fummo Giulio ed io ad ucciderla,» disse con voce tremante.

«Ed in tutto questo, cosa aveva avuto a che fare Sandro Marini?»

«Lui era un buon amico sia di Simone che di Giulio. Quando si sparse la voce della morte di Antonio, Simone si finse profondamente dispiaciuto, e pregò Sandro di non raccontare quanto accaduto ad anima viva; ma il suo unico interesse era quello di non finire in prigione.»

«Parliamo di ieri mattina; cosa ricorda?»

«La sera precedente ci eravamo riuniti a casa mia per trovare una soluzione. Nessuno di noi voleva morire, e sapevamo tutti chi fosse il prossimo sulla lista dell'assassino. Tuttavia, Armando era forse l'unico a voler confessare tutto a voi, affinché prendeste il ladro e noi avessimo salve le vite.»

Fece una breve pausa e guardò l'avvocato Bianchi, che rimase in silenzio.

«A quel punto, non gli interessava più andare in prigione, o avere la carriera rovinata; preferiva proteggere Giulio, sé stesso e me. Inoltre, temeva che

313

questo misterioso assassino avrebbe ucciso anche le nostre mogli per vendicarsi di noi. Loro non hanno niente a che vedere con tutta questa storia. Fino all'altra sera, non ne erano state a conoscenza, e, quando raccontammo loro la verità, furono d'accordo con Armando nell'informare la polizia. Eravamo rimasti solo Giulio ed io ad essere contrari perché speravamo di riuscire a scoprire l'identità dell'assassino per conto nostro. Eravamo tutti spaventati, come se avvertissimo il suo fiato sul collo; così, decidemmo di rimanere assieme fino al giorno successivo e andammo a coricarci. Erano circa le quattro quando ci ritrovammo tutti in soggiorno e riprendemmo a ragionare se fosse o meno il caso di confessare tutto. Improvvisamente, come sbucato dal nulla, è arrivato un uomo vestito di nero, con un cappuccio sulla testa ed una maschera da motociclista a coprirgli il volto. Non perse tempo in chiacchiere, estrasse una piccola pistola dalla tasca e sparò prima a Giulio e poi ad Armando; quindi, mirò alla mia gamba e fece fuoco dicendo che mi lasciava vivo affinché confessassi. Era chiaro che lo avrei fatto, non avevo alcun motivo per continuare a nascondere la verità.»

«È in grado di descrivermelo?» chiese Scala, sperando che il signor Rasi potesse aggiungere anche un minimo dettaglio ai pochi che già conosceva.

«Era alto un metro e ottanta, se non di più. Aveva una corporatura robusta, come quella di un giocatore di rugby. Non posso dire niente circa il suo volto, perché era coperto, ed anche la voce era distorta dalla maschera che indossava. Indubbiamente sa sparare e ha mantenuto il sangue freddo per tutto il tempo, senza esitare un solo istante.»

«Qualche altro dettaglio che ha notato? Era destrorso o mancino? Saprebbe dirmi che arma ha usato? Ha notato un qualsiasi dettaglio nel modo in cui parlava, se avesse un accento particolare? Qualcosa di distintivo nel suo modo di camminare?» lo incalzò, Scala.

«Impugnava l'arma con la destra, ma, oltre al fatto che era una pistola, non posso aggiungere altro, non sono un esperto in materia. Spero solamente che non ci siano altre vittime sulla sua lista. Io sono pronto ad affrontare le conseguenze delle mie azioni e spero che lui si costituisca ed affronti le sue. Nessuno di noi ha agito correttamente, ma lui non è stato da meno; e, dal momento che abbiamo avuto tutti ciò che meritavamo, spero sia così anche per lui."

Scala prese un profondo respiro. «Signor Rasi, a questo punto, non posso fare altro che dichiararla in arresto per concorso nell'omicidio della signora Annamaria Giuliani,» disse, interrompendo la registrazione ed alzandosi in piedi.

«È quello che merito. Arrivederci, commissario.»

Scala uscì dalla stanza, chiudendo la porta dietro di lui, lasciando il signor Rasi insieme al suo avvocato.

Fuori incontrò la signora Bonacci e la signora Rasi.

«Buon pomeriggio,» le salutò, sorridendo.

«Buon pomeriggio, commissario,» rispose la signora Rasi. «Posso vedere mio marito?»

«Certamente, ma la informo che è in stato di arresto per l'omicidio della signora Giuliani. Adesso è con il suo avvocato, ma appena uscirà potrà entrare.»

«Capisco, la ringrazio, commissario.»

***

Alle diciassette e trenta Scala tornò al commissariato. Angelini aveva mantenuto la sua promessa, e sulla sua scrivania trovò i mandati di perquisizione che aveva richiesto. Non vedeva l'ora di poterli eseguire, quindi mandò un messaggio a Milani, Silvani e Romizi per incontrarsi la mattina seguente in ufficio alle otto e trenta.

CAPITOLO 26

La mattina seguente si incontrarono tutti nell'ufficio di Scala.

«Presumo ci siano delle novità…» disse Romizi, quando furono tutti seduti.

«Puoi dirlo forte. Innanzitutto, ho interrogato il signor Rasi e molte tessere del puzzle sono finalmente andate al proprio posto. Vi farò ascoltare la registrazione dell'interrogatorio, in modo che ognuno di voi possa farsi una propria opinione,» disse Scala, prendendo il registratore.

«Povero signor Gasparri, che storia triste,» mormorò Milani, al termine dell'interrogatorio, quaranta minuti più tardi.

«Sono d'accordo con te. Sono sempre più convinto che il misterioso vendicatore sia Lucio Giuliani, purtroppo, non abbiamo alcuna prova concreta a suo carico. Ieri ho ottenuto i mandati per perquisire il suo ufficio e la sua abitazione; spero che riusciamo ad ottenerne qualcuna, altrimenti non potremo incriminarlo,» disse Scala. Quindi si voltò verso Romizi. «Ci sono novità dal vostro laboratorio?» chiese.

«L'arma è la stessa usata per il primo omicidio, una calibro 9. Sappiamo che Giuliani ha una Glock 17, come, del resto, tante altre persone; è un'arma comune tra coloro che frequentano i poligoni di tiro. Non abbiamo trovato alcuna traccia di DNA oltre quello delle persone presenti; abbiamo, però, ottenuto le impronte delle scarpe indossate dall'assassino, che sono risultate compatibili con quelle rilevate sulle altre scene del crimine. Inoltre, abbiamo repertato anche dei residui lasciati dalle sue scarpe,» lo aggiornò Romizi. «Ti invierò la versione finale del rapporto, appena pronta.»

«Tu, o qualcuno della tua squadra, dovrà venire con me per eseguire le perquisizioni,» gli disse Scala, «mentre Silvani andrà da don Alvaro per chiedergli se l'assassino lo abbia contattato di nuovo.»

«Possiamo dire che il caso è quasi chiuso,» disse Milani.

Scala incrociò le dita e sorrise. «Speriamo. Questo caso mi ha dato abbastanza grattacapi e, soprattutto, mi ha fatto saltare troppi pranzi e cene, per non parlare dei panini con la porchetta.»

«Quando hai intenzione di andare a trovare il nostro sospetto? La mia squadra attende solamente un tuo ordine,» chiese Romizi, alzandosi in piedi.

«Vorrei andarci subito, non voglio correre il rischio che lasci il Paese,» rispose Scala. «Credo sia meglio iniziare dal suo ufficio; a quest'ora, è sicuramente lì.»

Romizi telefonò alla sua squadra per comunicare l'indirizzo dove avrebbero dovuto raggiungerlo; quindi, con Scala, uscì dal commissariato.

***

Lucio, come suo solito, era arrivato in ufficio alle otto e trenta e, dopo aver letto le mail in arrivo, stava controllando le ultime notizie.

Una, in particolare, lo sollevò. Un interessante aggiornamento nel caso dell'assassino seriale riportava che Giorgio Rasi aveva confessato ed avrebbe pagato per i suoi errori.

Si appoggiò allo schienale della sedia, guardando il soffitto, e un sorriso apparve sul suo volto. «Forse è arrivato il momento di costituirmi. Dopo tutto, se lui ha confessato i propri crimini, dovrei farlo anche io,» disse. «Don Alvaro aveva ragione, magari non sarà nemmeno necessario che vada a parlare con il commissario, sarà lui ad arrivare a me. Comunque, non mi pento di alcuno degli omicidi che ho commesso, tutti hanno avuto ciò che si meritavano.»

Si alzò in piedi, andò alla finestra e abbassò lo sguardo sulla strada sottostante; non poté fare a meno di notare un'auto della polizia avvicinarsi all'edificio. "Ci siamo, non sono certo venuti per una visita di cortesia."

Sorrise e prese il telefono per chiamare la centralinista. «Il commissario Scala e la sua squadra stanno per arrivare e chiederanno di me. Li faccia salire, li sto aspettando,» disse, senza darle il tempo di dire nemmeno Pronto.

La giovane donna era sconcertata, e quando, alzando lo sguardo, vide entrare i due poliziotti, rimase quasi senza parole. «S-sì, sono già qui,» rispose, terminando la chiamata.

Scala e Romizi raggiunsero il bancone del centralino e dallo sguardo della donna, intuirono che stava succedendo qualcosa.

«Buongiorno, dobbiamo parlare con il dottor Giuliani...» disse Scala.

«Sì, vi sta aspettando,» rispose, cercando di abbozzare un timido sorriso.

Romizi si voltò verso Scala mentre attendevano l'ascensore. «Come è possibile che ci stia aspettando?» chiese. «Avevi un appuntamento?»

«Non saprei, a meno che non sia l'assassino.»

Quando le porte dell'ascensore si aprirono, trovarono Lucio ad attenderli, con il suo solito sorriso cortese. «Buongiorno, commissario. Prego, accomodatevi nel mio ufficio; lì avremo tutta la privacy necessaria,» disse, facendo loro strada lungo il corridoio.

Una volta chiusa la porta dietro Romizi, Lucio prese un profondo respiro.

«Prego, accomodatevi,» disse. «In cosa posso esservi d'aiuto?»

«Abbiamo un mandato di perquisizione per il suo ufficio ed il suo appartamento; ma, giusto per curiosità, come faceva a sapere che saremo venuti? Non mi ricordo di aver fissato un appuntamento.»

Lucio sorrise. «A volte, non c'è bisogno di essere chiaroveggenti per immaginare cosa accadrà,» rispose. «Sapevo che sarebbe tornato con un mandato, del resto sono sulla sua lista dei sospetti da parecchio, ed i recenti eventi potrebbero avermi messo al primo posto.»

«Sono impressionato,» disse Scala. «Ciò significa che possiamo iniziare subito. La squadra della scientifica sta attendendo in strada e...»

«Per favore, commissario,» esclamò Lucio, con una smorfia. «Ci sono persone che stanno lavorando qui, e non c'è bisogno che le interrompa. Penso di sapere cosa stia cercando,» aggiunse, aprendo un cassetto ed estraendone un normografo di plastica verde.

Lo appoggiò sulla scrivania e lo fece lentamente scivolare verso il commissario. «Ho usato questo per scriverle i messaggi.» Fece una breve pausa per osservare le reazioni dei due funzionari che aveva difronte.

«Sono stato io ad uccidere Sandro Marini, Loredana Andrei, Simone Bonacci, Giulio Rasi, e Armando Bonacci. Per la maggior parte della mia vita, non ho avuto notizie dei miei zii e di mio cugino; le

321

relazioni con la famiglia di mio padre si erano deteriorate ed ognuno aveva preso la propria strada. Li conobbi solamente tre anni prima degli omicidi, quando riuscirono a tornare ad una vita dignitosa e si riconciliarono con la mia famiglia. Antonio ed io eravamo completamente diversi l'uno dall'altro, ma volevamo ricostruire i rapporti familiari che ci erano mancati fino a quel momento. Lui era deciso a vincere la propria dipendenza, ed io gli avrei offerto un lavoro nella mia azienda quando sarebbe stato pronto. La sua morte fu uno shock per me, ma, come a tutti gli altri, mi fu detto che si era suicidato. Mio zio Claudio mi disse la verità solamente dopo la morte della zia.»

I suoi pugni si serrarono sul tavolo, come se tutta la rabbia che lo aveva portato ad uccidere tutti i responsabili riemergesse prepotentemente.

«Ero furioso, e quando aggiunse di sospettare che anche la moglie fosse stata uccisa, cercai di convincerlo a raccontare tutto alla polizia e far aprire un'indagine, ma non ottenni alcun risultato; era terrorizzato. Temeva che tutte quelle persone gliel'avrebbero fatta pagare, e dato che una di loro era il sindaco, sapeva che avrebbe trovato il modo per mettere tutto a tacere...di nuovo. Fu allora che cominciai a raccogliere informazioni su tutte le persone coinvolte. Ho ucciso Sandro perché aveva mantenuto il loro sporco segreto, invece di adoperarsi affinché Antonio avesse giustizia. Non potevo permettere che la passasse liscia, doveva essere il primo. Pianificai accuratamente il suo omicidio. Come prima cosa, studiai il cimitero per individuare un posto dove nasconderci e decisi che l'ossario fosse il migliore. Quindi, dovetti studiare un piano per portarci Sandro. Lo seguii per diversi giorni, per conoscere quelli in cui era solito andare al centro di recupero. A quel punto, ero pronto per passare all'azione. Un giorno fingendo di essere un nuovo volontario, gli chiesi di farmi fare un giro della struttura. Quando stava per andarsene, dal momento che non aveva un'auto, gli offrii un passaggio. Una volta salito, lo stordii e gli legai i polsi. Arrivammo al cimitero poco prima della chiusura, fermai l'auto lontano dal parcheggio e lo svegliai. Affinché non fuggisse o gridasse, gli dissi che volevo solamente parlare con lui; quindi, entrammo nel cimitero e ci nascondemmo nell'ossario dove attendemmo che il custode, una volta chiuso il cancello, se ne andasse a casa. A quel punto, lo portai sulla tomba di mia zia Annamaria, e dopo avergli raccontato come era morta, gli sparai e portai il suo corpo su quella di Antonio. Speravo che questo omicidio avrebbe obbligato gli altri a confessare i loro crimini.»

«Ma questo non accadde...» mormorò Romizi.

«No, quindi sono andato avanti con il mio piano e ho ucciso la signora Masti. Lei ed il sindaco avevano ricattato i miei zii affinché tacessero la vera causa della morte di Antonio; e, nonostante ciò, aveva continuato a considerarsi una persona caritatevole. Ne ero disgustato. Il resto, come si suol dire, è storia.»

Scala prese un profondo respiro. Era contento che quel caso fosse finalmente chiuso, ma c'era ancora qualcosa ad infastidirlo; un retrogusto amaro che sentiva in bocca ogni volta che arrestava un criminale con il quale, in qualche modo, si identificava.

"Giuliani ha agito in modo completamente sbagliato. Avrebbe dovuto fornirci le prove di cui era in possesso e noi avremmo consegnato i responsabili alla giustizia. Ammetto, però, che ha ragione nel dire che chiunque detenga un minimo potere spesso lo usi a proprio vantaggio, in maniera più o meno legale e, magari, il sindaco avrebbe usato il proprio per vendicarsi e, adesso suo zio sarebbe al cimitero," rifletté.

Alzò lo sguardo ed incontrò quello di Lucio. «Dottor Giuliani, la dichiaro in arresto per gli omicidi di Sandro Marini, Loredana Andrei, Simone e Armando Bonacci e Giulio Rasi, nonché per il ferimento del signor Giorgio Rasi. Se ha un avvocato di fiducia può chiamarlo affinché la raggiunga in commissariato, altrimenti, gliene verrà assegnato uno d'ufficio.» Scala si alzò. «Dovremo perquisire anche il suo appartamento per raccogliere altre prove.»

Lucio si alzò, stiracchiandosi. «Se mi portate a casa, vi darò tutto quello di cui avete bisogno. Ho confessato, non ho niente da nascondere. Vi consegnerò tutto quello che vorrete, senza che mettiate sottosopra l'appartamento.»

Quando uscirono dall'edificio, incontrarono la squadra della scientifica in attesa di essere chiamata.

«Cosa succede?» chiese uno degli agenti.

«Ha confessato, e non c'è bisogno di perquisire il suo ufficio. Adesso, andiamo al suo appartamento a recuperare le prove restanti,» rispose Romizi.

«Nel frattempo, portate questo al dottor Lemmi per farlo esaminare e confrontare con i messaggi dell'assassino,» aggiunse Scala, porgendogli il normografo.

«Sì, signore,» rispose l'agente, dirigendosi verso il furgone.

***

La mattina seguente, Scala uscì di casa sereno, come ogni volta alla fine di un'indagine. Il tragitto lungo la Tiburtina gli sembrò più corto, il traffico meno caotico e tutti gli altri automobilisti simpatici. Sapeva che prima di poter mettere la parola fine al caso, avrebbe dovuto districarsi nella giungla della burocrazia; ma, preferì pensare a Giorgio Rasi, l'unico sopravvissuto tra coloro che si erano macchiati le mani con il sangue di due innocenti che, una volta dimesso dall'ospedale, sarebbe stato tradotto in prigione, in attesa del processo.

Parcheggiò l'auto davanti al commissariato e scese. Esitò, guardandosi intorno, finché lo sguardo si posò sull'insegna del bar; per una volta, il dovere poteva attendere e quella giornata meritava di essere iniziata con un vero caffè o, come avrebbe detto Esposito, *chillo bbuono*. Quindi, con un sorriso stampato in faccia, si diresse verso l'entrata.

Dopo dieci minuti, mentre si apprestava ad entrare in commissariato, Scala vide arrivare Romizi in auto, per la sua prima dose di veleno; non potendo definire altrimenti il liquido scuro erogato dal distributore automatico e che la ditta proprietaria si ostinava a definire caffè. Ridacchiando dentro di sé, lo chiamò.

«Sei in ritardo,» osservò il collega, nonché amico di lunga data.

«Oggi posso permettermelo. Del resto, i compiti che mi attendono in ufficio sono in assoluto i più noiosi. Se penso a quella pila di scartoffie, vorrei essere già in pensione,» rispose Scala, battendo una mano sulla spalla di Romizi, mentre percorrevano insieme il corridoio. «Tuttavia, c'è anche un lato positivo, oggi avrò modo di fare la pausa pranzo e niente, ripeto NIENTE mi terrà lontano dal mio fornitore ufficiale di rosette con la porchetta.»

«Quindi, immagino sia inutile chiederti di unirti a noi per pranzo,» disse ridendo Romizi.

«Puoi scommetterci! La prima rosetta con la porchetta al termine di un caso lungo e complicato è un rito. Va consumata in solitudine, assaporandone ogni singolo morso.» Scala chiuse gli occhi, pregustando il sapore della succosa carne di maiale calda, unita alla croccantezza di una rosetta appena sfornata.

Tuonando rumorosamente, anche il suo stomaco manifestò la sua approvazione per il menù del pranzo, scatenando le risate dei due colleghi che, salutandosi, si separarono; uno diretto verso la sala comune e l'altro verso il proprio ufficio, pronto ad immergersi nelle pratiche burocratiche. Non ci fu alcun oggetto sbattuto, né maledizioni, né urla contro qualsiasi persona si trovasse sul suo cammino, quel giorno il commissario Scala era un uomo in pace con il mondo.

EPILOGO

Un anno dopo, Carcere di Capanne – Perugia.

Giorgio Rasi era stato condannato a trent'anni di prigione e da Roma era stato assegnato alla prigione di Capanne, vicino Perugia.

Il suo avvocato aveva fatto l'impossibile per farlo trasferire in un istituto penitenziario più vicino e, finalmente, dopo un anno ci era riuscito. Il sorriso che apparve sul volto stanco di Giorgio quando gli annunciò la decisione del Dipartimento dell'Amministrazione Penitenziaria, fu la migliore ricompensa.

L'eccessiva lontananza dalla sua famiglia era stata, probabilmente, la punizione peggiore; così, immediatamente dopo il colloquio con il suo avvocato, Giorgio ottenne il permesso di chiamare i suoi cari e, con mani tremanti, compose il numero di casa.

«Pronto,» rispose, pigramente, Luana.

«Scimmietta, come stai?» la salutò.

«Papà!» gridò. «Io sto bene, e tu?»

«Ho delle buone notizie. Sarò trasferito a Rebibbia, così potrete venire a trovarmi più spesso. Mi mancate così tanto! Mamma è lì?» chiese.

«Sì!» rispose, con voce tremante per l'emozione. «Le porto il telefono,» disse, correndo verso Antonella.

«Giorgio, ciao,» lo salutò la moglie.

«Antonella, amore mio. Ho appena saputo che mi trasferiranno a Rebibbia.»

«Veramente? Quando?»

«Credo ci vorrà una settimana per tutte le pratiche burocratiche,» disse con voce spezzata, incapace di trattenere l'emozione. «L'ho appena saputo e non vedevo l'ora di darvi personalmente la buona notizia. Come vanno le cose da quelle parti?»

«Al solito, niente è bello come quando eri con me. Mi manchi molto. Tu come stai?» chiese, con tono apprensivo; la vita in prigione lo stava prosciugando di tutte le sue forze.

«Vado avanti, un giorno dopo l'altro, tesoro. Non vedo l'ora di potervi incontrare più spesso. Ora, però, devo andare. Abbi cura di te e di Luana. A presto.»

«Ciao, tesoro,» rispose Antonella.

Dopo aver terminato la conversazione con la moglie, Giorgio rimase per lunghi istanti a fissare il telefono. Potere vedere spesso la sua famiglia, avrebbe reso la detenzione più sopportabile.

Passò una settimana, che a Giorgio parve lunga quanto un mese e finalmente fu fatto salire sul furgone per essere trasferito alla prigione di Rebibbia, dove arrivò tre ore più tardi.

Alle due del pomeriggio, espletate le formalità burocratiche, una guardia lo accompagnò alla sua cella e gli mostrò i vari spazi della struttura, terminando con una di quelle aree dedicate alle attività ricreative e sociali.

***

Lucio stava leggendo un libro in un angolo della stanza comune del carcere. Il vocìo degli altri detenuti non lo infastidiva, anzi, lo preferiva al silenzio della biblioteca. D'altronde, non stava studiando, leggeva per distrarsi, ed il silenzio non era mai stato il suo migliore amico.

Alzò gli occhi dal libro e vide una guardia scortare un nuovo arrivato.

Nonostante l'espressione stanca, la perdita di peso, ed i capelli più grigi di quanto ricordasse, lo riconobbe immediatamente; Giorgio Rasi, l'uomo che aveva lasciato vivo affinché raccontasse la verità. Non aveva mai pensato di poterlo incontrare nuovamente, ma adesso aveva l'occasione di chiudere la partita.

Mantenendo lo sguardo su di lui, chiuse lentamente il libro e lo appoggiò su un tavolo. Si alzò e, cautamente, gli si avvicinò.

Giorgio si stava guardando intorno, per familiarizzare con il nuovo ambiente, quando notò un uomo camminare verso di lui, gli occhi fissi nei suoi, come un leone che sta per attaccare una gazzella. Nemmeno in un milione di anni avrebbe dimenticato quel volto, quello dell'assassino di suo figlio.

Quando furono ad un paio di metri l'uno dall'altro, rimasero per degli interminabili momenti a studiarsi, con espressioni imperscrutabili. Gli altri detenuti li osservavano, trattenendo il respiro, scommettendo su chi avrebbe attaccato per primo, mentre le guardie tesero i muscoli, pronte ad intervenire in caso uno dei due attaccasse l'altro.

Sembrava di assistere ad una scena di un film western. I due uomini si fissavano negli occhi, immobili, studiando ogni impercettibile movimento dell'altro.

Poi, nel momento in cui le parole sarebbero state inutili, e per entrambi sarebbe stato sufficiente un solo gesto per attaccarsi, Lucio fece un passo avanti, alzò il braccio e tese la mano a Giorgio.

Questi lo guardò, sbalordito, poi capì. Ogni tragedia doveva avere la parola fine. Entrambi avevano sbagliato ed entrambi avrebbero pagato.

Giorgio, annuendo leggermente, gli strinse la mano e, in quel preciso istante, il cerchio di odio e violenza fu finalmente chiuso.

FINE

Spero vi sia piaciuto seguire il commissario Scala in questa seconda avventura. Il prossimo appuntamento con un altro elettrizzante mistero è per il 2022. Non ho ancora una data precisa, ma se mi seguirete su Facebook o sul mio sito web, sarete i primi ad esserne informati.

La prossima volta, conoscerete il mistero che circonda la scomparsa di Nunzia, una giovane donna, la cui vita ruota tra il suo lavoro ed il volontariato presso la parrocchia locale. L'ultima a vederla viva è stata la sua migliore amica alle 22:30 di una domenica sera. Sarebbe dovuta ritornare a casa, ma da quel momento in poi, di Nunzia non si ha più alcuna traccia.

Seguitemi su

Facebook:
https://www.facebook.com/PJ.Mann.paperpenandinkwell
Twitter: https://twitter.com/PjMann2016
Website: https://pjmannauthor.com

ALTRI LIBRI DELL'AUTORE

Libri in Italiano:

Inganno fatale – Dove tutto ha inizio Vol.1

Inganno fatale – Insonne Vol.2

Inganno fatale – Il patto con il Diavolo Vol.3

L'anno della Mantide – le indagini del Commissario Scala Vol.1

Libri in inglese:

Thrillers:

Deadly Deception – Prelude (Vol. 1 English version)

Deadly Deception – Insomniac (Vol. 2 English version)

Deadly Deception – The Devil's Deal (Vol.3 English version)

A Tale of a Rough Diamond

The Ghosts of Morgan Street

The Man from the Mist

The Year of the Mantis – A Commissario Scala mystery (Book 1)

Romanzi storici:

333

Aquila et Noctua

Suspense Paranormale:

Thou Shalt Never Tell

BIOGRAFIA

Sono nata nel 1973 in un piccolo paese in Italia.

Nella mia carriera ho scritto e pubblicato diversi saggi scientifici di geologia ed ingegneria, con particolare attenzione allo smaltimento finale di rifiuti nucleari esausti.

Pur essendomi diplomata all'Istituto d'Arte di Perugia, ho proseguito gli studi frequentando la facoltà di Geologia, specializzandomi in geologia ambientale.

Sono appassionata di fotografia ed amo osservare la natura e la società umana da ogni prospettiva.

Attraverso i miei romanzi propongo un punto di vista differente sulle relazioni, culture e convinzioni umane.

www.ingramcontent.com/pod-product-compliance
Lightning Source LLC
Chambersburg PA
CBHW020902160726
47993CB00005B/1775